초승달과
밤배

| 정채봉 성장 소설 |

1

초승달과 밤배

샘터

| 초판 작가의 말 |

바람이 걸리는 덫

소년에게는 아무도 모르는 혼자만의 궁전이 있었다. 백 살이 더 먹어 보이는 소나무가 양산처럼 멋진 그늘을 퍼뜨리고 있는 벼랑 아래였는데 우뚝우뚝 둘러선 바위들이 흡사 망루 같았고 어쩌다 날아와 앉는 물새는 파수병 같았다.

소년은 그 성곽 안에 의자처럼 바위에 앉아서 바다가 연주해 주는 교향악을 들었다. 바람과 파도와 물새 노래가 어울린 음악을.

그 비밀의 궁전에서 소년은 수평선에 떠오르는 흰 구름을 만나곤 했다. 흰 구름은 소년에게 말을 걸었다.

"무엇이 필요한지요, 어린 왕자님. 말씀만 하시면 대궐도 지어 올릴 수 있고 사자도 빚어 드릴 수 있습니다."

"아냐요, 나는 그렇게 큰 것은 싫어요. 젖 짜는 염소나 한 마리 있었으면 좋겠어요. 그리고 할머니가 캐러 다니시는 조개들이나 많았으면 좋겠어요."

"어린 왕자라서 작은 것을 좋아하시는군요. 그러나 왕자님, 큰 것은 빚기가 쉬우나 작은 것은 어려워요. 빌딩 같은 것은 어떻습니까?"
 "싫어요. 나는 작으니까 작은 것이 좋아요. 초가집이 좋고 외돛배가 좋아요."
 아아, 그러고 난 후면 하늘에 나타나는 것들.
 염소. 초가집. 외돛배. 그리고 조개들······.
 소년은 고향을 떠났다. 작은 도시로, 거기서 또 더 큰 도시로 흘러 들어갔다.

 여기서부터 변화한 경험을 누구나가 가지고 있을 것이다.
 떡잎을 제치고 나타난 본잎에는 악성이 깃들어 있는 것일까. 부단한 외부와 내면의 충동은 자신을 혼란케 한다. 작은 것을 원하던 꿈이 거대한 것으로 바뀌기도 하고, 목적지 없는 방황에 흐르기도 하며, 심지어 까닭 없는 분노에 시달리기도 하는 것이 이때이다.
 까뮈의 '나는 반항한다. 그러므로 나는 존재한다'는 말에까진 미치지 못하더라도 난나의 방황과 반항은 청춘의 영원한 명세서이기도 하다. 이 세례를 받음으로써 비로소 인생 여정을 다스려 나갈 힘을 얻게 된다고 나는 생각한다.
 선악과가 없는 에덴이 보다 완전한 유토피아일 것 같지만 거기는 인간의 의지 또한 없을 것이므로 인간에 의한 인간의 삶이 있는 곳이라고는 할 수 없다. 선악과가 있는 에덴, 그 선악과의 유혹에서 이겨나는 인간이야말로 신이 바라는 인간됨의 삶을 산다고 믿는다. 작가로서 이 작품의 난나에게 요구하는 것도 바로 이 길인 것이다.

1990년
정채봉 씀

| 책을 고쳐 내면서 |

 나는 '현자는 알기 위해서 배우지만, 우자는 알려지기 위해서 배운다'는 격언을 내 마음속에 새겨 두고 있다. 단언하건대, 나의 글은 내 스스로 알기 위해서 쓴 것일 뿐, 내가 알려지기 위해서 쓴 것은 아니다. 나는 정말이지 알고 싶다. 삶의 진짜를 알고 싶지만, 삶의 가짜도 알고 싶다. 목숨보다 강한 사랑을 알고 싶지만, 초개 같은 일회성 사랑도 알고 싶다. 그리고 무엇을 버려야 할 것이며 무엇을 간직해야 할 것인지를 알고 싶다. 그리하여 내가 무엇 때문에 살아야 하는지를 규명하고 싶다. 사실 세기말을 살고 있는 오늘 우리의 이 혼란은 무지한 돈벌이에서 비롯된 것이 아니라 무지한 삶에서 비롯되었다.
 일찍이 '나는 나'라는 뜻에서 작명한 난나의 젊음을 나는 오랜 시간 동안 마무리하지 않고 아껴 왔다. 그것은 차라리 그대로 두면 바위 자체로나마 남아 있을 것인데 섣불리 건드렸다가 돌 부스러기만 남기게 될까 봐 정을 못 대고 있는 석공의 심정과 같은 것이었다. 난나여, 네

게는 쪽배가 주어졌을 뿐이다. 그러나 어디 한번 항해해 보자. 네가 횡단하여야 할 바다는 초승달도 겨우 비치는 막막하고도 막막한 도시이다. 그리고 그 바다에는 너를 티끌만큼도 가당찮게 여기는 무지와 독선과 물신 만능과 불의와 부패의 파도가 넘실거리고 있다. 그것은 오염되어 생산이 거부된 바다의 파도이다.

    그러나 난나여. 밤을 거치지 않고 어찌 새벽이 오길 바랄 것인가. 도전하는 네 생의 행로를 나는 좇아갈 뿐이다.

1998년 12월

정채봉 씀

| 차례 |

[1권]

    초판 작가의 말　··· 5
    책을 고쳐 내면서　··· 9

    선생님, 좀 조용히 하세요　··· 17
    동네 머슴　··· 26
    찔레 꽃잎 도시락　··· 35
    외팔이 삼촌　··· 44
    똥간과 영화　··· 54
    덫　··· 63
    난 죽고 싶어요　··· 73
    살아 있는 돌멩이　··· 82

운동회 날   ···91

금맥과 패촌(敗村)   ···101

메아리야, 안녕   ···109

겨울 달빛 속에서   ···118

벼랑 끝의 나무들   ···128

시험을 거두실 때까지   ···138

돌멩이의 대답   ···147

천천히, 천천히 숨을 쉬어라   ···156

열 내리는 약   ···166

산 너머에 가다   ···176

나한테 신문을 넣어 다오   ···184

토요일 오후에 생긴 일   ···193

유혹의 그림자   ···201

잔인한 여름   ···210

첫닭이 울 무렵   ···219

가슴을 치는 사람들   ···229

겨울 밤하늘의 별들   ···237

큰솥학교   ···245

동백꽃 향기는 바람에 날리고   ···255

폭풍이 지나갈 무렵   ···264

초승달과 밤배   ···273

[2권]

철공소와 선구상 · · · 9

얼음 밑으로 흐르는 강 · · · 18

엽록이 비치는 1월의 가슴 · · · 25

새벽바람을 맞는 사람들 · · · 32

종이여, 울려라 · · · 39

불 나간 가로등 · · · 46

열여덟 살의 시 · · · 57

별 하나와 여선생님 · · · 63

쑥갓과 엉겅퀴 · · · 71

아버지, 안녕 · · · 79

도망과 출발 · · · 90

골목 안 불빛 · · · 104

서울 탐험 · · · 114

서울의 희미한 별들 · · · 120

눈물에 속지 않는다 · · · 127

겨울 들녘에 서서 · · · 131

가슴속의 밀실 · · · 137

하느님과 돈 · · · 143

한 줄기 핏자국 · · · 149

바람 이는 저녁 · · · 155

현재 진행형 · · · 167

생쥐와 뒤주 · · · 175

바람 속에서 · · · 182

산토끼 길들이기 · · · 188

바람이 걸린 덫 · · · 193

창, 이쪽과 저쪽 · · · 198

현재 완료형 · · · 204

바람이여, 바람이여 · · · 210

지평선과 수평선 · · · 218

질경이 꽃 지다 · · · 222

뻘 밭에서 · · · 235

또 하나의 초승달과 밤배 · · · 250

작가 연보 · · · 259

선생님, 좀 조용히 하세요

난나가 다니는 학교는 마을의 바닷가 언덕 솔밭 모퉁이에 있었다. 학교 교사가 바다 쪽으로 등을 두고 있었기 때문에 만조 때면 벼랑을 치는 파도 소리가 교실의 판자벽을 울리곤 했다. 어떤 날은 길을 잘못 든 물새가 열어 놓은 교실의 창문 틈으로 날아들어 왔다가 아이들의 함성 속에서 박수를 응원처럼 받으며 밖으로 나가기도 했다.

난나는 학교가 이렇듯 바다를 내려다보고 있는 것이 무엇보다도 마음에 들었다. 선생님은 한눈을 판다고 곧잘 난나의 볼을 잡아당겼지만, 그러나 움직이지 않는 검정 흑판보다도 꿈틀거리는 푸른 바다가 좋은 걸 어떡하랴.

바다는 언제 보아도 초가을 배추처럼 싱싱했다. 싱싱하기로야 지금 8월 말의 바다보다는 4월의 바다가 월등할 것이다. 그러나 늦여름 바다는 속이 꽉 찬 통배추처럼 포만감을 주며 난나에게 다가왔다. 그 바다에는 때때로 멀리 어디론가 가고 있는 기선이 보였다. 난나는 그 은

빛 기선의 선장이 되는 꿈을 꾸기도 했다.
　어른들은 기선의 선장이 되려면 공부를 잘해야 한다고 말했는데 난나는 그것이 이상했다. 마을에서 난나가 가장 좋아하는 동묵이 아저씨만 해도 글자를 모른다. 그러나 그는 누구보다도 고깃배의 노질이나 삿대질을 잘했다.
　그날, 선생님은 무슨 언짢은 일이 있었나 보다. 작은 기척에도 곧잘 "입" 하면서 검지를 입술 위에 가져가곤 했다.
　아이들이 선생님의 입술만을 쳐다보는 조용한 교실 안으로 멀리 바다로부터 발을 보러 나간 동묵이 아저씨가 부르는 뱃노래가 바람을 타고 아스라이 흘러들어 왔다.
　난나는 속으로 그것을 따라 불렀다.

> 어야듸야 어기로구나
> 들물에 천 냥 썰물에 천 냥
> 안안팎이 물에 4천 냥 싣고
> 허리띠 끝에다 봉기를 꽂고
> 봉기 끝에다 이상 꽃 달고서
> …….

선생님의 설명하는 음성이 불쑥 높아졌다.
　"……왜 3이 되느냐 하면 4, 5는 뭐야? 20이지? 그래, 그러니까 되지 않지. 그러면……."

이때 난나가 자리에서 벌떡 일어섰다. 그러고는 선생님보다도 더 큰 소리로 말했다.

"선생님, 좀 조용히 하세요!"

이 돌발 사태에 송충이가 엎드린 것 같은 선생님의 눈썹이 불끈 치켜 올라갔다.

"뭐라고? 너 지금 누구한테 조용히 하라고 했어?"

난나가 맞고함을 쳤다.

"선생님한테요."

"나한테? 나더러 조용히 하라 했다 이거지?"

"네, 그래요. 선생님이 떠드시니까요. 저 바다에서 부르는 동묵이 아저씨의 뱃노래가 들리지 않는걸요."

교실 여기저기에서 키득키득 웃음소리가 번져 나갔다.

그제서야 선생님은 난나의 말을 알아들은 것 같았다. 갑자기 목 언저리가 술기운이 밴 것처럼 벌겋게 되었다. 선생님은 교단에서 와락 뛰어 내려왔다. 그러고는 이내 난나의 볼을 잡아 교단 앞으로 끌고 갔다.

"이 짜식이 이젠 나를 잡아묵을려고 하네. 그래 이 생쥐 같은 놈아. 뱃노래를 들으려고 내가 목이 쉬도록 가르치는 산수 시간을 망쳐 놓아!"

하지만 난나도 지지 않았다.

"저한테는 뱃노래가 더 중요한걸요."

"무엇이 어째?"

"동묵이 아저씨가 말씀하셨어요. 나눗셈이나 곱셈을 하는 것보다도 뱃노래를 잘 불러야 선장이 된다고요."

선생님은 딱딱한 검정 표지의 출석부로 난나의 머리를 갈겼다.
"이놈아! 그러면 동묵인가 동목인가 하는 그 뱃놈을 따라다닐 것이지 왜 학교에 와서 나를 잡아묵을려고 해!"
"할머니가……."
그러나 난나의 이 대답은 다시 머리 위에 떨어진 출석부 때문에 입 속에서 바깥으로 나오지 못했다.
"입 닥쳐! 내 심장 터지기 전에 냉큼 복도로 나가서 꿇어앉아!"
난나는 재빨리 교실을 나왔다. 주춤거리다가 계속 얻어맞았던 지난번 일이 생각났던 것이다.
선생님이 뭐라고 소리를 지르자, 아이들은 일제히 "네에" 하고 복창을 했다. 아마 '난나 같은 놈이 되어서는 안 된다'는 주의겠지 하고 난나는 짐작했다.
'빈 고등 같은 놈들' 하고 난나는 속으로 저주를 퍼부었다. 선생님이 화를 내고 말하면 그저 무서워서 병아리 새끼들처럼 선생님을 쳐다보고 입이 찢어져라 "네, 네" 해대는 놈들. 속에서는 '아닙니다. 아닙니다. 저도 뱃노래를 듣고 있었습니다'라고 했을 텐데도, 그 반대로 "저는 선생님의 설명을 열심히 들었습니다. 저는 산수 공부가 재미있습니다"라고 입에 발린 소리를 하는 병아리 새끼들. 임금 앞에 나가서는 그냥 무슨 말이건 '황공하옵니다' 하고 허리를 굽신거리는, 생쥐만도 못한 간신 같은 녀석들.
더럽다, 퉤퉤. 난나는 복도 벽에 붙어서 무릎을 꿇고 두 손을 올렸다. 속으로는 동묵이 아저씨가 가르쳐 준 뱃노래를 마저 불렀다.

쥔네 마누라 술동이 이고서
발판머리서 엉뎅이춤 춘다
고기 몰아라 님을 몰아라
어야듸야 어기로구나.

종이 울렸다. 1학년 담임 여선생님이 맨 먼저 교실에서 나왔다. 긴 머리카락이 발을 옮겨 놓을 때마다 어깨 밑에서 출렁거리는 여선생님이었다. 전근 온 지 서너 달밖에 되지 않은, 입이 가자미처럼 작은 여선생님은 난나를 알아보았다.
"너 또 말썽을 부렸구나."
여선생님은 저만큼 슬리퍼를 찰싹찰싹 끌고 가다 말고 무엇이 생각났는지 다시 돌아서서 걸어왔다.
"너 3학년이지?"
"네."
"이름이 뭐지?"
"서난나예요."
"난나? 그게 정말 네 이름이니?"
"호적의 이름은 따로 있어요."
"호적의 이름은 뭔데?"
"서서예요."
"서서?"
"네. 성은 천천히 '서(徐)', 그리고 이름은 깃들 '서(棲)' 이구요, 본은

달성이어요."
"알았어, 알았어. 그런데 왜 너를 보고 서서라고 부르지 않고 난나라고들 하지? 난 그게 궁금해."
"그건 저도 모르겠어요. 그냥 사람들이 난나라고들 해요. 그래서 난나가 되었어요."
그렇다. 남들이 그렇게 불러 주어서 그 이름이 되었다. 그러나 그렇게 되기에는 난나 자신의 의지도 있었다. 담을 타고 오르는 풀이 담쟁이란 이름을 얻은 것처럼.
난나는 말이 늦되었다. 젖먹이 아이들이 그 또래가 되면 익히기 마련인 '엄마'며 '젖 줘'도 그냥 울음으로 대신할 뿐이었다. 엄마가 없기 때문에 그렇게 된 것이었을까. 세상에 내놓은 첫마디가 '난나'였다. 무슨 하고 싶은 말도 '난나'로, 무엇을 달라고 하는 말도 '난나'로, 아무튼 모든 것이 난나로 시작되었다.
하루는 먼 데서 집안의 할아버지뻘이 되는 노인이 와서 물었다.
"이름이 무엇이지?"
그러자 난나가 할머니의 치마 속으로 숨으면서 대답했다.
"난나."
"아니, 형수님. 그 녀석이 지금 뭐라고 합니까?"
할머니는 난나를 치마 밖으로 털어 내놓으면서 말했다.
"아, 나는 나라고 했지 않아요."
한때 절에서 승려 생활도 한 적이 있었던 그 할아버지는 이해가 남달랐다.

"나는 나…… 나는 나라아…… 거참 천상천하에 유아독존할 이름이군."

그때부터 난나는 동네에서도 그리고 학교에서까지도 줄기차게 이 이름으로 불리게 되었다.

여선생님은 눈에 웃음을 살포시 담고 말했다.

"아무튼 재미있는 이름이야. 나더러 네 별명을 지으라면 유리 눈이라고 하겠어."

난나가 고개를 들고 물었다.

"왜요, 선생님?"

여선생님의 얼굴이 갑자기 다가왔다. 그러고는 난나의 머리를 로션 향기가 남아 있는 손으로 쓰다듬어 주면서 말했다.

"네 눈은 참 맑거든."

그런데 이상한 일이었다. 담임선생님한테 볼을 잡혀 나왔을 때도 그리고 출석부로 얻어맞았을 때도 꿈쩍하지 않던 눈물이 단번에 쿡 솟아오르는 것이었다.

"병신, 왜 이래."

난나는 눈물한테 혼잣말처럼 투덜댔다. 난나는 이 세상 모든 것들에게 말을 붙여 보았다. 매미하고도 맴맴 맴맴맴 하고 대화를 한다. 풀하고도 풀풀풀 하고 소곤거린다. 하느님을 '장난꾸러기 하느님'이라고도 생각하는 난나이다. 꽃 위에 있는 나비를 잡으려고 하면 곧잘 바람을 시켜서 꽃 대궁을 흔들어 놓곤 하는 하느님이기 때문이다.

그러나 이런 난나를 꿈에도 알 리가 없는 여선생님은 움찔 놀라며 얼굴을 찌푸렸다. 자기한테 하는 말인 줄로 오해했던 모양이다.
　여선생님은 스커트에 찬바람을 일으키며 총총히 교무실을 향해서 갔다.
　이것은 난나에게는 벌을 풀 수 있는 은인을 놓쳐 버리는 순간이기도 했다. 난나가 이때 아무 말도 않고 눈물을 옷소매로 훔쳤더라면, 그 선생님은 난나가 안되어서 난나네 담임한테 한마디 했을 것이다. "선생님은 너무 야만적인 데가 있으셔요"라든지.
　그러면 이 여선생님한테 은근히 마음을 끓이고 있는 난나네 담임은 야만적이 되지 않기 위해서 난나를 책상으로 돌아가게 했을지도 모른다. 그러나 난나가 "병신, 왜 이래"라고 했기 때문에 난나에 대한 여선생님의 관심은 순식간에 싸늘하게 식어 버리고 말았다.
　난나는 반 친구들이 수업을 마치고 집으로 돌아갈 때까지 벌을 서야만 했다.
　난나와 한패인 영구와 정수가 신발장 앞에서 서성거렸다.
　"난나야, 너는 오늘 동제에 못 가겠다."
　"왜 못 가? 이제 곧 선생님이 나와서 가라고 할 거야."
　"아니야. 우리가 교무실에 가서 창문 너머로 들여다보았는데 말이야, 우리 선생님은 지금 1학년 여선생님하고 눈 맞추고 웃느라고 정신이 없어. 잇몸까지 보이던걸."
　"그럼 날 놔두고 너희들만 갈 거야?"
　"오늘만 봐줘. 늦게 가서 제사가 파해 버리면 우리까지도 떡을 못 얻어먹잖아?"

"그래, 난나야. 영구 말이 옳아. 우리가 가서 네 몫의 떡까지 얻어 놓을게."

"미안하다, 난나야. 우리 간다아."

영구와 정수는 복도를 뛰어갔다.

등이 보이다가, 옷자락이 보이다가 그러다가 이내 아무것도 보이지 않는 영구와 정수의 모습이 난나의 눈앞에서 사라지지 않았다.

바닷바람을 타고 갈매기 울음소리만 들려올 뿐, 토요일 오후의 학교는 그저 적막하기만 했다.

이번에는 안산의 동네 머슴 묘 앞에 서 있는 마을 사람들의 모습이 난나의 눈앞에 어른거렸다.

어른들이 아이들에게 떡을 나누어 주는 장면도 지나갔다. 재빠른 아이들은 더러 제기 위에 놓여 있는 과일을 집어 들고 달아나기도 할 것이다.

난나는 벌떡 일어났다.

선생님의 벌은 월요일에 다시 받으면 된다. 그러나 동네 머슴 제사는 오늘 하루밖에 없다.

비탈길을 쏜살같이 달려가는 난나를 소나무 위에서 백로가 목을 빼고 물끄러미 바라보고 있었다.

동네 머슴

난나네 마을 갯밭 사람들은 해마다 음력 7월 스무아흐렛날에 동제를 지냈다. 그런데 이 동네 제사는 다른 마을의 당산 제사나 사당굿 같은 것이 아니고 실제 인물인 동네 머슴의 제사이다.

마을에서 가장 나이를 많이 먹은 올해 일흔아홉 살이 되는 영길이네 할아버지도 그 머슴은 보지 못했다고 한다. 다만 영길이네 할아버지가 아이였을 적에 동네 어른들로부터 귀에 못이 박히도록 이야기를 들었다는 것이다.

이야기가 이렇게 시작되면 난나는 반드시 영길이네 할아버지의 말허리를 도중에서 끊었다.

"영길이 할아버지, 한 가지 물어봐도 돼요?"

"그래."

"정말 영길이 할아버지도 지금 우리들처럼 어린 시절이 있었어요?"

"그래, 이놈아. 나라고 소싯적이 없었는 줄 아느냐?"

"이상한데…… 우리는 노인들은 태어날 때부터 늙은 어른인 줄 아는데……."
"이 녀석아. 나도 호박에 말뚝 박던 시절이 있었어. 그리고 남의 집 울타리 개구멍으로 들어가서 감또개 줍던 시절도 있었고."
"영길이 할아버지도 그럼 어른들이 고추 따 먹자 했겠네요?"
"예끼, 이놈!"
아이들은 웃음을 터뜨렸고 난나는 잠시 도망을 갔다가 돌아왔다.
영길이네 할아버지는 중단했던 이야기를 다시 이어갔다.
"그해 흉년은 별났더란다. 보리 망종이 오기 전에 때도 아닌 장맛비가 계속되어 낟알이 덜 여문 보리를 쉬 썩혀 버리더니 논농사는 가뭄으로 벼가 타버리더란다……."
다행히 갯밭은 바다를 끼고 있었기 때문에 바다에서 나는 해산물로 다른 마을에 비해 굶주림이 덜했다. 이런 소식을 듣고 먼 데서 흘러들어 오는 사람들이 있었다. 쑥대머리 총각도 그런 사람들 중의 하나였다.
집안 내력조차도 제대로 밝히지 못하는 이 총각은 반편이 비슷했다. 그리고 천연두를 심하게 앓은 곰보 얼굴은 코까지 납작해서 오래된 맷방석 같았다. 거기에다 젊은 사람이 해소까지 거우러지게 하여 누구 하나 그를 가까이하려고 하지 않았다.
다만 마을에서 외따로 떨어져 살고 있는 당지기 노파가 불쌍하게 생각하고 비워 주었던 문간방에 살면서 품을 팔았다. 다행히 힘이 좋은 데다 마음이 넉넉하고 두터워서 이 일 저 일 가리지를 않았는데, 남의 허드렛일까지 마다하지 않아 사람들을 감동시켰다. 마침 동네 머슴감을 찾고 있던 참이라 쉽게 동네 머슴이 될 수 있었다.

그런데 그의 호가 정작 나기 시작한 것은 해소가 걷히면서부터였다. 당지기 노파가 강엿을 넣어 달여 주었던 배를 먹고 기침병을 고친 그는 심심하면 창을 하곤 했는데, 그 창 소리에 마을 사람들이 홀딱 반했던 것이다. 그들은 그를 가리켜서 쑥대머리라고들 했는데, 그만큼 〈쑥대머리〉를 썩 잘 불렀다.

마을 사람들은 낮일을 마치면 하나씩 둘씩 쑥대머리 총각이 묵고 있는 방으로 모여들었다. 달 밝은 여름밤이면 바깥에 멍석을 깔아 놓고 앉아서 그의 창에 시름들을 풀었다. 밤이 깊어서 사람들이 모두 돌아가면, 쑥대머리 총각은 혼자 호롱불을 밝혀 들고 고샅으로 나섰다.

누가 시킨 것도 아닌데 그렇게 마을 고샅을 돌면서 내외간에 싸우는 집이 있으면 들어가서 싸움을 말리기도 했고, 비가 올 것 같으면 이 집 저 집 가리지 않고 비설거지를 해주기도 했다. 술이 취해 아무 곳에고 쓰러져 있는 사람을 보면 업어서 날랐고, 노숙을 하는 거지를 보면 자기 방으로 데려가서 재웠다. 상가 일이나 묘 이장 일을 특히 잘해서 마을에서 이런 일로 그의 덕을 보지 않은 집을 찾기 어려웠다고 한다.

마을 사람들은 가을일을 마치면 향계를 모아서 당산제를 지내고 쑥대머리 머슴에게 벼 두 섬씩을 새경으로 치렀다. 그러나 쑥대머리 머슴한테는 아무리 소원해도 좀체로 이루어지지 않는 일이 있었다. 그것은 혼사였다. 마을의 어른이나 아이나 다들 그를 좋아하면서도 혼담 얘기가 나오면 꼭 농으로 돌려 버리고 말았다.

그렇게 세월은 흘렀다. 쑥대머리 머슴도 많이 늙어 아이들조차도 이젠 총각으로 부르지 않게 되었다.

그러던 어느 해 여름이었다. 윗말이 갑자기 수선스러워졌다. 무서운 호열자가 퍼지고 있다는 것이었다. 그 호열자가 마침내 이 갯밭에도 들이닥쳤다. 어른이고 아이고 느닷없이 열이 치솟는가 하면 설사를 줄줄 해대면서 죽어 넘어졌다.

관가에서 포졸들이 나왔다. 성한 사람들은 환자를 남겨 두고 다른 데로 피난하라고 고지했다. 함께 있다가 몰사한다는 것이었다. 서로 눈치만 보던 사람들이 흩어지기 시작했다. 나중에는 자식이 부모 곁을 떠나는 집도 생겼다. 부모가 자식을 버리는 집도 있었다.

그러나 쑥대머리 머슴만은 마을을 떠날 염을 하지 않았다. 막무가내로 혼자 남아서 환자들을 돌봐 주었다. 사람이 죽으면 혼자서 곡하고 분향하고 염한 다음에 땅을 파고 묻었다.

호열자 기세는 찬바람이 나자 한풀 꺾였다. 병을 떨치고 자리에서 일어나는 사람도 생겼다. 마을 사람들이 돌아오기 시작했다. 돌아온 사람들은 꼬리를 흔들며 반기는 개들을 보았다. 여전히 돼지우리 속에서 꿀꿀거리는 돼지들도 보았다. 그들은 누가 이 짐승들에게 먹이를 주었을까 생각하다가 쑥대머리 머슴을 떠올렸다. 그렇다. 쑥대머리 머슴이 지켜 주었던 것이다. 사람들은 쑥대머리 머슴을 찾았다.

그러나 쑥대머리 머슴의 초라한 방문을 열어 본 사람들은 할 말을 잊어버렸다. 쑥대머리 머슴이 머리카락을 풀어뜨린 채로 기진하여 누워 있었던 것이다. 그길로 쑥대머리 머슴은 영영 일어나지 못하고 세상을 떠났다.

갯밭은 온통 울음판이 되었다. 밤에는 동네 안산까지도 울었다고 했다. 일찍이 보지 못했던 화려한 장례식이 치러졌다.

마을 사람들은 의논하여 쑥대머리 머슴이 생전에 먹지 않고 모아 두었다가 이 집 저 집에 빌려 준 새경을 거두어서 뒷골의 다랑이논 두 마지기를 샀다. 그러고는 해마다 그 도지를 받아서 손이 없는 쑥대머리 머슴의 제사를 마을이 공동으로 지내 오고 있는 것이다.

그로부터 1백 년 가까이 세월이 흘렀지만, '순천 김씨 봉두공지묘 (順天金氏蓬頭之公墓)'라고 쓴 묘석 앞에서 지내는 제사는 한 번도 거른 적이 없었다. '봉두공'이란 쑥대머리를 한자를 빌려 점잖게 표현한 것이다. 나라가 남의 수중에 들어갔을 때도, 난리가 났을 때도 꼭꼭 이 동네 제사만큼은 치러졌다. 일본 사람들도 구경을 나왔고, 6·25 때는 인민군들도 잔을 올렸다고 한다.

그 동네 머슴의 묘는 안산의 덩굴등에 있었다. 난나가 숨을 헐떡이며 안산에 들어섰을 때는 제관의 축문이 끝나고, 어른들이 나란히 줄을 서서 재배를 올리는 순서였다. 백로 곁의 뱁새들처럼 여기저기서 기웃거리고 있던 아이들도 이때만은 어른들을 따라서 절을 했다.

난나가 나타나자 영구와 정수가 다가왔다.

"선생님이 풀어 주셨어?"

"아니."

"그럼?"

"내가 난나를 풀어 주었지 뭐."

제사는 끝 무렵의 음복 차례였다. 제관인 영길이네 할아버지가 제주

잔을 비운 다음 수염을 한 번 쓰다듬고 나서 대추 한 알을 집어 들었다.

어른들도 침을 삼키고, 아이들도 침을 삼켰다. 그중에서도 술 좋아하기로 소문난 넙치 아저씨는 어느새 막걸리 한 사발을 가득 따르고 있었다.

영길이네 할아버지가 크음, 기침을 한 뒤에 좌중을 둘러보면서 말했다.

"자, 잡숫기들 전에 내 한마디 할 말이 있소."

그러자 웅성거리는 사람들을 향해 이장이 두 손바닥을 펴서 입가에 모으고 소리 질렀다.

"다들 여기를 보시오. 동네 어르신의 말씀이외다."

입에 막 술잔을 대려던 넙치 삼촌은 입맛을 다시면서 중얼거렸다.

"아따, 목구녁에서 당그래질을 하는데 또 무슨 말씀이시우. 갓 쓴 어르신의 말씀은 무조건 지당하외다."

그런데도 영길이네 할아버지는 뜸까지 들인 뒤에 천천히 말했다.

"크음, 저어 다름이 아니고…… 평소에 우리들이 가장 가슴 아프게 여기고 있던 것을 다들 아시지요? 크음, 그러니까 김 공한테 마땅한 규숫감이 있으면 귀신 장가를 들여 드렸으면 하는 것이었는데…… 크음, 그런데 마침 이웃 배들이 마을에 혼처가 하나 났다는 말이 있어서…… 10여 년 전에 아마 염병을 앓다가 죽은 처녀라고 하지요."

그러자 여기저기서 말이 터져 나왔다.

"거참 좋으신 말씀이외다."

"아, 생전에 그렇게도 처녀장가를 들었으면 하시던 분이라는데, 얼마나 반가워하겠소?"

"그러나 나이 차이가 백 살이나 나서 괜찮을는지 모르겠네."

길수네 할머니가 이렇게 말하자 어른들은 와 웃었다. 아이들도 덩달아 웃었다. 길수네 할머니가 다시 너스레를 떨었다.

"아, 저승 간 사람들은 죽을 때의 나이를 친다고 하지 않던가요?"

"그래도 그렇지······."

"아따, 별걱정을 다 하시오. 우리 쑥대머리님도 총각이신데 그것 하나 못 뚫을랍디여."

"저런······ 저런······."

두루마기를 입은 노인들이 혀를 찼지만, 그러나 끝내는 함께 웃었다.

"분이 할머니, 무얼 뚫는다요?"

난나가 옆에 서 있는 분이 할머니에게 물었다. 그러자 분이 할머니가 "예끼 놈" 하면서 손을 들어 때리는 시늉을 했다. 난나는 뒷걸음을 치다가 땅 위에 돌출한 향나무 부리에 걸려서 넘어졌다.

"그러면 제관 어르신께서 그 일은 더 좀 상세히 알아보기로 하고 오늘 동제는 이만 마칩니다."

이장이 말을 끝맺자 기다렸다는 듯이 술잔이 돌고 떡 바구니가 돌기 시작했다. 난나는 얼른 받은 떡을 호주머니 속에 감췄다. 그러고는 전혀 받지 않은 것처럼 주는 사람의 눈을 속여서 떡 두 개를 더 받았다.

잔치 끝은 항시 쓸쓸했다. 비어 있는 그릇이 쓸쓸했고 바람에 날리는 휴지가 쓸쓸했다. 주정 부리는 어른들의 알아들을 수 없는 객쩍은 소리가 쓸쓸했고 흩어지는 사람들의 뒷모습이 쓸쓸했다.

난나는 영구와 정수와 함께 산을 내려오면서 말했다.

"나도 크면 동네 머슴이 되어야지."

영구와 정수의 눈이 둥그레졌다. 영구가 물었다.

"아니, 넌 선장이 되겠다고 했잖아?"

"물론 선장도 되고 싶지. 그런데 오늘 생각해 보니 동네 머슴이 더 낫겠어."

"왜?"

"동네 머슴살이를 하다가 죽으면 백 년 후가 되어도 장가까지 보내 주거든."

"정말 그래."

두 아이는 고개를 끄덕였다.

이때 영구가 난나한테 사정을 했다.

"난나야, 너는 선장이 되겠다고 해서 동묵이 아저씨한테서 뱃노래를 배운 지도 한참 되잖아. 그러니 넌 계속 선장으로 나가. 동네 머슴은 내가 될게."

정수가 영구 편을 들었다.

"그래, 그게 좋겠어. 난나 네가 양보해. 나는 진즉부터 스파이가 되어서 북한에 가겠다고 했으니 그렇고, 영구만 아직까지 할 일이 없었잖아."

난나는 아쉬웠지만 할 수 없었다. 돌멩이를 툭 차올리며 말했다.

"그렇다면 약속해."

"무슨 약속을?"

"정수와 내가 죽으면 네 곁에 묻겠다고. 그래야 네 제사 때마다 푸짐하게 얻어먹을 거 아냐."

영구가 선뜻 새끼손가락을 내밀었다. 난나와 정수가 함께 그 손가락에 자신들의 손가락을 걸었다. 퉤, 침을 뱉고 쓱쓱 발로 문지르면서 세 아이는 확인했다.

"만일 이 약속을 지키지 않는 사람은 이 침을 빨아 먹어야 해."

찔레 꽃잎 도시락

 난나는 흙담 속에 박혀 있는 돌들을 하나씩 하나씩 손가락으로 짚어 가면서 걸었다. 햇살이 하루 내내 쪼은 돌들은 따가웠다.
 "서른셋, 서른다섯…… 서른아홉……."
 동네 우물터에서 집에 닿기까지는 백하고 쉰을 세거나 예순을 세거나 하면 된다. 그러나 오늘, 난나는 몇 번이고 세던 돌의 숫자를 잊어 먹었다.
 그것은 입의 유혹 때문이었다. 난나의 입은 옥이의 몫으로 호주머니 속에 감춰 놓은 떡을 달라고 계속 군침을 내보냈다. 마음속의 뿔은 또 '그렇게 하라'고 난나를 부추겼다.
 난나는 호주머니 속으로 손을 집어넣었다. 제상 위의 백로지까지 슬쩍 하여 정하게 싼 떡의 말랑말랑한 감촉이 손끝에 느껴졌다. 군침이 절로 목구멍을 넘어갔다. 그러자 아래의 뿔이 맹렬하게 쑤셔 댔다.
 "삼켜라", "삼켜라", "삼켜라" 하고.

그때 문득 난나의 가슴에 스며드는 향기가 있었다. 향기는 봄날 저녁, 수평선에서 묻어오는 안개처럼 소리 없이 모든 것을 숨겨 버렸다. 군침도 뿔도 온 데 간 데가 없었다. 그저 손끝 발끝까지 빈 데 없이 온 몸 고르게 스며드는 찔레꽃 향기뿐이었다.

작년 봄 학예회 연습을 할 때였다. 재학생이 얼마 되지 않았기 때문에 학생들은 두어 개의 프로그램에 겹치기 출연을 해야 했다. 2학년인 난나도 도시락을 준비해 가서 해거름에야 돌아오곤 했다.

그날은 할머니가 여수의 한 병원에 입원해 있는 삼촌한테 가고 없었다. 밤이 되어도 할머니는 돌아오지 않았다. 난나와 옥이와 멍멍이가 집을 보았다. 밤새 밖에서는 굴뚝새가 울었다. 천장에서 쥐들이 숨바꼭질을 하는지 우당탕거리고 있었다.

난나는 어제저녁에 먹다가 남은 식은 밥을 먹은 뒤에 도시락도 없이 방과 후 늦게까지 학예회 연습을 해야 하는 오빠를 안쓰러워하는 옥이를 두고 등교했다.

방과 후에 출출한 배를 달래며 화단의 경계석 위에 앉아 있는 난나를 향해서 원두가 소리를 질렀다.

"야, 난나 동생 꼽추가 온다!"

난나는 꼽추라는 말에 속이 상해서 원두와 한판 붙어 볼까 했으나 꾹 참았다. 운동장 한가운데로 걸어오는 옥이 곁에는 멍멍이도 따라오고 있었다. 넓은 운동장이기 때문인지 옥이와 멍멍이는 땅에 붙은 듯이 보였다.

난나는 숨어 버릴까 했으나 이미 멍멍이가 알아보고 컹컹 짖으며 달려오는 통에 기회를 놓쳤다.
 "왜 왔어?"
 "도시락……."
 "도시락 누가 갖다 달랬어!"
 "배고플까 봐."
 "한 번 더 나타나면 죽여 버릴 테야."
 난나는 빼앗듯이 도시락을 옥이 손에서 낚아챘다. 죄 없는 멍멍이를 냅다 한 번 발로 걷어차고는 학교 뒤에 있는 솔밭 속으로 들어갔다. 바다를 한참 바라보고 있었더니, 흰 구름이 뜬 날의 수평선처럼 마음이 고요해졌다. 그제서야 옥이가 마련해 온 도시락의 내용이 궁금해졌다. 뒤주가 비었는데……. 그리고 옥이는 고구마도 삶을 줄 몰랐다.
 난나는 도시락 보자기를 풀었다. 뚜껑을 연 난나는 손등을 입에 깨물었다. 도시락 속에는 하얀 찔레 꽃잎이 가득 담겨 있었던 것이다. 배가 고픈 오빠를 생각하고는 비탈을 오르내리며 찔레 꽃잎을 따 담아 온 옥이. 찔레 가시에 손톱 밑을 얼마나 찔렸을까.
 난나는 벌떡 일어났다. 팽나무 사이로 멀리 신작로를 돌아가는 옥이가 보였다. 멍멍이가 졸졸 힘없이 뒤따르고 있었다. 난나는 처음으로 옥이의 등에는 정말 옥이가 믿고 있는 대로 날개가 들어 있을지도 모른다고 생각했다.

 "오빠."
 "왜."

"나 오늘 공소에서 수녀님 만났다."
"검은 머릿수건 두르고 검은 옷 입은 여자 말이지?"
"응. 그분이 누구냐 하면, 오빠, 수녀님이야."
"무슨 일을 하는데?"
"하느님의 심부름을 하셔."
"바보야, 눈에 보이는 사람이 어떻게 보이지 않는 하느님의 심부름을 하니?"
"정말이야, 오빠. 공소 회장님이 그러셨어."
"웃기지 마."
"오빠."
"뭐냐니까."
"몸을 움직이는 것은 무엇이게?"
"그야 마음이지?"
"오빠는 그럼 마음이 보이나?"
"……"
"오빠."
"왜."
"내 등에 무엇이 들어 있는 줄 모르지?"
"몰라."
"날개가 들어 있대, 오빠."
"누가 그래?"
"수녀님이 그러셨어."

"웃기네."
"정말이야, 오빠. 내가 선한 일만 하고 살면……."
"그러면."
"이 세상을 떠날 때 등이 쫙 열리면서…… 오빠, 듣고 있어?"
"듣고 있어."
"등에서 날개가 나온대. 그래서 훨훨 날아서 하늘나라로 간대."

 난나는 앉아서, 도시락의 찔레꽃을 조금씩 조금씩 집어서 입속에 넣었다. 삼켜도, 삼켜도 자꾸 목이 메는 점심이었다.
 그날부터였다. 난나는 혼자서 무엇을 먹을 때는 찔레꽃 향기를 느끼곤 했다. 그 은은한 향기에는 마음 저 밑의 어떤 강한 뿌리도 대항하지 못했다.
 난나가 아흔다섯 번째의 돌을 짚었을 때 앞이 탁 트였다. 수기네의 무너진 담장 부분이었다. 지난 장마에 무너진 수기네의 담장 위에는 호박 덩굴이 엉클어져 늦꽃이 노오랗게 달려 있었다.
 이 한데를 지나면 사당이 나왔다. 동백나무 울타리의 사당 앞에는 늙은 이팝나무가 문지기처럼 서 있었다. 이팝나무는 오늘도 헝겊이 달린 새끼줄을 허리에 두르고 있었다.
 사당으로 올라가는 돌계단에 바닷가의 작은 바위처럼 웅크리고 앉아 있는 아이가 있었다. 옥이였다.
 옥이는 귀에 자명고를 대고 있었다. 자명고란 할머니로부터 낙랑 공주와 호동 왕자 이야기를 듣고 난 뒤, 옥이가 자신의 소라 껍데기한테 붙여 준 이름이었다.

"오빠!"
"왜?"
"이 소라 껍데기는 용궁의 자명고였던가 봐."
"왜?"
"귀에 대고 들어봐, 바다의 산호초 궁전 소리가 들린다."
"거짓말 마."
"정말이야, 오빠. 찢어져서 지금은 분명하게 들리지는 않지만 말이야, 산호초 궁전의 이런저런 소리들이 들리는걸."

난나는 옥이가 주는 소라 껍데기를 받아 들었다. 바다를 향한 오른쪽 귓바퀴에 소라 껍데기를 댔다. 그러자 어떤 소리들이 솔솔 걸려들었다. 어쩌면 파도 소리 같기도 했고, 어망의 그물코 사이를 빠져나오는 바람 소리 같기도 했다.

"나는 잘 모르겠는데?"
"오빤 이상해."
"뭐가?"
"오빠는 바다 위에 있는 것들만 생각하지?"
"그래. 나는 기선과 그물 그리고 물새들을 생각한다, 왜?"
"그러니까 그렇게 들리는 거야. 나는 달라."
"어떻게?"
"나는 바닷 속 나라를 생각해. 산호초 궁전을 떠올려. 진주들이 반짝이는 나라, 무지개 다리가 놓여 있는 마을을. 그러면 그곳의 소리가 들려오는걸."

"……."

"바다 위 섬나라 병정들이 아무리 산호초 나라를 쳐들어가도 이길 수는 없어. 이 소라 껍데기 자명고가 울리니까 말이야. 궁리하고 궁리한 끝에 왕자가 변장을 하고 산호초 나라로 몰래 들어갔지."

"알았어. 그렇게 해서 산호초 나라 공주와 섬나라 왕자가 사랑을 한다 이거지? 그리고 왕자가 떠나면서 자명고를 찢어 버리라고 일러 주고……."

난나는 다시 옥이에게서 소라 껍데기를 받아 들었다. 옥이가 말해 준 대로 산호꽃이 피어 있는 바다 속 궁전을 상상해 보았다. 왕자님을 그리워하는 인어 공주님의 모습을 떠올려 보았다. 그러자 정말 소라 껍데기에서 공주의 흐느낌이 들려왔다.

"들리지, 오빠?"

"……."

"오빠, 우린 참 좋은 보물을 가졌지?"

"그래."

"여길 봐, 공주님의 칼에 찢긴 구멍을."

소라 껍데기는 정말 공주의 단도를 맞은 자리처럼 밑이 뚫려 있었다. 그날부터 이 소라 껍데기의 이름은 자명고가 되었다.

"이번에는 무슨 소리가 들리니?"

옥이는 그러나 못 알아들은 것 같았다. 감겨 있는 눈썹이 젖어 있었다. 공주가 칼로 자기의 가슴을 찌르고 있는 소리를 듣고 있는 것일까.
"옥이야!"
그러자 옥이가 깜짝 놀라 일어났다.
"오빠, 언제 왔어?"
"지금 막. 그런데 넌 오늘 자명고로 무얼 들었니?"
"말하지 않을 테야."
"왜?"
"오빠가 들어봐."
난나는 호주머니에서 떡을 꺼냈다. 백로지에 싼 떡을 내밀며 난나는 할머니처럼 말했다.
"천천히 먹어."
그러나 옥이는 백로지가 손톱만큼 붙어 있기도 한 떡을 그대로 삼키듯이 금방 먹어 버렸다.
"멍멍이는 어디 갔지?"
"점심때부터 안 보여."
"영자네 누렁이의 궁둥이 냄새 맡으러 갔나 보지."
"오빠!"
"뭐."
"왜 멍멍이는 간혹 누렁이의 궁둥이 냄새를 맡으려고 그러지?"
"개 새끼들이 그러는 걸 내가 어찌 알겠어."
그러나 난나는 조금은 알고 있었다. 몇 번인가 두 마리의 개가 서로 꽁무니를 맞대고 오래오래 떨어지지 않던 것을 보았던 것이다.
  난나는 발부리에 있는 돌멩이를 주워 들고 바다를 향해서 팔에 온 힘을 주어 던졌다. 그리고 돌멩이가 포물선을 그리며 날아가는 언덕 아래로 뛰어갔다.

외팔이 삼촌

 멍멍이는 집에 있었다. 대청 건넌방 툇마루 앞에 엎드려서 늦여름의 마지막 햇빛을 받으며 낯선 구두코를 핥고 있었다.
 그제서야 난나는 집에서 일어난 변화를 알아차렸다. 건넌방의 굴뚝에서 연기가 오르고 있었고, 빨랫줄에 커다란 남자 옷이 몇 가지 매달려 있었다.
 난나는 가슴속으로 쿵 하고 떨어지는 돌멩이 소리를 들었다. 아까 바다를 향해서 던졌던 그 돌멩이가 지금 다른 데가 아닌 난나의 가슴 한복판으로 떨어져 내린 것이다.
 난나는 발소리를 죽여서 부엌으로 갔다. 할머니가 치맛자락으로 연신 코를 훔치면서, 그리고 얼굴의 땀을 닦기도 하면서 불을 때고 있었다. 아궁이에서는 청솔가지가 매운 연기를 내놓으면서 타오르는 중이었다.
 "동제에 갔다 오나?"

난나는 고개를 끄덕였다. 이번에는 할머니가 치맛자락으로 눈 언저리를 훔치면서 말했다.
"삼촌이 왔다. 들어가서 인사드려."
난나는 부엌으로 나 있는 건넌방 문을 열고 들어갔다. 방 안은 술 냄새로 가득 채워져 있었다. 삼촌은 아랫목 벽에 코를 박고 누워 있었다.
"난나냐?"
"응."
"이놈아, 아직도 응이냐?"
"삼촌도 여전하면서 뭘."
"뭐라구?"
"이번에도 숙모를 붙들어 오지 못했으면서……."
"팔을 떼먹고 갔는데 그렇게 쉽게 잡히겠냐?"
난나의 삼촌은 바다 건너편의 본쟁이 금광에서 일했었다. 본쟁이 금광으로 가는 갯벌 마을 사람들은 항시 배를 타고 떠났다. 선창에서 마을 사람들의 환송을 받으며 늠름하게들 갔다.
그러나 돌아오는 사람들은 물이 아니라 항시 뭍으로 왔다. 그것도 소리 없이 밤에 돌아와서 죽은 듯이 자기 집에 박혀 있다가 한참 만에야 골목길에 얼굴을 내놓곤 했다. 더러는 구덕병이 들어서 기침을 심하게 해댔고, 더러는 상한 몸으로 술주정뱅이의 본색을 드러내기도 했다.
"나는 돈을 벌어서 배를 하나 지어 그 배를 타고 돌아올 테니 두고 봐라" 하던 난나의 삼촌도 역시 밤중에 뒷산 길로 돌아왔었다. 그것도 팔 하나를 떼어 놓은 채로. 낙반 사고로 없어진 팔 대신에 보상으로 받은 돈은 본쟁이에서 눈이 맞아서 살림 차리고 살던 여자가 가지고 달아나 버렸다고 했다. 삼촌은 그 여자를 잡겠다고 심심하면 무작정 집을 나갔다.
"다음에는 이 갈고리 손에 그년의 검은 머리채를 감아올 테니 두고 봐라."
자리에서 일어나려던 삼촌이 풀썩 주저앉았다. 난나가 달려들어 삼촌의 어깨를 붙들어 주었다. 삼촌은 풀어 놓았던 의수를 빈 오른쪽 소매 속으로 집어넣었다. 마주 보는 삼촌의 얼굴은 작년보다도 더 광대뼈가 불거졌다고 난나는 생각했다.
"공부는 좀 나아졌겠지?"
난나는 대답 대신에 고개를 끄덕였다.
"사내자식이 왜 그렇게 맥이 없어! 지금도 계집애들 노는 데에 오줌이나 싸갈기고 다니는 모양이지?"
"……."
"왜 대답이 없어? 가서 책보 가져와 봐!"
그때서야 난나는 책보를 학교에 두고 온 것이 생각났다. 복도에서 벌을 서고 있다가 그냥 동제가 열리는 안골로 달려갔던 것이다. 어쩐지 몸이 가볍다고 했더니…….
난나는 정직하기로 마음먹었다.
"삼촌."
"왜?"
"내 책보는 지금 집에 없어."

"뭐라구? 왜 책보가 지금 집에 없어?"

"학교에 두고 왔어. 벌을 서다가 동제에 가려고 도망을 쳤거든. 그러느라고 책보 챙기는 것을 깜박 잊었어."

갑자기 삼촌이 웃음을 터뜨렸다. 방죽을 무너뜨리고 나오는 물살 소리처럼 그렇게 웃어 제꼈다. 작년 5월, 학교 운동장에서 독사를 낫으로 쳐 죽였을 때처럼.

마침 그때는 쉬는 시간이었다.

난나는 어떤 여자 아이들의 고무줄을 끊을 것인가를 엿보고 있었다. 그런데 운동장 저편 귀퉁이에서 웅성거림이 일어났다. 그곳에서는 학예회를 앞두고 마을 학부형들이 울력을 나와서 변소 구덩이를 새로 파는 일을 하고 있었다.

아이들이 그곳으로 모여들었다. 난나도 그 무리 속에 끼어들었다. 어른들은 일손을 멈추고 있었다.

수많은 눈들이 집중되어 있는 곳에는 한 마리 뱀이 있었다. 무너진 돌무더기 속에서 나온 뱀이 고개를 반듯이 치켜들고 혀를 날름거리고 있었다.

"머리가 세모 졌다!"

"이마의 푸른 줄 좀 봐."

한 아이가 돌을 던졌다.

"건드리지 마라. 독사다!"

이장이 소리쳤다. 독사여서 그런지 놈은 전혀 두려운 빛이 없었다. 햇빛이 가득 내리고 있는 운동장 쪽으로 슬슬 기어 나왔다. 아이들이 뒷걸음질을 쳤다.

"멀리들 떨어져라. 가란 말이다!"

이장이 얼굴을 찌푸리고 외쳤으나 아이들은 물론 독사도 들은 척도 하지 않았다.

난나는 발밑에서 돌멩이를 집어 들었다. 독사를 향해 겨눈 팔을 뒤로 젖혔을 때였다. 난나의 팔목을 거머쥐고는 꼼짝 못하게 하는 손이 있었다. 삼촌의 왼손이었다.

난나의 반대편에 선 아이들 속에서 돌멩이가 하나 독사를 향해 날았다. 그러자 독사는 쉬잇 소리와 함께 펄쩍 뛰면서 방향을 돌려 돌이 날아온 쪽을 향해서 머리를 들었다.

그때였다. 난나 뒤에서 재빠르게 앞으로 나오며 독사를 덮치는 손이 있었다.

난나는 저도 모르게 소리를 질렀다.

"아아, 삼촌!"

독사는 머리를 삼촌의 쇠갈고리 손에 눌린 채 몸뚱이로는 삼촌의 의수를 칭칭 감고 있었다

어떻게 할 것인가. 아무도 말을 꺼내는 사람이 없었다. 삼촌은 낫을 들고 서 있는 넙치 아저씨를 바라보았다. 그러고는 넙치 아저씨를 향해서 독사 머리를 누른 의수에 더욱 힘을 주며 말했다.

"낫으로 이년을 쳐주소."

"뭐시야?"

"그 낫으로 이년 모가지를 두 동강 내라니까."

낫을 치켜들던 넙치 아저씨가 앞으로 나오려다가는 뒷걸음질을 쳤다. 이마에서 땀이 비 오듯이 흐르고 있었다.
"어어…… 난 못하겠어."
"쳐! 치라구!"
넙치 아저씨는 낫을 삼촌 발밑에 던지고는 달아나 버렸다. 난나의 삼촌이 왼손으로 그 낫을 주워 들었다.
난나는 보았다. 파란 하늘과 운동장가에 지고 있는 탱자 꽃잎들을. 그리고 들었다. 만조가 되어 벼랑을 울리고 있는 파도 소리를…….
난나는 눈을 감았다. 쩽그렁, 쩽그렁 하고 낫이 쇠에 부딪치는 금속성이 대여섯 번 울렸다. 난나는 그 소리가 들릴 때마다 가슴이 자지러지는 것 같았다. 파도에 묻혀 가서 바다 밑에 가라앉았으면 싶었다.
난나가 눈을 떴을 때는 사람들은 모두 흩어지고 없었다. 아이들도 저만큼 초록 잎이 무성한 벚나무 아래로 물러가서 이쪽을 살필 뿐 주위는 조용하기만 했다.
동강난 채로 땅에 떨어져서 꿈틀거리고 있는 독사와, 피범벅이 되어 있는 낫과, 찢어져 펄럭이고 있는 소매 사이로 보이는 아무렇지도 않은 삼촌의 의수를 보자 난나는 슬퍼졌다.
난나는 달려가서 삼촌의 쇠 팔을 붙들고 울었다. 왠지 눈물이 그치지 않았다. 그때 삼촌은 지금과 같은 웃음을 터뜨렸던 것이다.
"삼촌."
"왜?"
"왜 그렇게 웃어?"

"통쾌해서 그런다, 왜?"
이때 툇마루에서 옥이의 노랫소리가 들려왔다.

   나는 주의 화원에
   어린 백합꽃이니
   은혜 비를 머금고
   고이 자라납니다
   주의 은혜 감사해
   나는 무엇 드리리
   사랑하는 예수님
   나의 향기 받으소서.

난나는 삼촌과 함께 열려 있는 여닫이 문 너머로 고개를 내밀어 툇마루에 앉아 있는 옥이를 보았다. 옥이가 노래를 끝내고 마루 밑을 향해 묻고 있었다.
"어떠니?"
그러자 마루 밑의 멍멍이는 하품을 입이 찢어져라고 했다.
"이 바보야, 이렇게 잘하는 노래는 드물어."
옥이는 꼬막 껍데기 같은 주먹으로 멍멍이의 머리를 쿡 쥐어박았다.
"육갑 떨고 있네."
삼촌은 그렇게 냉랭하게 말하고는 벽에 기대어 눈을 감았다. 이내 코 고는 소리를 내면서 삼촌의 몸은 방바닥으로 미끄러져 내려갔다.

난나가 목침을 받쳐 주자 얼른 벽 쪽으로 돌아누워 버렸다.
　난나가 방에서 나오자 할머니가 불렀다.
　"배 들어올 때가 되었다. 허 서방 배에 좀 갔다 오너라."
　할머니는 동묵이 아저씨를 허 서방이라고 불렀다. 동묵이 아저씨의 성이 허씨였던 것이다.
　"무슨 고기를 달라고 할까, 할머니."
　"아무 고기나 되는대로 네 식구가 두어 끼 먹을 만큼만 달라고 해라. 돈은 다음 순천 장 이튿날 준다고 하고."
　난나는 신이 났다. 오른발에 왼발, 왼발에 오른발을 깡충깡충 맞추면서 선창으로 나갔다.
　웬일인지 영희가 자기 어머니가 들고 다니는 고기 바구니를 발치에 두고 서 있었다.
　"왜, 네가 왔지?"
　"엄마가 많이 아파."
　"오래되었어?"
　"어제부턴 밥은 한 숟갈도 뜨지 않고 물만 마셔."
　"일 나겠네."
　"오늘 고기가 많이 잡히면 돼. 우리 아버지가 내일 광양 장에 가서 약 지어 온다고 했거든."
　그러나 막상 선창에 배를 댄 영희네 아버지는 잔뜩 볼이 부어 있었다.
　"이년아, 어서 이리 오지 못해!"
　성질부터 내는 것으로 보아 오늘 고기잡이가 형편없다는 것을 단번에 알아챌 수가 있었다.

　영희 아버지는 변명처럼 중얼거렸다.

　"제철도 아닌데 높새바람이 불 게 뭐람."

　동묵이 아저씨의 배는 맨 꼴찌로 어두컴컴해서야 들어왔다. 난나가 손을 흔들자 닻줄을 던져 주었다. 난나는 능숙하게 닻줄을 받아서 옆의 바위에다 잡아매었다. 그러고는 다람쥐처럼 재빠르게 뱃전을 타고 배 위로 올라갔다.

　동묵이 아저씨의 배 고깃간도 허전하기는 다른 배들과 다를 바가 없었다. 전어가 아홉 마리, 서대가 다섯 마리, 먹돔이 세 마리, 군평선이 두 마리, 망둥이가 스물다섯 마리, 자지복이 네 마리였다.

　"아저씨, 숭어는 안 잡혔어요?"

　"잡았지."

　"그런데 왜 보이지 않아요?"

　"다시 바다로 놔 보냈거든."

　"왜 놔 보내요?"

　"숭어는 지금부터가 알을 배는 때야. 알을 많이 슬어야 숭어가 더 많아질 거 아니냐."

　"다른 사람들은 그래도 잡아 오던데요?"

　"나는 무식해도 우리 아버지한테서 그렇게 배우지 않았다. 알밴 고기는 잡아먹지 말라고 했어. 너도 나한테 배우는 중이니까 나중에 선장이 되더라도 이 말만은 명심해야 해. 알겠냐?"

　난나는 고개를 끄덕였다. 동묵이 아저씨는 전어 세 마리와 망둥이

다섯 마리를 바구니에 담아 주었다.

  배에서 내려올 때쯤에는 어둠의 층이 한결 두꺼워져 있었다. 동묵이 아저씨가 허리춤에서 손전등을 꺼냈다.

  "지난번에 여수 장에 갔다가 사왔지."

  동묵이 아저씨는 손전등 불을 켰다가 껐다가 다시 켰다. 그러고는 손전등 유리에다 대고 후 하고 입바람을 불면서 말했다.

  "밥맛 안 나는 물건이다."

  "지등보다 얼마나 편한데요."

  "글쎄다……."

  동묵이 아저씨는 불을 껐다가 다시 켜면서 말했다.

  "생명 있는 것이란 돌보는 맛이 있어야 하는데…… 그래야 정도 들고…… 그런데 이런 것은 약만으로 간단히 죽거나 살거나 하니 원……."

똥간과 영화

난나는 바닷가에서 영구와 함께 돌배를 따러 안산으로 가려다 말고 스피커 소리를 들었다.

"문화와 예술을 사랑하시는 갯밭 주민 여러분 안녕하십니까. 여기는 여러분들이 내 집처럼 여기고 늘상 찾아 주시는 해구면 공회당 이동 선전반입니다. 이번에 여러분들을 모시고 보여 드릴 영화는 명화 중의 명화, 〈울려고 내가 왔던〉, 〈울려고 내가 왔던가〉입니다. 눈물 없이는 볼 수 없는 영화가……."

둘은 동시에 서로 얼굴을 마주 보았다. 영구가 먼저 불룩한 상의 호주머니 속의 조약돌들을 길바닥에 버렸다. 난나도 바지 호주머니에까지 가득 채웠던 조약돌들을 쏟아 버렸다. 그리고 마지막 남은 차돌 하나로 바닷물 꼭짓점을 쳤다.

몸을 옆으로 뉘어서 비스듬히 던지는 차돌. 그러면 돌은 몇 번이고 바다 수면을 스치면서, 물을 튀기면서 깡충깡충 뛰어가곤 했다. 그러나 오늘 난나의 손에서 달려 나간 차돌은 풍덩 하고 한 번으로 끝을 내고 말았다.

"퉤, 재수 없다."

난나와 영구가 두 주먹을 불끈 쥐고 신작로에 이르렀더니 스피커 소리는 마을 구판장 쪽에서 굴러 오고 있었다.

면 공회당의 이동 선전반은 언제나 리어카를 타고 나타났다. 이번에도 마찬가지였다.

리어카의 사방을 널빤지로 막고, 그 널빤지 벽마다에는 영화 포스터가 도배되어 있었다.

포스터 속의 선녀 같은 여자는 손수건으로 눈물을 훔치고 있었고, 금테 모자에 검은 제복을 입은 선장은 파이프를 입에 물고 있었다.

그 선전탑 속으로부터 열변은 기세 좋게 흘러나왔다.

"사랑을 따르자니 의리가 울고 의리를 따르자니 사랑이 우는구나. 아! 비린내 나는 선창가에 선 사나이 가슴에도 비가 내리는데, 울려오는 운명의 뱃고동 소리……."

리어카를 앞에서 끌고 있는 사람은 이번에도 역시 멍게였고(아이들은 그 사람의 이름을 몰라 여드름 자국이 숭숭한 얼굴만 보고서 멍게라고 불렀다), 뒤를 밀고 있는 아이는 강수였다.

강수는 난나네 학교의 5학년 학생이었다. 힘과 몸집이 좋아서 아무도 그한테는 함부로 덤비지 못했다. 그래서 매번 이동 선전반의 리어카를 미는 것은 그의 몫이었다. 그 대가로 강수는 공회당에 들어오는 영화를 공짜로 보았다. 그러나 그런 강수도 난나한테는 한 번 혼난 적이 있었다.
 마을 앞 바닷가에서 벌어진 씨름판에서였다. 우뚝 서 있는 강수 앞에 난나가 나섰다. 나이도 적고 몸집도 작은 난나를 강수는 적당히 들어서 던졌다. 그러나 난나는 일어나서 옷에 묻은 모래를 털면서 또 한번 하자고 했다. 이번에도 강수는 난나를 불끈 들어 올렸으나, 난나가 찰거머리처럼 찰싹 달라붙어서 결코 떨어지지 않았다. 강수는 빙빙 돌다가 발이 꼬여서 균형을 잡지 못하고 도리어 자신이 넘어지고 말았다.
 나머지 한 판으로 결정을 하기로 했다. 한데 붙잡자마자, 난나가 두 손으로 잽싸게 강수의 오른쪽 다리를 번쩍 들었다. 외다리 걸음으로 몇 번 껑충거리다가 강수가 다시 넘어지고 말았다.
 "이 새끼야, 그런 씨름이 어딨어."
 강수가 주먹으로 난나의 가슴팍을 질렀다. 난나가 픽 쓰러지는 것을 보고 돌아서는데 강수는 느닷없이 옆구리가 멍했다. 난나의 머리가 치받고 들어온 것이다.
 그러나 난나는 사실 강수한테 싸움 상대가 되지 못했다. 그러나 쓰러뜨려 놓아도 일어나고, 일어나고 했다. 나중에는 다시는 못 일어나게 허벅지를 몇 번이나 짓밟기도 했다. 난나가 버둥거리는 것을 보고 강수는 집으로 돌아왔다. 우물가에서 얼굴을 씻고 있는데 대문간이 쿵쿵 울렸다. 강수가 나가 보니, 난나가 엎드린 채로 대문을 향해 돌팔매질을 하고 있었다. 강수를 노려보는 난나의 눈에서 불길이 뻗쳤다.
 "이 새끼야, 왜 도망가."
 이렇게 혼이 난 일이 있는 강수는 난나가 비집고 들어오는 것은 어떻게 할 수 없었다.

 학교의 선후배, 그것도 두 학년이나 아래인 난나가 선배인 강수와 싸움판을 벌인 것이다. 그러나 이 사건만은 정당한 승부를 깨끗이 받아들이지 않은 강수의 비신사적인 태도가 빌미가 되어 일어났기 때문에 상상하기 어려운 결말이 난 것이었다.

 난나는 강수와 보조를 맞추어 힘껏 리어카를 밀었다. 리어카가 갑자기 빨라지자 앞에서 끌고 있던 멍게가 뒤를 돌아보았다.

 "눈쟁이 놈이 또 붙었구나."

 "아저씨, 좀 봐줘요."

 "안 돼."

 "이 영화 하나만요. 그럼 씽씽 스케이트처럼 밀어 드릴게요."

 "이건 개봉 영화야. 네 집 누나를 줘봐라. 누가 들여보내 주나."

 "달래도 누나는 없는걸요. 동생 하나뿐이어요."

 "그만 말 시켜. 배고파 죽겠다."

 "그럼 고구마 파다 드릴까요?"

 갑자기 선전탑의 벽이 옆으로 살짝 비켜났다. 그러고는 안으로부터 발 하나가 불쑥 내질러졌다.

 "빌어먹을 자식, 입 닥치지 못해!"

 이 소리는 스피커를 통해서도 흘러나갔는데, 이 바람에 마당에서 듣고 있던 여자들이 더러 담장 너머 목을 빼어 내다보았다.

 난나는 더럽다 퉤퉤, 침을 뱉으면서 리어카에서 떨어져 나왔다. 영구가 다가와서 물었다

"아파?"

그 말에는 대답하지 않고 난나가 말했다.

"내친김에 우리 오늘 면사무소 소재지에 다녀올까?"

"영화 구경하게?"

"돈 있어?"

"따라오기만 해."

"전번처럼 변소 구멍으로 들어가게?"

난나는 윗니로 아랫입술을 약간 깨물어 보였다. 그것은 그렇게 하겠다는 난나의 의사 표시였다.

면사무소 소재지에 있는 공회당 안에 있는 변소는 옆구리가 조금 터져 있었다. 그 터진 구멍은 변소 청소 뒤에 오물통을 들어낼 때 사용하는 것이었는데, 평소에는 못을 두어 개 쳐놓은, 아이들 키만 한 높이의 널빤지 네댓 장으로 막아 놓았다. 그러나 개구쟁이들은 심심찮게 그 구멍을 공짜 구경을 할 때 입구로 이용했다. 널빤지에 묻어 있는 오물을 다소 손바닥이나 무릎에 묻힐 것을 각오해야 하는 모험이었다.

물론 변소를 통과해야 하기 때문에 사람들의 눈을 피하기는 어려웠다. 그러나 영화 시작 직후를 택하면 되었다. 대개의 사람들은 영화가 시작되면 변소에 있다가도 얼른 옷매무새도 고치지 않고 나갔던 것이다.

그러나 언제 어디서 나타날지 모르기 때문에 문지기 대갈보는 아이들에게 가장 무서운 저승사자 같았다. 불독 눈알처럼 디룩거리는 눈알에 머리는 곱슬머리인 대갈보. 게다가 몸집은 보통 사람 둘을 한데 묶어 놓은 것 같았다.

언젠가 스파이 정수가 변소 구멍으로 들어가다가 대갈보한테 붙들린 적이 있었다. 그때 대갈보는 정수를 한쪽 손아귀에 마치 솔개가 병아리 채듯 해서 들고 나와 아이들을 공포에 떨게 했다.
영구가 입을 열었다.
"저번 정수처럼 대갈보한테 붙들리면 어떡하지?"
난나가 땅벌을 잡아 꽁무니를 빨면서 말했다.
"걱정 마! 오늘 밤에는 내가 먼저 들어갈 테다."
이윽고 두 아이가 면사무소 소재지에 이르렀을 때는 해가 막 지고 있었다. 대폿집에서는 어른들의 목소리가 점점 커져서 밖으로 비어져 나오고 있었고, 지서의 보안등에는 벌써 불이 빨갛게 들어와 있었.
클랙슨을 빵빵 울리며 트럭이 다가왔다. 난나와 영구는 가로수 옆으로 비켜나며 손을 흔들었다. 그러자 운전석 창밖으로 검붉은 얼굴이 불쑥 나타나서 묻지도 않는 말을 했다.
"이놈들. 오늘 나는 선을 봤단 말이다."
그러고는 자랑스럽게 엄지와 검지로 동그라미를 만들어 보였다. 공회당은 농협 창고의 맞은편에 있었다. 지붕 위에 달아매 놓은 스피커는 두 개나 되었는데, 그 스피커에서 유행가 가락이 구성지게 흘러나오고 있었다.
공회당 주변은 흡사 가로등 밑에서 맴을 도는 부나비들처럼 사람들로 웅성거렸다. 더벅머리를 한 총각 두 명이 히죽거리며 표를 끊은 뒤에 뒤를 보고 손짓을 했다. 그러자 두 아가씨가 나타나서 빠른 걸음으로 그들과 함께 입장했다. 양복쟁이 한 사람은 표 대신 가벼운 고갯짓을 한 번 하고는 안으로 사라졌다. 면사무소 직원이었다.

난나와 영구는 공회당 주변을 돌면서 담배꽁초를 주웠다. 담배꽁초는 동묵이 아저씨한테 갖다 주면 그렇게 좋아할 수가 없는 선물이었다.

영구가 반도 안 탄 꽁초를 찾아 들고 말했다.

"야 이건 면장이 피운 것인가 보다."

난나가 필터 달린 꽁초를 집어 들고 말했다.

"이것은 조합장 것이다."

갑자기 공회당 지붕에서 줄기차게 흘러나오던 노랫가락이 뚝 끊어졌다. 그러고는 이제 곧 영화를 시작하겠다는 예고 방송이 나왔다. 난나는 영구한테 손짓을 했다. 영구가 어깨를 움츠리고 따라왔다.

다행히 변소가 있는 벽 부근에는 사람들이 보이지 않았다. 영구가 망을 보고 난나는 일을 시작했다. 우선 널빤지를 떼냈다. 오물통을 들어낸 지 얼마 되지 않았는지 채 마르지 않은 오물이 손바닥에 옮겨 붙었다. 아차 했으나 이미 실수한 뒤였다. 그리고 냄새가 왈칵 덤벼들었으나 손바닥의 오물에 비하면 그것은 아무것도 아니었다. 숨바꼭질을 할 때 변소에 가서 숨어 있을 때처럼 속으로 구린내야 저리 비켜라 하고 말하면 그만이었다.

난나는 한쪽 다리를 먼저 들여보냈다. 그리고 머리를 들이밀고 상반신을 밀어 넣었다. 난나가 작은 목소리로 보이지 않는 영구에게 말했다.

"영구야. 아무도 없어. 성공이야."

그러자 느닷없이 벽력같은 목소리와 함께 우악스러운 손아귀가 난나의 목덜미를 붙잡았다.

"이 쥐새끼 같은 놈아! 똥 처먹으려고 들어온다냐!"
"아, 아, 아저씨……."
"가만히 있엇!"
"아저씨."
"이놈아, 똥 처먹으려고 들어왔으니 우선 똥부터 먹어야 할 거 아냐."
난나는 고개를 들었다. 그 무서운 대갈보의 눈알이 바로 눈앞에서 디룩거리고 있었다.
"가자, 이놈."
대갈보는 목덜미를 움켜잡고 난나의 몸을 쳐들고 흔들다가 끌고 갔다. 난나는 공중제비를 하는 것 같았다. 그것도 여러 번. 마룻바닥이 오르락내리락했고 벽이 흔들흔들 옆으로 비켜났다. 검은 문 속으로 들어갔다. 공회당의 세면소였다. 먼지가 앉은 어둠침침한 전등이 천장에 한 개 붙어 있었고, 한쪽 귀퉁이에 물통과 세숫대야가 있었다. 거기에서 난나는 놓여났다.
"우선 손부터 씻어라."
난나는 몇 번이고 비누질을 해서 손바닥을 문질렀다.
"오늘은 손바닥에 똥까지 묻혔으니 특별히 봐주겠다. 그러나 다음부턴 절대 똥간으로 들어올 생각은 하지도 마라. 네 동무들한테도 그렇게 전해. 걸리기만 하면 똥바가지를 덮어씌우겠다고 말이다."
난나는 그에게 놓여나서 영화를 보았다. 뒤에 남은 영구에게 미안했으나, 달리 도리가 없었다. 영화는 그러나 통 재미가 없었다. 체한 것처럼 속이 메슥거렸다.

으슥한 뒷골목과 깡통이 주렁주렁 달려 있는 대문과 걸핏하면 돌아앉아 우는 여자가 토막토막 눈에 들어왔다. 물론 그 여자는 리어카 선전탑에 붙어 있던 포스터 속의 선녀였다. 왜 그렇게 무작정 울어야 하는지, 참으로 슬픈 사연의 선녀였다. 그리고 간혹 주먹질이 오고 갔고 갈매기가 선창을 날았다. 그러는 동안에 빗줄기처럼 화면에는 끊임없이 줄이 나타났고 세 번이나 필름이 끊겼다. '활동사진'의 체면이 말이 아니었다. 그때마다 사람들은 웅성거렸고, 고함을 질렀고, 휘파람을 불기도 했다. 뱃고동이 울리자 선장을 태운 기선이 부두를 떠났다. 필름이 또 끊어져서 정말 부아가 나려고 했을 때, 그리고 또다시 웅성거림이 일 찰나에 전깃불이 확 들어왔다.

난나는 성에 차지 않는 표정을 하고 뿔뿔이 흩어지는 사람들 틈에 끼여서 공회당을 나왔다. 그러고는 혀 밑에 고인 침을 뱉었다. 손가락을 목 안으로 집어넣어서 속에 있는 것을 모두 토해 버리려고 했으나, 헛구역질만 나왔다.

그날 밤 따라 바닷바람은 더욱 아쉽게 불어왔다.

덫

난나는 오후 수업반이었다. 그래서 아침나절은 집을 보았다.
할머니는 뒷골 고추밭에 고추 따는 품앗이를 갔고, 삼촌은 간다 온다는 말도 없이 휙 하니 사라졌다. 멍멍이도 어디론가 나가 버렸다.
할머니가 밭에 나간 뒤에부터 이슥한 가을의 실비가 시름시름 시작되었다. 우중이었지만, 옥이는 공소의 화단에 풀을 뽑으러 가야 했다. 옥이는 지우산을 찾았으나 삼촌이 들고 나갔는지 보이지 않았다. 하는 수 없어 토란 잎을 따서 머리 위에 얹고서 공소로 갔다.
집에는 난나와 처마 밑의 제비네와 두엄 더미 근처를 뒤지고 있는 닭 세 마리와 마루 위의 난나를 엿보고 있는 담 구멍의 쥐, 그뿐이었다.
실비가 내리고 있는 바다는 하늘과 잘 가늠이 되지 않았다. 그저 하늘과 바다가 한 몸이 된 듯 부옇기만 했다. 이런 날은 파도 소리마저도 눅눅하게 들려왔다.
두엄 더미 위에서 수탉이 홰를 치고 길게 울었다.

난나는 이런 적막한 낮이 싫었다.
이왕 올 것이면 장대비가 되어 한바탕 우두둑우두둑 쏟아지고 말 것이지 이게 뭐람.
그러나 동묵이 아저씨는 이런 날도 신기해하며 아름답다고 할 것이다.
"아, 기가 막히다. 이번 비에 익은 석류가 벌어지지 않고는 못 배기겠다. 이렇게 간지럼을 태우니."
동묵이 아저씨한테는 무엇이거나 처음이고, 무엇이거나 아름답다. 물이 끝나는 산벼랑 끝 바위 틈에 발을 디디고 서 있는 소나무를 볼 때마다 신기하다고 고개를 갸웃거렸다. 파도가 철썩 하고 뱃전을 치는 것을 마흔 살 나이까지 지겹게 봤을 텐데도 "저것 봐, 천 이랑 만 이랑 일어나는 저 파돌 좀 봐" 하며 감탄한다. 보름께의 바다에서는 물결에 달빛이 비치는 것을 보다가 손가락으로 달을 가리키며 "저렇게 크고 맑은 달은 처음 봐" 하고 입을 크게 벌린다.
어느 날 난나가 물었다
"아저씨는 왜 맨날 첨이지요?"
"처음 보니까 처음이제."
"어제도 봤잖아요?"
"어제 것은 어제 처음이었고, 오늘 것은 오늘 처음인 거야."
"그럼 무엇이건 지금 것이 최고겠네."
"그렇고말고, 지금 것만이 눈으로 볼 수 있는 것이야."
난나의 눈에 수수깡 울타리를 타고 올라가서 피어 있는 덩굴용담 꽃이 들어왔다. 덩굴용담 꽃은 나팔처럼 목을 내밀고 실비를 받아먹고 있었다.

  난나는 실비와 함께 덩굴용담의 꽃 대궁 속으로 들어갔다. 온몸에 덩굴용담 꽃의 옅은 푸르름이 배어들었다. 그리고 향기가 배어들었다. 향기에 취한 난나의 의식을 뒤흔드는 바람이 꽃 대궁 속으로 흘러들어 왔다. 난나는 꽃 대궁 속에서 뛰쳐나와 자신의 의식을 뒤흔든 바람을 쫓아 나섰다. 산비탈을 올랐다. 동네 머슴 묘 근처였다. 오리목 나무를 타고 올라간 칡넝쿨에 칡꽃이 밤하늘의 별처럼 피어 있었다. 유성처럼 칡꽃이 하나 난나의 목을 향해서 떨어졌다.

  난나는 화들짝 놀라 깨었다. 깜빡 졸았던 것이다.

  난나는 조심해서 목을 만져 보았다. 그러나 아무것도 없었다. 일어나 앉았다.

  그 사이에 비는 개어 있었다. 바다는 다시 푸른빛으로 돌아와 있었고 먼 산은 가까이 다가와 있었다. 어디를 갔다 오는지, 멍멍이가 목이 없는 헌 군화 한 짝을 물고 들어왔다.

  멍멍이는 간혹 이렇게 무엇인가를 물고 들어왔다. 언젠가는 생선 두름을 물고 와서 마루 밑으로 들어가기도 했다. 그러다가 작년 겨울에는 결정적인 실수를 저질렀다.

  그날은 성에가 밀려와서 바닷가에 은빛의 띠가 빛나던 날이었다. 난나와 옥이가 양지바른 담장 밑에서 소꿉놀이를 하고 있는데 멍멍이가 이상한 것을 물고 다가왔다.

  동그랗고 말랑말랑한, 오목한 뚜껑 비슷한 것이 두 개 달린 끈이었다. 그것은 난나도 옥이도 처음 보는 것이었다. 난나가 멍멍이의 의사는 물어보지도 않은 채 그것을 뺏어 들었다.
"선생님들이 치는 정구공이 두 개 들어가면 꼭 맞겠는데."
"그러면 그 공 집인가 봐, 오빠."
"아니야, 공 집은 따로 있어. 내가 본 적이 있는걸."
"그럼 무엇이지, 오빠?"
난나가 그것을 팔굽에 대어 보았다. 옥이가 고개를 저었다. 무릎에 대어 보았다. 옥이가 또 고개를 저었다.
"옳지, 알았다."
난나가 손뼉을 쳤다. 그러고는 그것을 귀에 갖다 대었다. 옥이도 그제야 고개를 끄덕였다.
이튿날, 난나는 학교에 가면서 그 귀마개를 했다. 머리 위로 두르는 끈하며, 아래의 걸쇠하며, 꼭 맞았다. 할머니도 참 희한한 귀마개도 있다면서 신기해했다.
난나가 학교에 가자, 아이들은 모두들 난나의 이상한 귀마개를 보고서 부러워했다. 그런데 선생님이 조례 시간에도 그 귀마개를 하고 천연덕스럽게 앉아 있는 난나를 보고는 웃음을 터뜨렸다.
"그게 뭐지?"
"귀마개입니다."
선생님은 더 크게 웃었다.
"어디서 났어?"
"우리 집 멍멍이가 물고 왔습니다."
조례가 끝나자 난나는 귀마개를 한 채로 선생님을 따라서 교무실로 갔다. 난나가 들어서자 교무실은 웃음판이 되었다. 좀체로 웃지 않는 교장 선생님도 웃었다. 여선생님만이 얼굴이 빨개진 채로 눈을 흘기고 있었다.

담임선생님이 다그쳤다.

"사실대로 말해. 너 이것 어디서 났어?"

"멍멍이가 물고 온 것이라니까요."

다시 선생님들이 웃었다. 6학년 담임이 난나의 귀마개를 벗겨 들고 말했다.

"그런데 이 물건 임자는 누구일까요? 내가 알기로는 이 동네 여자들은 아직 이런 신식을 쓰지 않을 텐데 말입니다."

5학년 담임이 그의 말을 받았다.

"그럼요. 나이 든 사람들은 치마 허리띠로 감추고 처녀들은 천 조각 같은 것으로 감고 다니지요. 그렇다면 아무래도 우리 교무실에 임자가 있는 것이 아닐까요?"

선생님들의 눈이 여선생님에게로 쏠렸다. 더는 못 참겠다는 듯이 여선생님이 발딱 일어나서 난나를 쥐어박았다.

"빨랫줄에 널어놓은 것인데 어떻게 개가 물고 가니? 개가 새라도 된단 말이니? 네놈의 장난이야."

난나도 지지 않고 말했다.

"아냐요. 난 남의 빨래는 훔치지 않아요. 난 그렇게 더러운 짓은 안 해요. 우리 집에는 이보다 더 좋은 토끼털 귀마개가 있어요. 동묵이 아저씨가 선물로 주었어요."

교장 선생님이 나섰다.

"임 선생, 참으세요. 이 아이의 말이 거짓이 아닌 것 같소. 자, 그리고 너는 돌아가거라. 가기 전에 하나 알아 둘 것이 있는데, 이건 귀마개가 아니다. 이 물건의 용도는 나중에 저절로 알게 될 것이다."

그러나 난나는 아직까지도 그것의 용도를 모르고 있었다.

난나는 책보를 챙겨 들고 일어났다. 마루 밑의 멍멍이한테 소리를 질렀다.

"이제는 네 차례야."

그러나 멍멍이는 물어뜯어 본 군화짝의 맛이 별로였는지 기지개를 켜면서 따라나서려고 했다.

"집 보라니까. 심심하면 제비네 식구들이 드나드는 것을 구경해. 저기 저 담구멍에서 쥐가 나올 테니까 쥐도 쫓고, 더 심심하면 저기 수수깡 울타리에 올라가 있는 덩굴용담 꽃을 봐. 그러면 잠이 올 거야."

그런데도 멍멍이는 못 들은 척하고 난나를 따라나섰다. 난나는 돌멩이를 집어 들었다. 멍멍이는 위험을 느꼈는지, 난나의 눈치를 보면서 슬그머니 마루 밑으로 다시 들어갔다. 난나는 돌멩이를 둥그렇게 느린 속도로 포물선을 만들며 부엌문 쪽으로 던지면서 말했다.

"곧 옥이가 올 거야. 그때 교대하고 네 볼일을 봐."

난나가 사립문을 나섰을 때, 멀리 학교 뒤 솔밭에서 선창까지 무지개가 걸려 있었다.

— 그렇지, 솔밭에 돈을 묻어 두었지.

난나는 바삐 걸었다. 자신이 그랬던 것처럼 무지개의 뿌리를 파겠다고 꼬마들이 몰려올까 봐 걱정이 되었던 것이다.

어제 둘째 시간을 마치고 쉬는 시간이었다. 난나는 신발장 앞에서 우연히 은빛으로 빛나는 백 원짜리 동전을 보았다. 난나는 주변을 둘러보았다. 아무도 없었다.

마음속에 뿔이 또 나타났다. 숨겨라, 숨겨라, 숨겨라, 하고 숨이 가쁠 만큼 졸라 댔다.

난나는 우선 동전을 발로 살며시 밟았다. 다시 한 번 좌우를 돌아본 다음에 발바닥을 살피는 척하면서 동전을 집어서 얼른 호주머니 속으로 감췄다. 어떻게 할까 생각해 보아도 먼저 겁부터 나는 것은 어쩔 수 없었다.

난나는 혼자 솔밭으로 올라갔다. 마침 한쪽에 갯머위 꽃이 한 무더기 피어 있었다. 난나는 그 무더기 밑에다 동전을 묻었다. 크리스마스 때 옥이의 선물을 사줄 마련이 되었다고 생각했다.

옥이는 케이스가 많은 비닐 지갑을 하나 갖고 싶어 했다. 지금은 삼촌이 도민증을 넣고 다녔던, 케이스가 둘뿐인 비닐 지갑을 가지고 있다. 그 케이스 한편에는 난나의 엄마 아빠가 나란히 웃으며 박은 빛바랜 누런 사진 한 장이 들어 있다. 그리고 또 그 반대편에는 아기 예수님을 안고 있는 성모님의 그림 한 장이 들어 있다. 그 지갑을 옥이는 잃어버릴까 봐 그물 깁는 실로 꿰어서 잠자리에서까지 목에 걸고 있었다.

그것 말고도 옥이는 비닐 케이스 속에 넣고 싶어 하는 것이 많았다. 난나가 그려 준 멍멍이 그림, 그리고 언젠가 수녀님으로부터 얻었다는 십자가 사진, 행운을 점지한다는 네 잎 클로버 등.

난나는 바삐 솔밭으로 올라갔다. 다행히 솔밭에는 꼬마들이 하나도 올라와 있지 않았다. 그러나 이게 웬일인가. 어제까지만 해도 한 무더기밖에 피어 있지 않던 갯머위 꽃이 여기저기 무더기로 피어 있었다.

난나는 이 갯머위 꽃 저 갯머위 꽃 무더기 밑을 쑤셔 댔다. 그런데 돈을 찾기도 전에 시작종이 울렸다. 난나는 할 수 없이 교실로 들어갔다.

선생님은 출석을 부른 다음에 아이들에게 눈을 감으라고 했다. 바다는 만조인 것 같았다. 벼랑을 치는 파도 소리가 교실의 판자벽을 울렸다.

"내가 지금부터 하는 말을 잘 들어라. 어제 영식이가 학용품 살 돈 백 원짜리 동전을 잃었다. 물론 호주머니에서 저절로 빠진 것인지, 아니면 누가 나쁜 마음을 먹고 훔쳐 갔는지, 그것은 영식이도 모른다고 한다. 그런데 문제는 이 돈을 보았다는 사람이 아직 나오지 않는다는 점이다. 이제라도 늦지 않았다. 영식이의 동전을 본 사람은 조용히 손을 들기 바란다."

난나의 가슴은 심각하게 뛰었다. 마음 한편에서는 손을 들어야 한다고 부추겼고, 다른 한편에서는 그대로 있으라고 손을 잡아 눌렀다. 돈은 주운 것이지만 지금 손을 들지 않으면 도둑이 된다는 편과 영식이네는 부자이고 또 주운 돈이기 때문에 이때만 잘 견디면 된다는 편이 서로 다투었다.

선생님이 눈을 뜨라고 했다. 그러고는 양복 안주머니에서 솔잎 다발을 꺼내었다. 아이들의 입에 그것을 하나씩 물려 주면서 말했다.

"이 솔잎은 선생님이 특별히 미국에서 주문해 온 마술의 솔잎이다. 자기의 마음을 속이고 있는 사람의 입속에서는 단번에 곱으로 자라나게 되지. 자, 눈을 감아라."
 난나는 숨이 막힐 만큼 걱정이 되었다.
 이 마술의 솔잎이 자라난다면……?
 난나는 솔잎을 반 끊어서 꿀꺽 삼켰다.
 한참 후에 선생님은 아이들에게 눈을 뜨게 한 후에 반장을 시켜 솔잎을 거두게 했다.
 교무실로 간 선생님이 반장을 시켜서 난나를 불렀다. 선생님은 다짜고짜로 물었다.
 "돈을 어디다 두었지?"
 "……."
 "다 알고 있어. 어서 말해."
 "솔밭 갯머위 꽃 밑에……."
 "가자."
 선생님과 함께 솔밭에 간 난나는 무더기로 여기저기 피어 있는 갯머위 꽃 밑을 더듬고 다녔다.
 "내가 네놈의 대가리 꼭대기에 올라가 있어. 꾀부리지 말고 어서 돈 가져와."
 "꾀부리는 것이 아녀요. 어젠 정말 갯머위 꽃이 한 무더기밖에 피어 있지 않았어요."
 선생님은 담배를 피워 물었다. 담배 연기는 두 갈래로 헤어져서 바다 쪽으로 날아갔다.
 난나의 손끝에 딱딱한 것이 걸렸다. 난나는 조심해서 그것을 끄집어

냈다. 동전을 건네받은 선생님은 난나의 뺨을 후려갈겼다.
"여기에서 수업이 끝날 때까지 꿇어앉아 있어! 전번처럼 도망가면 그땐 퇴학이니 그리 알엇!"

난 죽고 싶어요

 난나는 지금까지 한 번도 생각해 본 적이 없는 죽음이라는 낱말을 떠올렸다. 죽음에 관해서 확실하게 아는 것은 없지만, 한 가지 분명한 것은 죽는 사람은 이 세상의 이런저런 관계에서 놓여나는 것 같다는 것이었다. 그리고 남은 사람을 슬퍼하게 하는 것이었다.
 난나는 정말 지금 모든 것에서 놓여나고 싶었다. 그리고 이번 일로 남은 사람들을 슬퍼하게 하고 싶었다.
 난나의 빈자리는 틀림없이 반 아이들을 모두 눈치 채게 했을 것이다. 선생님이 귀신같이 도둑을 잡아냈다고 감탄하고 있을 것이다. 선생님은 또 의기양양하게 "난나와 같은 양심을 속이는 아이가 돼선 안 된다"고 주의를 주고 있을지도 모른다.
 그러나 선생님도 마찬가지로 거짓말을 했다고 난나는 말하고 싶었다. 별것도 아닌 보통 솔잎을 따와서 미국에서 가져온 마술의 솔잎이라고 하지 않았는가. 그리고 마음을 속이고 있는 사람의 입 안에서는 죽죽 자라난다고 하지 않았는가.

난나는 앞에 있는 아카시아 나무가 마치 선생님이기나 한 것처럼 따졌다.

— 선생님이라고 해서 그렇게 거짓말해도 돼요? 나는 영식이의 돈을 훔치진 않았어요. 신발장 앞에서 주웠을 뿐이어요. 신발장한테 물어보세요. 화단에서 해바라기도 건너다보고 있었어요. 색비름도 보았어요. 그것들한테 물어봐요. 내 말이 맞다구요.

바다 쪽으로부터 바람이 불어왔다. 아카시아 나뭇가지가 흔들렸다.
"나는 구름만 보고 있었다. 왜 나한테 성화니?"

아카시아 나무는 이렇게 말하는 것 같았다.

— 그렇다면 이것 하나만 말해 줘요. 반 아이들 모두가 날 도둑이라고 생각할까요? 내 짝 영희도 그렇게 생각할까요?

학교 쪽에서 풍금 소리가 울려왔다. 도, 레, 미, 파, 솔, 라, 시, 도. 아이들이 계명을 따라 불렀다. 도, 레, 미, 파, 솔, 라, 시, 도…… 도, 시, 라, 솔, 파, 미, 레, 도…….

난나는 가슴이 욱신거려 옴을 느꼈다. 나중에 커서 영희한테 장가를 들겠다고 말하려고 했는데 이젠 글렀다고 생각했다. 하지만 죽어 버리면 선생님도 미안해하고 영희도 슬퍼할까.

난나는 아직 사람이 죽는 것을 직접 눈으로 본 적이 없었다. 그러나 멍멍이 어미가 죽는 것을 보았었다. 어딘가에서 쥐약 놓은 것을 먹었는가 보았다. 아무튼 멍멍이 어미가 그렇게 발광하는 것은 처음 보았다. 컹컹거리며 마루 밑을 드나들고 텃밭에서 뒹굴어 상추를 다 뭉개

놓았다. 된장 물을 들고 간 옥이도 몰라보고 하마터면 물어뜯을 뻔했다. 그러다가 일순 조용해졌다. 대밭 속에서였다. 멍멍이 어미는 누운 채로 가볍게 한 번 뒷다리를 떨더니 더는 움직이지 않았다.
 난나는 거적을 가져오는 할머니한테 물었다.
 "할머니, 모두 저렇게 죽어요?"
 "그렇단다. 이 세상의 괴로움을 저렇게 한순간에 다 벗어 버리는 것이란다."
 "그렇게 좋아하던 옥이도 몰라보고?"
 "그럼. 좋아하는 것도 싫어하는 것도 죽으면 다 소용없는 일이지."
 "영 그만이야?"
 "영영 그만이지."
 그래 영 그만. 아니 영영 그만이고 싶다고 난나는 생각했다. 우선 도둑으로 몰린 것이 분했다. 그리고 홀로 솔밭에서 벌을 서고 있는 것이 슬펐다. 멍멍이 어미처럼 쥐약을 버무린 보리밥 덩어리를 먹고 모든 것을 잊어버릴까. 아니, 쥐약보다는 양잿물이 더 나을지도 몰라. 그러나 영구 고모처럼 죽진 못하고 목구멍이 타버리면 어떡하지?
 영구 고모는 처녀 몸으로 처자식이 있는, 그것도 한집안의 당숙하고 사단을 일으킨 여자였다. 이태 전 하지 무렵이었다. 괴괴한 대낮에 갑자기 외마디 소리가 마을 하늘을 팽팽하게 긴장시켰다.
 "동네 사람들아, 굿 났네! 이 집안 굿판 좀 보소!"
 여자가 손뼉을 치면서 마당 한가운데로 나섰다. 남자가 잠방이 바람으로 나와서 여자의 머리채를 잡고 마당잡이를 돌았다. 그런데도 여자는 소리소리 지르는 것을 멈추지 않았다.
"세상에 나를 콩밭 매러 보내 놓고 숙질간에 붙어먹었다네!"
남자가 헛간으로 달려 들어갔다. 괭이를 들고 나와서 장독을 찍자 장이 시꺼멓게 마당을 물들였다. 그길로 남자는 동네를 떠났다. 영구 고모가 양잿물을 마신 것은 그다음 날이었다. 그런데도 목구멍만 탔고 죽지는 않았다. 지금도 영구 고모는 옆구리에 박아 놓은 호스로 미음을 집어넣으면서 살아가고 있다.
난나가 생각해도 쥐약과 양잿물은 끔찍한 것이었다. 그렇다면 복어 알이 훨씬 나을지도 모른다. 언젠가 할머니가 삼촌한테 하던 말이 떠올랐다.
"네놈은 자식이 아니라 원수다. 이놈아, 어서 복어 알이나 얻어 오너라. 함께 끓여 먹고 죽어 버리자."
난나는 동묵이 아저씨한테 복어 알을 구해 달라고 해야겠다고 마음먹었다. 동묵이 아저씨는 지금 어디에 있을까. 난나는 바다를 향해 돌아앉았다.
바다는 썰물이 지고 있었다. 수평선을 향해서 물러가고 있는 바닷물과 뻘 밭에 박혀 있는 폐선의 작은 키가 난나의 슬픔을 더해 주었다.
내가 죽으면 꽃상여를 태워 줄까. 아니야. 그만한 돈이 없으니까 독에 넣어서 지게에 지고 갈 테지. 지난 5월에 염병으로 죽은 순아처럼. 지게는 동묵이 아저씨가 져주겠지. 할머니와 옥이와 멍멍이가 그 뒤를 따를 테고…….
난나는 부연 눈물 속에서 오솔길로 누군가가 걸어오는 것을 보았다.

하얀 수염이 날리는, 더러 본 적이 있는 한복 바지저고리를 입은 노인이었다.

노인은 4~5년 전부터 삼꽃이 필 때면 솔밭에 나타났다. 집이 어디인지, 어디서 와서 어디로 가는지 아무도 아는 사람이 없었다. 다만 삼밭에 삼꽃이 피면 노인이 벌 떼를 거느리고 오겠거니 하고 기대했고 그 기대대로 노인은 어김없이 나타났다가는 벌 떼와 함께 달포쯤 머물다가 흔적도 남기지 않고 사라지곤 했다.

작년 초가을이었다. 학교의 아이들이 솔밭으로 올라와서 숨바꼭질을 하다가 벌한테 쏘였다. 난나도 그중의 하나였다.

학교에서 선생님들이 올라왔다. 노인한테 당장 솔밭에서 떠나가 달라고 말했다. 노인은 고개를 저었다. 서로가 조심하면 불상사가 생기지 않는다는 것이었다.

"벌은 절대 자신을 다치게 하지 않으면 먼저 쏘지 않아요. 그것들한텐 한 개뿐인 침이오. 상대를 쏘고 나면 자기도 죽어요. 그런데 오직 한 개뿐인 생명을 그렇게 함부로 써버릴 수가 있겠소?"

선생님 가운데서 누군가가 물었다.

"노인장은 왜 하필 이런 양봉으로 생업을 삼으셨어요?"

노인은 먼 바다 쪽으로 고개를 돌리고 말했다.

"나는 이렇게 벌을 쳐서 먹고사는 것이 이 세상에서 가장 좋은 생업이라고 생각하오. 우선 남의 생명을 해하지 않고 살 수 있으니까요. 그리고 삼천리강산을 한 치도 건드리지 않고 풀 나무 하나도 상하지 않아요. 이 땅으로 말하면 우리들 자손한테서 우리가 사는 동안만 꿔 쓰는 것이라고 할 수가 있지요. 그런데 이 양봉업만큼 자연을 축내지 않고 할 수 있는 직업이 세상 어디에 있는지 말씀 좀 들어 봅시다."
　그날따라 노인의 눈은 한없이 깊어 보였다.

　노인은 난나 앞으로 조용히 다가와서 물었다.
"넌 왜 여기에서 혼자 벌을 서고 있느냐?"
"……."
"나는 다 듣고 왔다. 남의 돈을 훔쳤던 모양이더구나."
　이미 마을에 소문이 돈 모양이다. 난나가 단호하게 말했다.
"아냐요. 전 훔치지 않았어요."
"그러면?"
"신발장 앞에서 주웠어요. 해바라기도 보았는걸요. 색비름도 보았어요."
"해바라기도 보고 색비름도 보았다…… 그렇다면 거짓말은 아니겠구나. 그런데 왜 선생님이 널 여기에다 벌을 세웠을까?"
"……."
"아마 주운 돈을 임자한테 돌려주지 않고 네가 감추어 두었던 거로구나."
　노인은 난나가 돈을 찾느라고 들쑤셔 놓은 갯머위 꽃 밑의 흙을 신발로 다지고 다니면서 말했다.
"남의 물건을 훔친 사람만이 아니라 주운 재물을 주인한테 돌려주지 않는 사람도 도둑이다. 도둑이란 원래 쉽게 거저 가지려는 생각에서부터 비롯되거든."

"그 애 집은 논이 많은데두요."

노인은 기가 찬지 풀썩 웃었다.

"부자거나 가난뱅이거나, 밉거나 이쁘거나 그것은 하등 관계가 없다."

"왜 관계가 없어요?"

"흠집이 생기는 것은 네 마음이니까."

"무슨 말인지 전 잘 모르겠어요."

"이놈아. 쉽게 얻는 버릇이 들면, 도둑으로밖에 나갈 길이 없어."

"……."

"대답해 보아라. 사람이 될 테냐? 도둑이 될 테냐?"

난나는 고개를 흔들면서 소리를 질렀다.

"전 죽고 싶어요!"

노인의 눈에 파도 결 같은 이랑이 나타났다. 그 이랑이 가라앉기까지는 한참이 걸렸다.

난나는 쓸 쓸 쓸 하는 쓰르라미 울음소리를 듣고 있었다.

노인은 잊고 있었던 것이 생각난 듯이 하늘을 보고 휘파람을 불었다. 그러자 놀랍게도 새 한 마리가 날아왔다.

노인은 턱 끝으로 난나를 가리키며 말했다.

"저 아이가 죽고 싶다는구나."

그러자 새는 깡충깡충 걸어다니면서 뭐라고 지저귀었다. 필 필 필 하는 소리로.

난나의 눈이 크게 열렸다.

"그 새 이름이 뭐예요?"
"휘파람새지. 너를 보고 맹꽁이 같은 소리 하지 말라고 하는구나."
"정말이에요?"
"그렇고말고. 그럼 날아가라고 할까?"
노인은 손뼉을 한 번 가볍게 쳤다. 그러자 휘파람새는 다시 떠올라 하늘 속으로 날아가 버렸다.
"사람이 죽으면 어떻게 되는 줄 아느냐?"
"알아요."
"어떻게 되는데?"
"전부를 잃어버려요. 우리 할아버지와 아버지처럼."
"할아버지와 아버지가 일찍 돌아가신 게로구나."
"내가 백 점 맞은 산수 시험지를 받아 와도 몰라 줘요. 우리 할머니가 혼자서 모내기를 하고, 김을 매고 해도 거들어 주지도 못해요. 할머니는 때때로 울어요. 짐만 내부려 놓은 못된 인간들이라구요."
노인은 난나의 앞가슴에 붙은 이름표를 유심히 들여다보았다.
"달성 서씨냐?"
난나는 고개를 끄덕였다.
"그러면 이 마을에 서권식 씨 집안이 있을 텐데, 그 집안하고는 어떻게 되느냐?"
그 이름은 난나가 많이 들어 본 것이었다. 서 권 식 하고 입 안으로 외워 보았다.
"아, 맞아요. 우리 할아버지 이름이 서권식이어요."

"그럼 네가 권식이의 손자란 말이냐?"

노인은 멀리 수평선으로 눈길을 보냈다.

수평선에는 흰 구름 한 점이 노인의 눈길에 사로잡혀 꼼짝도 못하고 있었다.

살아 있는 돌멩이

난나네 할아버지의 무덤은 산뱀모퉁이의 부엉이골에 있었다. 사람들이 혼자서는 대낮에도 잘 지나가려고 하지 않는 후미진 골짜기였다. 밤이면 부엉이가 음산하게 우는 그곳에 있는 무덤은 난나네 할아버지 것 하나뿐이었다. 잦은 산사태에 잔디도 별로 없는 골짜기였다.

삼촌은 난나를 데리고 남의 눈을 피하여 성묘를 다니곤 했다. 설에는 이른 새벽에 찾았고, 추석 때면 달밤에 집을 나설 때도 있었다. 난나가 왜 할아버지 산소를 숨어서 다녀야 하느냐고 물었을 때 삼촌은 길가의 억새 잎을 따서 치금을 불었다.

난나는 지금 그 부엉이골에 있는 할아버지의 무덤을 향해서 노인과 함께 가고 있었다.

끝 종이 울리자 노인이 학교로 내려가서 난나네 담임선생님을 데리고 왔다. 선생님은 뒷머리를 긁적였고, 그러나 난나한테는 눈을 치켜 뜨며 보이면서 돌아가라고 말했다.

난나가 일어나자 노인이 손짓으로 불렀다. 노인을 따라서 숲을 향해서 난 길을 한참 걸어갔다. 숲 속으로 들어가자 삼꽃 향기가 흐르는 언덕에 작은 천막이 있었다.

천막 주변에는 난나가 처음 보는 것들이 많았다. 벌들이 열심히 드나드는 하얀색의 벌통, 접는 나무 침대 그리고 자루처럼 생긴 것이 있었는데, 이부자리라고 했다.

"자, 이렇게 나를 따라해 보아라."

난나는 노인이 하는 대로 가랑이 사이로 고개를 넣었다. 그러자 항시 머리에 이고 다니던 하늘이 호수가 되어 아래 소나무 끝에 와 걸렸다. 그리고 먼 산은 호수 속에 잠긴 그림자가 되었다. 갑자기 달라져 버린 새 세상 같았다.

"그래도 죽을 테냐?"

난나는 처음으로 웃었다.

노인은 천막 속으로 들어가서 옷을 갈아입고 나왔다. 한복 바지저고리 대신에 낡은 국민복을 입고 있었다. 한 손엔 작은 소주병과 잔이 들려 있었다.

"나를 네 할아버지 산소에 좀 데려다 다오."

이상하게 생각하고 쳐다보는 난나에게 노인은 말했다.

"나는 너의 할아버지 친구였다."

잔솔밭의 산등을 넘자 원두네의 복숭아 과수원이 나타났다. 과수원의 탱자나무 울타리에는 탱자가 여기저기 노오랗게 달려 있었다. 난나는 돌멩이를 집어던졌다. 돌멩이가 빽빽한 탱자나무 가지 사이에 박히면서 탱자 한 알을 굴려 보냈다. 난나는 그것을 집어서 호주머니 속에 넣었다.

울타리 안에서 셰퍼드가 짖었다. 그러자 건너편의 은행나무 위에서 까치가 과수원 쪽을 보고 울었다. 깍 깍 깍 하고.

"지금 저 까치는 뭐라고 하지요?"

난나가 물었다.

"조용히 해라. '인간만도 못한 개야'라고 하는구나."

"인간만도 못한 개라니요?"

"그거야 인간 같은 개지."

"그것도 욕이어요?"

"그럼. 짐승들끼리는 그렇게 욕한단다. 인간들이 욕을 할 때 개를 가장 많이 섞어 쓰는 것처럼 짐승들 세계에서 속이기 잘하고 변절 잘하는 녀석에게는 인간 같은 놈이라는 욕을 한단다."

노인은 웃었다. 그러나 메아리로 돌아오는 노인의 웃음소리는 난나에게 바람 든 무 속 같은 느낌을 주었다.

뱀모퉁이에 이를 때쯤에는 해가 산정 한 발 위에 있었다. 산국화가 한 무더기 바위 밑에 피어 있었다. 노인은 산국화에 눈을 준 채 우두커니 서 있었다.

"무얼 생각하셔요, 할아버지?"

"꽃은 이렇게 변치 않고 피는구나."

"그러면 할아버지는 변해 보았어요?"

"……"

"무얼 생각하세요?"

"지난날을 생각했다."

"그때 이 꽃을 여기에서 만났어요?"

"만났지."

"누구하고 보았어요?"

"친구하고."

노인은 말하고 싶었다. 젊은 날의 격정과 고행을. 그리고 피와 눈물을. 그러나 이 아이는 너무 어리다. 산국화도 고개를 저었다. 노인은 조갈을 참았다. 황혼이 지펴지고 있는 부엉이골로 천천히 들어섰다.

예전의 아름드리 참나무가 아직도 살아 있었다. 그날처럼 밑동에 몸을 기대고서 숨을 돌렸다.

"이 나무하고도 만났어요?"

"만났지."

"친구하고요?"

"그래. 친구하고…… 그런데 친구는 곧…… 총을 맞았다."

"총을요? 누가 끔찍하게 총까지 쏘았지요?"

"그거야 반대편이지."

"그럼 청군 백군으로 나누어 싸웠는가요?"

"우리 때는 홍백이었지."

"운동회가 끝나면 내 편 네 편은 없어지는 게 아녀요? 왜 총을 들고 죽이기까지 하지요?"

며칠 전에도 난나네 학교에서는 가을 운동회를 하기 위해서 아이들을 청군 백군 두 편으로 나누었다. 아이들을 키대로 세워 놓고 양쪽으로 하나씩 갈라놓으면 순식간에 서로 적이 되어 버리는 간단한 편 나누기였다.

그런데도 아이들은 한번 반대편으로 갈라지면 어제까지 잘 돌아가던 사이가 금방 삐그덕거렸다. 서로 따돌리고 서로 주먹질을 해댔다. 심지어 집안 형제끼리도 백군 띠 청군 띠 때문에 곧잘 투닥거렸다.

난나는 꼭 정수와 영구와만큼은 한편이 되고 싶었다. 그러려면 줄을 우선 요령껏 서야 했다. 그런데 머슴 영구가 선생님 말을 곧이곧대로 듣고 청군으로 넘어가 버렸다. 스파이 정수 또한 청군 쪽으로 밀려났다. 백군 줄에 선 것은 난나 혼자였다. 난나는 청군 줄로 옮겨 가려고 했다가 선생님한테 볼을 잡혀서 돌아왔다.

하룻밤을 자고 나자 편이 완전히 굳어져 버렸다. 영구와 정수는 청군의 우두머리인 원두 밑에 가서 히죽거리며 다녔고, 평소에 원두하고 친하던 홍주와 선두가 난나와 같은 백군으로 와서 난나를 따라다녔다.

난나는 노인한테 물어보았다.

"왜 사람들은 으레 두 쪽으로 편을 가르지요?"

"시험 치르는 거지."

난나네 마을만 해도 아랫말과 윗말로 나뉘어 있다. 갯밭의 들자락은 바다를 향해 낮아지면서 여인의 치마폭처럼 가볍게 한 번 접힌다. 그래서 들을 질러 흐르는 작은 개울이 갈지자걸음을 걸었는데 그 개울의 위 편에 놓여 있는 집들을 윗말이라고 했고 아래 편에 있는 집들을 아랫말이라고 했다.

윗말에서는 아랫말 사람들을 상것들이라고 했다. 아랫말에서는 윗말 사람들을 되놈이라고 했다. 울력 일거리를 가지고, 가호 숫자를 가지고 곧잘 다투었다.

몇 년 전까지만 해도 정월 보름이면 아랫말 윗말로 편을 갈라서 줄다리기를 했다. 줄다리기를 하다 보면 줄이 끊어질 때도 있었다. 그러면 상대방에서 줄에 몰래 칼집을 넣었기 때문이라는 소문이 돌곤 했다. 지는 쪽에서는 언제나 상대방이 인근 마을에서 장정들을 많이 사 왔기 때문이라고 빈정거렸다. 그러다가 마침내 청년들끼리 편싸움이 일어났다. 박치기에 턱을 받힌 청년이 갑자기 게거품을 입에 물고 죽었다. 박치기를 한 청년은 아직도 징역을 살고 있다. 그때부터 줄다리기가 없어졌다. 그러나 윗말 아랫말의 경계선은 아직도 사람들 마음속에 남아 있었다.

"사람의 마음처럼 변화무쌍한 것이 없어. 편 나누기도 원래 이 마음에서부터 비롯되었던 거야."

난나는 고개를 저었다.

"전 모르겠어요. 우리 할아버지 이야기나 들려줘요."

"나보다는……."

노인은 골짜기에 아무렇게나 널려 있는 작은 돌멩이 하나를 집어 들었다.

"이 돌멩이가 더 잘 알 것이다. 이것은 눈을 뜬 채로 이 자리에서 내내 지켜보고 있었으니까."

"정말이어요? 정말 이 돌멩이가 우리 할아버지를 알고 있어요?"

"그렇고말고. 너희 할아버지뿐만이 아니라, 너희 할아버지의 할아버지, 그리고 그 할아버지의 할아버지 적 일도 눈을 치켜뜨고 보고 있었지."

난나의 가슴은 방망이질을 하듯이 뛰었다. 난나는 앞가슴의 단추를 풀었다. 그 사이로 그 돌멩이를 가만히 집어넣어서 가슴에 품었다. 그러자 돌멩이의 심장도 뛰는 것 같았다. 난나의 가슴 고동과 맞추어서.

― 말해 줘. 이 부엉이골에서 무슨 일이 있었어?

― 나도 말하고 싶어. 내가 본 모든 것을.

― 우리 할아버지의 할아버지는 무엇을 하다가 죽었어?

― 섬 그늘에 미역 따러 갔다가 폭풍을 만나 돌아오지 않았지.

― 그다음 할아버지는?

― 명대로 살았어. 농사를 지으면서 살았으니까. 그리고 백 마지기 재산도 만들었어.

― 그럼, 할아버지는?

― 상놈 한을 풀겠다는 그 아버지 덕에 가장 많이 배웠지만, 가장 단명했지. 정치 운동을 했거든.

"얘야. 저기가 너희 할아버지 산소냐?"

노인이 황혼 속에서 봉우리가 붉은 묘를 가리켰다.

난나가 고개를 끄덕이자 노인은 발걸음을 서둘렀다.

난나는 가슴에 품었던 돌멩이를 호주머니 속으로 옮겼다.

무덤 앞에 이른 노인은 산그늘이 짙어져 오는데도 좀체로 자리를 뜨려고 하지 않았다. 노인은 마련해 온 소주병을 따고 한 잔 따라서 묘 앞에 부어 놓고, 한 잔을 마시고, 그렇게 해서 소주병을 다 비우고서야 옷을 털고 일어났다.
"옛날이야기 하나 해줄 거나?"
난나의 손목을 잡은 노인의 입에서는 술 냄새 섞인 이야기가 흘러나왔다.
"한 마을에 눈 맞은 처녀와 총각이 있었다. 둘은 그래도 마을에서 먹고사는 것이나 인물이나 남한테 빠지지 않았기 때문에 남의 눈에 거슬리지 않고 가까워질 수 있었어. 그대로 잘되었으면 쉬 혼례도 올릴 수 있었을 테지."
노인은 숨이 찬지 잠시 말을 끊었다. 산 아래 어슴푸레한 산도답에서 꿩이 울면서 붉은빛이 채 스러지지 않은 서쪽 하늘로 날아올라 먹물이 짙게 번진 다복솔 속으로 숨었다.
"그런데 남자의 젊은 피란 한 번씩 들끓을 때가 있지. 그때 뭐든 씌게 되면 영락없이 걸려드는 거야. 총각은 그 시절에 한창 유행하던 정치병에 걸렸지. 울며 말리는 처녀를 떨쳐 놓고 야간열차를 탄 거야. 그러다가 문득 어느 날 허무함을 느낀 청년은 모든 것을 청산하고 고향으로 돌아왔지. 그러나 고향의 처녀는 이미 타지 사람한테로 시집을 가고 없었단다. 재미있니?"
"재미없어요."
"그래도 들어 봐. 끝에 가면 아주 재미있을걸."
난나는 노인이 돌아보는 부엉이골에로 눈을 주었다. 어둠이 쌓여 가는 골짜기에는 바다 쪽에서 밀려들어 온 저녁 안개가 낮은 골짜기에서

부터 점차로 높은 골짜기 쪽을 향해서 가만가만 메워 가고 있었다. 그 안쪽에서 부엉이 울음소리가 흘러나왔다.
　"내가 어디까지 이야기했느냐?"
　"처녀가 시집가고 없더라는 데까지 했어요."
　"거기까지 했어? 그렇다면 끝이다. 더 나가 봤자 우습기만 하겠다……."
　"이렇게 시시하게 끝이 나는데, 뭐가 재미있어요?"
　"내가 술에 취했던 모양이로구나. 아무렴, 재미없는 얘기이고말고. 원, 내 정신 좀 보게."
　노인은 허공을 보고 한참 웃었다. 하늘에 별이 하나 둘 나타나기 시작했다.
　당산나무 밑에 이르자 노인이 난나를 불러 세웠다. 난나의 작은 손에 지폐 한 장을 쥐여 주면서 말했다.
　"이 돈은 나를 네 할아버지한테 데려다 준 품삯이다. 네 동생의 선물이라도 사다 주어라. 그리고 이것은……."
　노인은 품속에서 작은 상자도 꺼내 주었다.
　"벌꿀보다 더 좋다는 화분이다. 네 할머니한테 갖다드리고, 어디서 났느냐고 묻거든 웬 영감한테서 그냥 얻었다고만 하여라. 오늘 저녁에 있었던 모든 일은 비밀로 해야 한다. 알겠지?"
　난나는 노인의 이야기가 노인 자신의 이야기가 아닐까 하고 어린 생각으로도 자문해 보았다.

운동회 날

 난나네 국민학교는 초기에는 충무공 사당의 객사(客舍)를 빌려서 문을 열었다. 그때는 물론 분교 시절이었지만, 정작 정규 학교로 승격할 임시에도 객사에 교실 세 칸을 달아 내고 군용 천막 두 개를 친 것이 고작이었다.
 그러고 보니 교사(校舍)보다도 더 문제가 되는 것이 운동장이었다. 객사 앞의 좁은 공간을 아무리 넓혀 보아도 운동회 같은 큰 행사는 치를 수가 없었다.
 그래서 생각해 낸 것이 간조 때를 잡아서, 바닷가 모래밭에서 운동회를 치르는 방안이었다. 여름이면 인근 대처에서 제법 해수욕하러도 올 만큼 마을 앞의 모래밭은 넓은 데다 경사도 완만했고 모래밭 뒤에는 늙은 소나무들이 드문드문 서 있어서 햇볕을 피하기에도 안성맞춤이었다.
 그러나 운동회 연습 때는 시간을 맞추어 물때를 비킬 수가 없었기 때문에 곧잘 바닷물에 아이들의 발목이 젖곤 했다. 특히 고학년들이 벌이는 기마전 연습 시간은 도망가기도 하고 쫓기도 할뿐더러 엉클어져서 싸워야 하기 때문에 밀물이 들 때면 난장판이 되었다.

일부러 바닷물 속으로 도망가는 아이. 재미 삼아 물속으로 벌렁벌렁 나자빠지는 아이. 그러다 보면 응원을 하고 있던 저학년들까지도 달려와서 한데 어우러져 물속을 첨벙거리고 다녔는데, 몰려든 물새들마저 아이들의 머리 위에서 퍼드득퍼드득 날곤 했다.

선생님들이 휘파람을 세게 불었다. 그러나 선생님들의 이 휘파람 소리조차도 아이들의 함성과 파도와 물새들 소리에 파묻혀 버렸다. 이럴 때는 교장 선생님이 소나무 밑에 내다 놓은 풍금 앞에 가서 앉았다. 그러고는 교가가 없는 이 학교 아이들이 교가 대신에 부르는 곡을 쳤는데 그 노래의 제목은 '이순신 장군'이었다.

  이 강산 침노하는
  왜적의 무리를
  거북선 앞세우고
  무찌르시어
  이 겨레 구원하신
  이순신 장군
  우리도 씩씩하게
  자라납니다.

어느 누가 먼저라고 할 것도 없었다. 여기저기서 하나 둘씩 따라 불렀고 마침내 밀물 속에 서서 코피를 씻던 아이들까지도 달려오면서 합창을 하면 교장 선생님은 교단으로 안성맞춤인 바위 위에 올라가서 "오늘 연습은 끝"이라고 선언하곤 했다.

그 운동회. 갯밭 아이들의 함성이 다도해를 진동시키는 운동회 날 아침이 마침내 밝아 왔다.

난나는 잠이 깨었다. 문을 차고 밖으로 나왔다. 바다 속에서 해가 얼굴을 씻고 있는지 해 뜰 자리가 벌겋게 달아오르고 있었다. 텃밭에서 할머니가 토란을 캐오다 말고 한마디 했다.

"어떠냐? 오늘 밥값 할 자신 있냐?"

난나는 주먹으로 가슴을 툭툭 쳐 보이며 대답했다.

"염려 푹 놓으셔요, 할머니."

이 말은 이때의 아이들한테 유행한 표현이었다. 전에는 문제없다고 할 때에는 엄지를 펴 보였었다.

난나가 토방에 내려서자 밭언덕에서 뒹굴다가 왔는지 밤이슬에 잔뜩 젖은 멍멍이가 달려와서 난나의 손등을 핥았다. "1등 하지? 1등 하지?" 하고 묻는 듯이.

"염려 푹 놓으라니까."

난나는 멍멍이의 코끝을 긁어 주고 도랑가로 갔다. 도랑가에는 어느새 일어났는지, 옥이가 먼저 와서 걸레를 빨고 있었다.

"오빠, 오늘 날씨가 좋아 좋지?"

"왜? 너는 싫어?"

"아니…… 나도…… 좋아…….."
"뭘, 네 얼굴 이쪽에는 '나는 싫다'라고 씌어 있는데."
"오빠, 정말 그래?"
"그렇다니까."
옥이는 얼른 손바닥에 물을 묻혀서 왼뺨을 쓱쓱 문질렀다.
"오빠, 정말은 말이야."
옥이는 아무도 보는 사람이 없는데도 난나의 귀를 잡고 가만가만 말했다.
"내 마음에 어제저녁부터 악마가 들어와 있어."
"악마가? 왜?"
"비가 왔으면 하고 기다려지는 거야, 오빠."
"뭐야?"
"오빠, 내가 아니라니까. 나는 날씨가 좋은 걸 좋아해."
"그런데 왜 악마가 와서 그러니?"
"아마도, 오빠, 내가 꼽추라서 그런가 봐. 남들이 재미있게 뛰노는 것이 괜히 싫어."
난나는 도랑물로 후적후적 세수를 했다. 소맷자락으로 쓱쓱 얼굴을 문지르다가 살펴보니 옥이가 언덕 밑에 쪼그리고 앉아 있었다.
"뭘 하고 있어?"
"쉬이."
"왜? 뭐가 있는데 그래."
난나는 발부리 걸음으로 다가갔다. 옥이가 보고 있는 것은 개여뀌

풀이었다.

"바보야, 이 풀은 못 먹는 거야."

"먹으려고 보는 게 아니야, 오빠."

"그런데 왜 그렇게 뚫어져라 보고 있어?"

"아기 거미가 그물을 쳐놓았잖아, 오빠."

"그런데?"

"이 여윈 그물에 걸려 있어, 이슬방울이. 오빠."

"말해 봐."

"아기 거미가 아까 나왔어. 그러곤 숨도 크게 못 쉬고 주위를 살피다가 뒷걸음질로 돌아갔어."

난나는 옥이의 팔목을 잡아끌었다. 너무 하얘서 푸른 정맥이 훤히 드러나 보이는 팔목이었다.

"옥이야. 오늘 운동회 구경 오지?"

옥이는 땅만 보고 걸었다.

"와봐, 내가 보기 좋게 달리기에서 1등할 테니까."

"틀림없지. 오빠."

"그래, 오늘 1등한 사람에게는 공책을 세 권 부상으로 주거든. 그 공책 타면 네게 한 권 줄게."

"참말이야, 오빠?"

난나가 새끼손가락을 내밀었다. 옥이가 그 손가락에 제 새끼손가락을 걸었다.

난나는 아침밥을 먹고 구경하러 오는 식구들보다 먼저 운동회가 열리는 모래밭 해수욕장으로 향했다.
 1학년과 2학년의 2백 미터 달리기 경주가 끝나자 이어서 3학년 차례가 되었다.
 나라 전체가 가난하여 시골 아이들은 거의가 검정 고무신을 신고 있었고 태반이 옷을 제대로 갖춰 입지 못한 시절이었다.
 유희를 하러 나간 여자 아이들 중에는 색동저고리가 없어서 붉은 물을 들인 무명 저고리를 입고 나선 아이들도 많았고, 난나네반 영구만 해도 밀가루 포대를 뜯어서 반바지를 해 입고 나왔기 때문에 '곰표'라는 상호가 엉덩이 부근에 그대로 나타나 있기도 했다.
 다행히 난나는 어머니가 시집올 때 해왔다는 요가 있어서 그 요의 옥양목 홑청으로 반바지를 해 입었기 때문에 그런대로 갖추어 입은 셈이 되었다.
 난나의 앞 줄에서는 영구가 1등을 했다. 처음에는 3등으로 달리다가 나중에 선두까지 따라잡자 구경꾼들 사이에서 "야, 곰표 잘 달린다" 하는 소리가 나와서 웃음판이 벌어지기도 했다.
 난나의 차례가 되었다. 근처 소나무 밑에서 동묵이 아저씨가 지르는 소리가 들려왔다.
 "난나야, 마파람 받은 배처럼 달려라잉."
 타원형의 1백 미터 트랙 한 귀퉁이에서는 할머니와 삼촌과 옥이가 사람들 틈을 비집고서 빠끔히 내다보고 있었다.
 난나는 옆에서 준비 운동을 하고 있는 원두를 보았다. 원두도 질 수 없다는 듯이 이를 악물고 있었다.

원두의 아버지는 면의 부면장이었다. 그리고 학교에서는 사친회장 직을 맡고 있었다. 그래서 지금도 휘장 속에서 점잖은 양복 차림으로 교장 선생님 옆에 앉아 담배를 피우고 있다.
난나는 속으로 흥 하고 원두를 비웃었다. 엄마가 학교에 자주 드나들면서 물통 사오고 주전자 사와서 반장이 된 원두, 그를 오늘 보기 좋게 누르겠다고 마음먹었다.
신호를 하는 2학년 담임이 팔을 치켜들었다. "하나, 둘" 하고 목소리를 높인 다음에 화약총을 탕 하고 쏘았다.
그런데 원두는 총소리가 나기 직전에 달려 나갔다. 총소리를 듣고 달려 나간 아이들보다는 두 걸음이나 빨랐다. 선생님이 취소시킬 줄 알았으나 그냥 놔두었다.
그러나 원두는 트랙을 반쯤 돌았을 때 마파람을 등에 업은 것처럼 내닫는 난나한테 따라잡혔다. 난나가 원두를 누르고 앞으로 나서려는 참이었다.
원두가 난나의 발을 걸었다. 난나는 앞으로 푹 고꾸라지고 말았다. 난나가 다시 일어나 보니 일곱 명 모두가 저만큼 앞서 달려가고 있었다. 달려가서 따라잡기는 이미 그른 일이었다.
난나는 타원형의 트랙 가운데를 가로질러 달렸다. 구경꾼들은 한편 놀라기도 하고 한편 웃기도 했다. 난나가 원두를 밀치고 1등 깃대를 붙잡았을 때였다.
멀리서 이 사태를 바라보고 있던 담임선생님이 쫓아왔다. 눈을 부라리면서 난나가 붙잡고 있는 깃대를 빼앗으려고 했다. 그러나 난나는 깃대를 내놓지 않았다.

"내가 1등이어요."

"아니야. 원두가 1등이야."

"왜요, 선생님?"

"이놈아! 넌 트랙 안을 가로질러 달렸으니까 반칙이야."

"원두가 먼저 규칙을 어겼어요. 내 발을 걸어서 넘어뜨렸는걸요."

"잔소리 말고 이리 내놓고 갓!"

"그럴 수 없어요. 다시 경주를 시켜 주세요."

선생님은 난나가 들고 있는 깃대를 강제로 빼앗았다. 난나가 울면서 달려들자, 선생님은 깃대로 난나의 등을 내리쳤다.

이때 난나네 삼촌이 달려왔다. 쇠갈고리 손으로 선생님의 셔츠 소매를 걸면서 항의했다.

"왜 어린것을 때려! 그러고도 당신이 선생이야!"

"이 병신은 또 뭐야!"

"병신? 이 새끼, 너 말 한번 잘했다! 이 외팔이가 병신의 본때를 한번 보여 주마!"

할머니가 쫓아와서 삼촌의 등을 두들겨 패면서 말렸다.

"이놈아! 이게 무슨 짓이냐? 선상님한테 웬 손찌검이냐!"

본부석에서 교장 선생님도 오고, 양복 입은 사람들도 우루루 몰려왔다. 그중에서 원두 아버지가 한마디 했다.

"말썽을 일으킨 녀석이 누군가 했더니 빨갱이 새끼로군. 종자는 속일 수 없어."

이 말은 갑자기 불에 기름을 끼얹는 일이 되었다. 삼촌이 길길이 뛰었고 할머니가 원두 아버지의 멱살을 잡고 나뒹굴었다.

운동회장은 갑자기 수라장이 되어 버렸다. 동묵이 아저씨가 나서서 간신히 삼촌을 떼어내 갔고 동네 할머니들이 할머니를 뜯어말렸다.

난나는 옥이와 함께 할머니의 신발 한 짝씩을 들고 운동회장을 벗어났다. 해당화 나무 밑의 가마바위 위에 할머니를 눕혀 놓고 물을 먹였다. 할머니는 한참 후에야 일어나서 옷매무새를 고쳤다. 운동회장으로부터 다시 행진곡이 울려 왔다. 3~4학년생들의 공 굴리기 배경 음악이었다.

그들 곁에 마지막으로 남아 있던 정수 할머니마저도 운동회장으로 돌아갔다. 할머니와 난나와 옥이만이 남았다.

갑자기 할머니가 옥이와 난나를 끌어안고 울음을 터뜨렸다. "이 불쌍한 것들아" 하고 연신 푸념을 했다.

옥이는 할머니를 따라 울었으나 난나는 울지 않았다.

곁에 누군가의 인기척을 느꼈다. 난나는 할머니의 품에서 빠져나왔다. 언제 와 있었는지 교장 선생님이 쉽게 떨어지지 않고 아직도 남아 있는 해당화의 이파리를 따며 서 있었다.

"고정하십시오. 이 아이의 담임선생님한테 주의를 주었습니다. 아직 젊어서 실수가 더러 눈에 띕니다."

"별말씀을 다 하십니다."

할머니가 치맛자락을 뒤집어서 눈물을 닦았다.

"선상님한테는 저희가 도리어 죄송합니다. 저 어린것이 말썽만 일으키지 않았다면야…… 그러나 부면장은 저 녀석 아비하고 친구 사이였습니다. 그런데 그런 못할 소리를 하니…… 그러나저러나 제 수양이 부족한 탓이지요. 용서하십시오."

"할머니께서 그렇게 말씀하시면 제가 도리어 부끄럽습니다."

교장 선생님은 난나의 모래 묻은 옷을 털어 주면서 말했다.

"나는 네가 1등이라고 인정한다. 그래서 여기에 1등의 부상인 공책 세 권을 가지고 왔다. 자, 받아라."

그때서야 난나는 울음을 터뜨렸다. 할머니가 곁에서 "악아, 울지 마라. 악아, 울지 마라" 하고 달랬지만, 한번 터진 난나의 울음소리는 좀체로 그치지 않았다.

금맥과 패촌(敗村)

 가을은 감나무 꼭대기에 홍시 하나만을 남겨 놓은 채 물러갈 채비를 했다. 채소밭에 몇 포기 남아 있는 당근 대궁 위로 된서리가 내리고 바닷가에 겨울 철새들이 날아오기 시작하는 것도 이 무렵이었다. 개미들이 양지쪽에서만 움직이고 청솔로 고구마를 삶는 한낮의 연기가 새로 이엉을 한 노란색 초가지붕 위로 솟아오르면 밖에서 놀던 아이들은 하나 둘 집으로 돌아갔다.
 그러나 난나네 집은 아무런 기척이 없었다. 어쩌다 고개를 들고 보면 뒤꼍의 오동 잎 지는 것만이 바라보였다. 아마도 할머니는 보리를 갈러 가서 아직 돌아오지 않았는지 모른다. 논을 갈아엎었으면 메가 나왔을 텐데, 그것이라도 주워 먹으러 갈까 보다고 난나는 생각했다.
 "옥이야, 재 너머 다랑이논에 안 갈래?"
 "뭐 하게?"
 옥이는 여전히 코스모스 꽃씨를 따 모으면서 말했다.

"메 파먹게."

"나는 꽃씨 받는 일이 바빠, 오빠. 어서 맨드라미 꽃씨도 받고 과꽃 꽃씨도 받아야 해."

"바보야, 네가 받지 않아도 돼. 그대로 둬도 저절로 떨어져서 봄이 오면 새싹이 나는 거야."

옥이가 고개를 돌렸다.

"오빠, 내년에는 우리가 여기에 살지 않을지도 몰라."

"뭐라구?"

"어젯밤에 들었단 말이야. 오줌이 마려워서 잠이 깼어. 그런데 윗목에서 할머니와 삼촌이 파를 다듬으면서 얘기하고 있었어."

"이사 간다고?"

"응, 삼촌이 졸랐어. 할머니는 한숨만 쉬었고."

찬바람이 불어왔다. 코스모스 마른 대를 흔들고 가서는 길섶의 지푸라기들을 쓸고 있었다.

"어디로 이사를 간다는 거야?"

"몰라. 삼촌은 오빠를 위해서도 가야 한다고 했어."

"난 우리 동네가 제일 좋은데."

"난 도회지로 이사 갔으면 좋겠어. 병원도 있고 성당도 있는 곳으로."

"그게 소원이야?"

"소원이야."

"나는 어떡하고?"

"뭘?"

"선장 공부를 누구한테서 하느냐 말이야."

난나는 벌떡 일어났다. 삼촌을 찾아서 속 시원히 물어볼 참이었다.

삼촌은 마침 군용 야전잠바를 입고 터벅터벅 골목길을 내려오고 있었다. 난나가 뭐라고 하기도 전에 삼촌이 먼저 입을 열었다.

"널 찾아다니고 있었다."

"왜, 삼촌?"

"초남 고모할머니 집에 갈려고. 갈 때는 동묵이 아저씨 배를 빌려 타고, 올 때는 버스를 타고 순천으로 돌아서 올 참이다."

"정말이야, 삼촌?"

"그럼, 내가 너한테 뭐 얻어먹을 게 있다고 거짓말하니?"

난나는 가슴이 풍선처럼 가득 부풀어 오르는 것을 느꼈다.

"삼촌, 잠깐만 기다려 줘. 집에 좀 갔다 올게."

"집에는 왜? 할머니한테도 말해 두었는데."

"그게 아니야. 추석에 신었던 나이롱 양말 신고 가려고 그래."

초남은 갯벌의 동쪽 바다 건너편에 있는 패촌이었다. 한때는 금광 마을로 이웃 촌에서는 감히 꿈도 꾸어 볼 수 없는 전깃불이 밤마다 별밭을 이루었다. 그러나 금맥이 산허리 하나 뒤의 본쟁이란 곳으로 넘어가 버린 뒤로는 금세 황량하게 마을이 비어 버렸다.

하지만 난나네 고모할머니 집은 광부들을 따라 본쟁이로 이사 가지 않고 서너 가구 남아 있는 다른 집들과 함께 잔금 따는 일을 하면서 아직도 그곳에 살고 있었다.

"금이란 영악스러운 것이야. 제 임자될 사람 눈에는 얼른 보이지만,

다른 사람 눈에는 절대 안 보인다고 하거든."

 동묵이 아저씨는 키를 잡은 채로 크음크음 목을 가다듬으며 이야기를 시작했다.

 "옛날 옛날에 마음씨 좋은 장님하고 앉은뱅이하고 살았더란다. 앉은뱅이는 걷지를 못하기 때문에 장님이 업고, 장님은 앞을 못 보기 때문에 앉은뱅이가 길을 가르쳐 주고 이렇게 서로 도와 가며 얻어먹고 다녔더란다……."

 바위섬이 다가오다가는 동묵이 아저씨의 키 잡은 솜씨에 놀랐는지 슬쩍 옆으로 물러섰다. 파도가 뱃전을 치자, 물방울이 튀었다. 삼촌은 수건을 꺼내어 얼굴에 덮고 뱃머리 널빤지 위에 누워 있었다.

 "어느 날 이 두 사람은 산길을 가다가 목이 말라서 우물을 찾게 되었더란다. 마침 참나무 밑에 있는 옹달샘을 발견하고 가보았더니 글쎄, 샘 한가운데에 놋대접만 한 금 덩어리가 하나 둥둥 떠 있었지 뭐냐."

 삼촌이 얼굴의 수건을 걷고 일어나 앉았다. 낚싯대를 찾으며 동묵이 아저씨의 이야기를 막으려고 했다.

 "물에 뜨는 금 덩어리도 있데요?"

 난나가 동묵이 아저씨 대신 대답을 했다.

 "헤엄을 치면 뜨겠지요, 뭐. 삼촌은 순 엉터리야."

 "이놈아, 헤엄치는 금이 어디 있니?"

 "여기 지금 있잖아요. 그래서요, 아저씨. 그다음은 어떻게 되었어요?"

 "크음…… 아, 그런데 그걸 본 앉은뱅이는 좋아하기는커녕 한숨을 땅이 꺼지게 쉬었더란다. 영문을 모르는 장님이 왜 그러냐고 물었지.

그랬더니 앉은뱅이가 사실대로 말했어. 지금 이 옹달샘에는 금 덩어리가 하나 떠 있는데, 이것을 어떻게 반쪽으로 똑같이 나눌 재주도 어렵고, 그렇다고 누구는 가지고 누구는 안 가질 수도 없는 일이 아니냐고 말이야. 장님도 마찬가지로 한숨을 땅이 꺼지게 쉬면서 그건 우리 두 사람 것이 안 되려고 그러는 것이니 그냥 못 본 것으로 하고 물이나 먹고 가자고 하더란다. 그래서 두 사람은 금 덩어리를 그대로 두고 그곳을 떠나게 되었지."

삼촌이 낌새를 느꼈는지 낚싯대를 채었다. 그러나 빈 낚싯바늘만이 허공에서 반짝일 뿐이었다.

"그런데, 크음, 한참 오솔길을 가다가 체 장수를 만났더란다. 그래서 앉은뱅이가 자기들은 여차저차해서 그냥 가니 당신이나 가서 금 덩어리를 건져 가지라고 했겠지. 체 장수는 이게 꿈인지 생시인지 몰라서 허벅지를 꼬집어 가며 달려갔더란다. 그런데 체 장수가 막상 옹달샘에 이르러 보니 글쎄, 금 덩어리가 떠 있다던 거기에는 시꺼먼 먹구렁이가 한 마리 똬리를 틀고 있더라지 뭐냐."

"시꺼먼 먹구렁이가 말이죠?"

난나한테도 생각나는 것이 있었다.

어느 날 혼자 나무 위에 올라가서 심심해하고 있었을 때 건너편 벼랑에서 난나의 눈을 향해 쏘던 빛이 있었다. 난나는 숨을 헐떡이며 그 빛을 찾아갔다. 그러나 그 빛은 일시에 사라지고 찔레나무 밑 그 자리에는 사금파리와 실뱀만이 있었던 것이다.

"화가 난 체 장수는 칼을 꺼내서 구렁이를 두 동강으로 잘라 버렸더란다. 그러고는 한달음에 달려가서 앉은뱅이와 장님을 붙들고는 사람을 속여도 분수가 있지 자기를 뭘로 보고 그러느냐고 야단을 쳤지. 아, 일시에 봉변을 당한 두 사람은 세상에 그럴 리가 있나 해서 다시 그 옹달샘으로 가보았더란다. 그런데 이게 웬일이야. 누런 금 덩어리가 두 쪽으로 딱 갈라져 있더라지 뭐냐. 그래서 앉은뱅이와 장님은 그것을 하나씩 나눠 가지고 가서 오래오래 부자로 잘 살았더란다."

삼촌이 낚싯대를 치우며 돌아앉았다.

"금이 사람을 알아보고 변하는 것이 아니라, 사람이 금을 보면 변하는 거예요."

"누가 변하든 간에, 금은 아무튼 영악스러운 것임에 틀림없어. 저기 저 초남을 일본 놈들이 파헤치기 전에는 그네를 타는 아리따운 처녀가 우리 동네에서도 보였다지 않던가. 그러나 총각들이 찾아가 보면 처녀는 물론이고 그넷줄도 보이지 않았는데, 나중에 괭이로 노루산 궁둥이를 콱 찍자 누런 노다지가 쏟아지더라는 말을, 아, 자네도 어르신네들로부터 듣고 컸지 않은가."

삼촌이 난나의 귀를 잡아당겼다.

"기다려라. 진짜 금이 어떻게 생기는지를 보여 줄 테니."

난나네 고모할머니는 허리가 배롱나무처럼 심하게 굽어 있었다. 고모할머니의 그 허리는 감석을 줍기 위하여 일부러 구부러뜨린 것이 아닐까 하고 난나가 생각할 정도로 굽었다. 그만큼 고모할머니는 열심히 돌을 골랐던 것이다. 물을 길러 가면서도, 변소 길을 가면서도 마음에 짚이는 돌이 있으면 집어 들고 침을 뱉은 다음, 침이 배는 부분을 유심히 살펴보곤 했다.
 고모할머니는 그렇게 주운 돌들을 일일이 망치로 자잘하게 깨뜨렸다. 그러고는 그 조각낸 돌을 바위만큼이나 큰 맷돌 속에 넣고 고모할아버지와 함께 양쪽에서 밀고 당기고 하면서 갈았다.
 때때로 물을 부어서 부연 돌가루를 씻어 내리면서 고모할아버지와 고모할머니는 소리를 맞춰 노래했다. 그 노래는 입소리보다도 콧소리가 더 많아서 난나를 하염없이 슬프게 만들었다.

  이러저러 살아왔고
  이러저러 죽어간다
  금아금아 이러저러
  금아금아 저러이러
  애비먹고 나올랑가
  에미먹고 나올랑가.

 난나는 졸리는 눈을 비비며 호롱불 아래에 앉아 있었다.
 고모할머니가 한 바가지 정도 남아 있는 왕모래알 같은 감석들을 조심해서 왕골 돗자리 위에 고루 폈다. 그러고는 수은을 그 위에 부었다.
 "이 봐라. 수은은 꼭 금만을 가려 먹는단다."
 고모할머니가 삼베 수건에 배가 불룩불룩해진 수은 덩어리들을 집어 담으면서 말했다. 그러고는 수건의 양쪽을 고모할아버지와 나눠 잡고는 한약을 짜듯이 짠 다음에 수건 속에 남은 것들을 은박지에 싸서

숯불 속에 넣었다.
 드디어 난나는 보았다. 숯불 속에서 꺼낸 은박지. 그 은박지를 펼쳐 보이는 고모할아버지의 잔금 많은 손바닥 위에서 어우러지는 황홀한 반짝거림을.
 고모할아버지가 삼촌을 돌아보면서 말했다.
 "성한 우리가 하기에도 지겨운 이 일을 어찌 자네들이 한단 말인가. 자네 어머니한테 가서 이곳으로 이사 올 생각은 아예 말라고 이르게. 옮기려거든 도회지로 나갈 것이지, 어찌 이런 망한 마을로 오려고 하는가."
 이튿날, 난나는 버스 속에서 어느 아주머니의 곁에 앉게 되었다. 그 아주머니는 몸집이 아주 비대했는데, 목에 누런 금 목걸이를 걸고 있었다.
 난나가 통로를 사이하고 건너편 자리에 앉아 있는 삼촌을 쳐다보며 차창 바깥을 손가락으로 가리켰다.
 "그래, 이 촌놈아. 가로수가 막 달음질하는 것이 신기하지?"
 난나는 고개를 저었다. 난나한테는 아주머니의 금 목걸이가 꼭 실뱀처럼 보이는 것이었다. 난나는 눈을 감고 자꾸자꾸 토하며 차멀미를 했다.

메아리야, 안녕

난나네는 할아버지의 제사를 지내고 나서 이사하기로 결정했다. 아래채는 무너져 버렸지만, 아직 남아 있는 안채 기와집과 텃밭 그리고 얼마되지 않는 토지의 매매 계약이 이루어지자 할머니는 아침저녁으로 되뇌었다. 특히 안방 시렁 위의 조상 단지를 볼 때는.

"섣달에 있는 영감 제사에 물이나 한 그릇 떠놓은 다음에 이 갯밭에서 떠나자꾸나" 하고. 그러다가 제삿날이 며칠 앞으로 다가오자 "메나 한 그릇 지어 놓고 촛불이나 밝혀 두겠다"며 여유를 짐짓 보였으나, 사실은 그렇지가 않았다.

지난 순천 장에는 삼촌을 데리고 가서 석작 두 개 가득히 건어물이며 과실들을 사왔다. 그리고 수시로 동묵이 아저씨 배에서 생선도 사와서 말리고 쌀바가지에서는 뉘를, 콩 바가지에서는 돌을 고르는 일을 했다. 빨래도 하고 집 안팎도 정리했다. 가마솥에 물을 데워서 난나와 옥이한테 목욕도 시켰다.

마침내 제삿날이 되자 집은 모처럼 생기가 넘쳤다. 하루 내내 굴뚝에서는 연기가 솟았고 동네 아주머니들이 부지런히 사립문을 드나들었다. 할머니는 하얀 치마저고리를 입었고 삼촌도 한복을 입고 머리에 물빗질을 하고 가르마를 탔다.

 처마 끝에 등불이 걸리고, 절구통에서 떡 치는 소리가 집을 울렸다. 다른 때 같으면 어깨가 저절로 으쓱으쓱 올라갈 난나였다. 그러나 이 날따라 난나는 곧잘 주둥이를 땅에 대고 킁킁거리는 멍멍이의 옆구리를 발로 걷어차곤 했다. 이 제사를 지내고 나면 이사를 간다는 사실이 난나의 가슴을 저미게 했던 것이다.

 밤이 되자 안방에 제사상이 차려졌다. 그리고 제사상 앞에는 왕골 돗자리가 펴졌다. 난나는 제사상 위보다는 밑에 차려지는 것들을 눈여겨보았다. 술 주전자와 퇴주잔 그리고 향로와 모래 그릇을.

 함지에 따로 담아 둔 멥쌀을 등불 밑으로 가져와 살펴보면서 중얼거리는 할머니의 혼잣말을 난나는 졸음 속에서 들었다.

 "이건 새 발자국 같은데…… 이 양반이 새가 되셨나……."

 난나는 삼촌이 깨우는 바람에 일어났다.

 "너는 이 집안의 장손이야. 어서 정신 차리고 할아버지께 술 한 잔 올려라."

 난나가 눈을 껌벅거리고 앉아 있자, 할머니가 일어나서 밖으로 나갔다. 얼마 후에 들어온 할머니의 손에는 물수건이 들려 있었다. 할머니는 물수건으로 난나의 얼굴을 닦아 주었다.

 그제야 난나는 정신이 났다. 삼촌이 시키는 대로 잔에 술을 따라서 제사상에 올리고 절을 했다.
 할머니가 난나의 뒤에서 하소연을 했다.
 "에미도 애비도 없는 저 거미 같은 두 아이하고 성치 못한 막내 녀석하고 여수로 이사를 가기로 했소. 물밥이라도 계속 얻어 잡수시려면 뒤 좀 돌봐 주시구랴."
 삼촌이 퉁명스럽게 할머니의 말을 내질렀다.
 "어디를 가더라도 이만 못할 것도 없어요. 남의 신발을 닦고 살아도 이보다는 나을걸요."
 "속없는 소리 좀 하지 마라."
 할머니의 어깨가 조용히 들먹였다.
 난나네 안방에는 북쪽으로 들창이 하나 나 있었다. 조상 단지를 모셔 놓은 시렁 옆에 있는 그 들창을 할머니는 해마다 가을이 되면 새 창호지로 깨끗이 발랐다. 그러나 얼마 가지 않아 난나가 손가락 끝에 침을 묻혀서 구멍을 내고 또 주먹을 들이밀고 하는 통에 이 들창은 항시 겨울께가 되면 비료 부대 종이로 캄캄하게 겹도배가 되어 있곤 했다.
 그러나 지난가을에 삼촌이 여수에서 가져온 유리를 끼우게 되어 바깥 풍경이 창틀에 걸리게 되었다. 어떤 날에 보면 푸른 하늘이 가득 물려 있기도 했고, 또 어떤 밤에 보면 별이 촘촘히 박혀 있기도 했다.
 이 들창에 요즘은 아침마다 성에꽃이 하얗게 피어나서 난나와 옥이를 즐겁게 하기도 하고, 다투게 하기도 했다.
 할아버지의 제사가 있는 이튿날 아침도 난나와 옥이는 이불 속에서 고개를 내놓은 채로 성에꽃을 가지고 입씨름을 했다.

"저건 바위에 붙어 있는 굴 껍데기 모양이다."
"아니야. 저건 예수님의 최후의 만찬 모습이야."
"아니라니까. 어떻게 사람들 모습이 저래. 어디가 머리야?"
"찬찬히 봐, 오빠. 사람들이 상 앞에 주르르르 앉아 있는 모습이잖아?"
"바위에 하얗게 붙어 있는 굴 껍데기 같다니까."
"아니야. 예수님과 열두 제자야."

옥이가 자꾸 우기는 통에 난나는 심술이 났다. 벌떡 일어나서 들창가로 갔다. 호호 하고 유리에 대고 입김을 불었다. 그러자 성에꽃이 벗겨지면서 바깥 풍경이 사진처럼 박혔다. 눈을 인 백운산 봉우리가 물빛 하늘 저편에 우뚝 나타났다. 40리 바깥에 있는 산인데도 이렇듯 겨울날 맑은 아침이면 손에 닿을 듯이 보이는 백운산이었다.

"옥이야, 저길 봐. 백운산 봉우리에 눈이 내렸다!"
그러나 옥이는 돌아누운 채 꼼짝하지 않았다.
"옥이야!"
난나는 억지로 옥이를 잡아 일으켰다. 옥이는 손등으로 눈물을 훔치면서 어깨를 흔들었다.
"오빠 미워. 왜 예수님 그림을 지우는 거야."
"굴 껍데기를 지웠어. 정말이야."
난나는 옥이의 겨드랑 밑으로 손을 넣어서 간지럼을 태웠다.

옥이는 할 수 없다는 듯이 까르르 웃고, 난나가 시키는 대로 고구마 가마니 위로 올라갔다. 들창 밖을 내다보던 옥이가 난나를 불렀다.

난나는 옥이가 가리키는 들창 너머 언덕길을 보았다. 영구 고모와 동묵이 아저씨가 나란히 당산 밑을 돌아 나오고 있었다.

난나는 재빨리 옷을 찾아 입었다. 부리나케 달려서 언덕 밑에 이르자 동묵이 아저씨가 나타났다.

"아저씨, 어디다 감췄어?"

"무얼 말이냐?"

"아까 당산 밑에서 나란히 오던 영구 고모 말이어요."

"아, 그 여자. 그 사람은 자기네 큰집에 들를 일이 있어서 윗말 길로 갔지."

"어떻게 된 거예요?"

"무얼 말이냐?"

"아저씨, 나도 다 알고 있어."

동묵이 아저씨는 싱긋 웃으면서 난나의 머리 위에 손을 얹었다. 바다 쪽으로부터 바람이 불어왔다. 바람 속에는 새하얀 겨울 파도 소리가 쏴아 하면서 실려 있었다.

"영구 고모한데 장가들려고 한다."

"정말이어요?"

"정말이고말고. 오늘 새벽에 당산에 가서 정한수 떠놓고 맹세하고 오는 길인데."

난나는 좀체로 믿기지가 않았다. 동묵이 아저씨가 기어이 영구 고모와 결혼을 하려고 하다니…….

난나도 그 일을 조금은 알고 있었다. 동묵이 아저씨가 영구 고모를 얼마나 연모해 왔는지를. 아저씨는 어린 난나와 영구를 통해서도 몇 번인가 이런 자신의 마음을 전해 보려고 한 적이 있었다. 전복을 따오거나 해의를 뜯어 와서 대신 전달하게 한 적도 여러 번이었다.

그러나 영구 고모는 재작년에 전혀 엉뚱한 사고를 저지르고 말았다. 그것도 자기 집안 당숙하고 일을 일으켰다가 온 동네가 소란해졌고 끝내 자신은 양잿물까지 마셨던 것이다.

"우리 삼촌이 그랬어요. 영구 고모는 앞으로 길게 살아야 3년이라고요."

"그래서 서두르는 거야."

"네?"

"죽어 버리면 한이 될 거 아니냐?"

"무슨 말인지 난 모르겠어요."

"살아서 죄도 씻고 한도 풀어야 원귀가 되지 않는다는 말이다."

"원귀가 무엇인데요?"

"악독한 귀신이다. 용서받지 못한 사람이거나 한이 많은 사람이 죽어서 구천에서 떠도는 혼이지."

"그럼 누가 영구 고모의 죄를 씻어 주는 거야?"

"그거야 우리 갯밭의 하늘과 바다와 풀들이지."

동묵이 아저씨는 바지 주머니 속에서 무엇인가를 꺼내었다. 그것을 난나의 손바닥에 놓아 주면서 말했다.

"뭔지 알겠지? 영구 고모가 내가 그물을 기우러 간다니까 손이 시리면 어쩌냐면서 소죽 끓이는 부엌에서 달궈 온 돌멩이다. 이 따뜻한 돌 위에 내 언 손이 녹으면서 내 마음속의 응어리까지도 다 녹여 버렸다.

설혹 그 여자의 배에서 남의 아기가 나왔다고 해도 나는 용서할 수밖에 없어."

동묵이 아저씨가 갑자기 난나를 번쩍 들어서 두 어깨 위에 목마를 태웠다.

"난나야, 사람은 고통 속에서 눈을 뜨게 되는가 보지. 매운 겨울바람 속에서 꽃봉오리가 벙그는 동백꽃처럼. 그래, 우리 동네 동백꽃처럼 지금 내 가슴에는 잉그럭 같은 기쁨이 가득하단다."

동묵이 아저씨는 바닷가를 향해서 걸었다.

"끼니때마다 잊지 않고 영구 고모의 호스 속에 미음을 넣어 주고, 물때가 되면 누구보다도 먼저 바다에 나가서 손에 피가 나도록 그물질을 하겠어. 난나야, 너도 이사 간 곳에서 절대 기죽지 말고 살아라. 그리고 꼭 선장 공부를 해서 기선을 움직이는 사람이 되어라."

"염려 푹 놓으세요."

난나는 주먹으로 통통 제 가슴을 쳐댔다.

동묵이 아저씨가 농악대 뒤를 따를 때처럼 깡충 걸음을 걸었다. 그는 농악대의 앞머리에 서는 꽹과리나 징이나 장구는 치지 못했다. 그저 막걸리를 한 사발 얻어 마시면 소구를 주워 들고 맨 꽁무니를 쫓아다니는 것이 일이었다. 그러다가 점점 흥이 오르면 졸졸 뒤따라 다니는 난나를 지금처럼 번쩍 들어서 어깨 위에 목마를 태웠는데, 그러면 난나는 그의 머리를 두 손으로 잡고 "괭이나칭칭 괭이나칭칭" 하고 어깨춤을 추었다.

"아저씨."

"왜?"

"내 소원 하나 들어줄래요?"

"뭔데?"

"멍멍이를 좀 키워 주세요. 삼촌이 그러는데 이사할 때 데리고 가면 도회지에서는 얼마 살지 못한대."

"난 또 뭐라고. 그건 걱정 마라. 내가 네 대신 잘 돌봐 줄 테니."

"정말이야, 아저씨?"

"정말이고말고."

난나는 머리를 구부려서 동묵이 아저씨의 검은 이마에 입을 맞추었다. 동묵이 아저씨의 이마에는 소금기가 배어 있었다.

난나와 동묵이 아저씨가 이르른 1월의 바닷가에는 성에가 밀려와서 은빛 띠처럼 빛났다.

동묵이 아저씨가 그물을 손보는 동안에 난나는 주변에 흩어져 있는 나무 조각들을 주워 와서 불을 피웠다.

난나가 다시 나무 조각을 주우러 가려고 하자 동묵이 아저씨가 말렸다.

"여기 있는 나무만으로도 충분해. 더 거둬 올 필요는 없겠다."

"왜요? 나무를 많이 넣어서 불을 크게 하면 좋잖아요?"

"아니다. 우리 둘의 추위를 쫓는 데는 이만한 불이면 돼."

"사오는 것이 아니라 주워 오는 것인데요."

"보리를 거둘 때도 어른들이 이렇게 말하지 않더냐? 이삭을 너무 심하게 줍지 말라고."

"왜 그러죠, 아저씨?"
"그래야 다른 사람도 주울 게 있을 것이 아니냐."
성엣장 틈에서 작은 물고기 한 마리가 반짝였다.
동묵이 아저씨는 난나가 물끄러미 내려다보고 있는 새끼 물고기를 얼른 집어서 손바닥 위에 올려놓고 살펴본 뒤에 바다로 던졌다.
"많이 많이 자란 다음에 만나자잉!"
그러자 저쪽의 솔밭 절벽으로부터 생각지도 않은 메아리가 돌아왔다.
"다음에 만나자잉!"
난나가 소리를 질렀다
"솔밭 메아리야."
"솔밭 메아리야."
"우리 집 이사 간다."
"우리 집 이사 간다."
"안녕."
"안녕."

겨울 달빛 속에서

난나는 숨이 턱에 닿게 뛰었다. 영구가 뒤에서 두 주먹을 불끈 쥐고 쫓아왔다. 정수도 뒤질세라 숨을 씩씩거리며 달려왔다.

충무공 사당 앞에 이르러서야 발을 멈추었다. 세 아이의 입에서 하얀 입김이 송아지의 콧김보다도 더 세차게 흘러나왔다.

난나가 정수를 돌아보고 물었다.

"아무도 본 사람은 없었지?"

"없었어. 닭장 속의 달구 새끼들밖에는."

영구가 정수의 옆구리를 쿡 찔렀다.

"영희 신발 속이 틀림없지?"

"틀림없어. 영희 동생 영자 신발은 머시매 신발인걸."

"아니야. 난나 선물을 영희 엄마 신발 속에 넣었는가 하고."

"야, 내가 영희 엄마 신발을 모르냐. 그 신발은 동묵이 아저씨 배만 한데."

난나가 갑자기 쿡쿡쿡 웃음을 터뜨렸다. 영구와 정수도 따라 웃었다. 세 아이는 한참 바다를 내려다보고 웃었다. 바다도 웃고 있는지, 파도 위에 뉘가 하얗게 드러났다.
　간밤에 난나와 옥이도 이삿짐을 꾸렸다. 난나는 책이며 공책을 보자기에 쌌고, 옥이는 묵주와 작은 성경 책과 찬송가 책을 챙겼다. 할머니는 부엌 부뚜막 위에서는 조왕 그릇을, 안방 아랫목 시렁에서는 조상 단지를 거두어 낡은 나무 상자 속에 정하게 모셨다.
　마지막으로 둘은 다락으로 올라가서 보물 상자를 정리했다. 난나의 보물은 딱지와 구슬과 팽이였다. 언젠가 꿀벌 할아버지와 함께 부엉이 골에 가서 주워 온 살아 있는 돌멩이도 집어넣었다.
　그러나 보물은 옥이 것이 더 많았다. 절구통 곁에 묻어 두고 뜨물을 부어 주던 수정 돌이며, 수녀님이 주었다는 성(聖) 가족상(像), 그리고 귀를 바다 쪽으로 향해 놓고 귀에 대고 있으면 산호초 나라 소리가 들려온다는 자명고 소라, 은가루가 반짝이는 크리스마스카드, 심지어 담배 은박지며 과자 포장지도 있었다.
　그중에서 난나의 눈에 번쩍 띄는 것이 있었다. 그것은 언젠가 어머니의 반짇고리 속에서 나온 불란서 수실이었다.
　"옥이야, 그 수실 두 타래만 내게 줄래."
　"뭐 하게?"
　"쓸데가 있어서 그래."
　"남자가 이런 것을 어디에다 써?"
　"꼭 쓸데가 있다니까. 청실하고 홍실 두 타래만 줘."

"안 돼. 나도 커서 수 배울 때 써야 해."

난나는 옥이한테 사정사정했다. 나중에는 윽박질러도 보고, 자신의 보물하고 바꾸자고도 했으나 옥이는 쉽게 응하지 않았다. 겨우 여수에 이사하면 곧 배로 불려서 사주기로 하고 간신히 얻어 냈다.

난나는 아침이 되자 서둘러서 그것을 종이에 꼭꼭 쌌다. 그러고는 정수 앞에 내밀면서 말했다.

"이건 영희한테 보내는 나의 이별 선물이야. 넌 장차 스파이가 된다고 했지. 그러니 이것을 영희 모르게 영희에게 전하도록 해봐. 이것도 좋은 훈련이야."

그래서 정수가 생각하고 생각한 끝에 찾아낸 방법이 영희의 신발 속에 그것을 집어넣는 것이었는데, 그 임무를 지금 정수가 끝내고 도망 온 것이다.

난나가 호주머니 속에서 알사탕 하나를 꺼냈다. 그것을 이가 좋은 영구가 어금니 쪽에 넣고 깨물어 손바닥 위에 내놓았다.

셋은 여러 쪽이 난 알사탕을 사이좋게 나눠 먹었다.

영구가 난나한테 물었다.

"이사는 어디로 간대?"

"여수."

"여수는 큰 항구 아냐?"

"그래. 우리 삼촌이 그러는데 우리 학교보다 더 큰 기선도 여러 척 있대."

정수가 눈을 껌벅거리면서 말했다.

"그러면 등대도 있겠네?"
"그래, 등댈 봤대. 밤에도 등대 불빛이 비치는 바다는 대낮같이 환하더래."
"야, 너는 참 좋겠다."
"왜?"
"그런 항구 도시로 이사 가니까 말이야. 그렇다면 학교도 크겠지?"
"응, 2층이더래."
"히야."
영구가 돌멩이를 집어서 멀리 던지면서 말했다.
"그러면 너 가자마자 마음이 변하겠다."
"아니야, 나는 변하지 않아. 나는 어디 가거나 갯밭 아이야."
"참말로? 약속할 수 있어?"
"좋아, 약속해. 이순신 장군 앞에 가서 약속하자."
세 아이는 충무공 사당 안으로 들어갔다. 제실 문이 잠겨 있었기 때문에 영정을 대할 수는 없었으나, 약속을 다짐하는 표시로 섬돌 위에 나란히 서서 큰절을 올리고 나왔다.
난나는 이날 낮에 삼촌과 함께 조상들 묘를 찾아다니며 하직 인사를 했다.
삼촌은 근처에서 구해 온 사방 한 자 크기의 돌을 하나씩 묘 앞마다에 반쯤 묻으면서 말했다.
"사람의 일은 모른다. 다음 추석 때 우리가 다녀가게 될는지, 아니면 한 몇 해 못 오게 될는지…… 혹시 아느냐? 그때 내가 못 오고 너만

올 경우에 묘를 찾기 힘들거든 오늘 묻은 이 돌들을 기억해 두면 분명해질 것이다."

안산의 3대 할아버지의 무덤을 끝으로 살펴보고 내려올 때였다. 난나는 청돌 하나를 주워 들고 덩굴등으로 향했다.

삼촌이 소리를 질렀다.

"그쪽에는 우리 산소가 없는데 어디를 간다냐?"

뒤도 돌아보지 않은 채 난나가 쩌렁쩌렁 대답했다.

"동네 머슴 묘에 가는 거예요."

큰 소나무들 사이에 있는 동네 머슴 묘는 노을빛의 솔가리로 살짝 덮여 있었다.

난나는 무릎을 꿇고 공손히 절을 했다.

"동네 머슴 아저씨, 그동안 우리 동네 잘 지켜 줘요. 윗말 아랫말 큰 싸움 일어나지 않게 해주시구요."

이번에는 마음속으로 이야기했다.

— 이다음에 선장이 돼서 오겠어요. 금테 모자를 쓰고 와서 영희와 선을 보겠어요.

동네 머슴 아저씨가 바람 속에 서서 대답하는 것 같았다.

— 오냐, 오냐. 그렇게 하려무나. 내가 있으니 갯벌 걱정은 하지 말고 가도 좋아. 너희만 의롭게 커준다면 나는 더 바랄 게 없다.

난나는 모퉁이를 돌아서다 말고 동네 머슴 묘를 뒤돌아보았다. 산까치 한 마리가 소나무 위에서 난나를 물끄러미 내려다보고 있었.

마침 할머니가 덩굴등 아래 밭에 나와서 보리를 밟아 주고 있었다.

"할머니, 이 밭은 아직 안 팔았어요?"
"왜, 다 팔았지."
"그럼 땅만 팔고 보리는 팔지 않았어요?"
"아니야. 보리도 땅도 다 팔았지."
"그러면 우리 밭이 아니네."
"그렇다. 상구네 밭이 되었다."
"그런데 왜 보리를 밟아 주지요? 미워서?"
"아니다. 보리가 잘되라고 밟는 것이다."
"우리 것도 아닌데?"
"그럼. 지금 같은 겨울에는 서릿발에 땅이 떠서 보리가 웃자라기도 하지. 이렇게 눌러 놓아야 뿌리가 튼튼해져서 나중에 큰바람이 불어도 보리가 쓰러지지 않거든."
"아무튼 우리 것이 아니잖아?"
할머니는 허리를 펴고서 대답했다.
"누구 것이 되었건 내가 뿌린 씨앗이니 잘돼야 할 것이 아니냐."
"……."
"내가 뿌린 씨앗인데 돌보지 않은 탓에 큰바람이 불었을 때 보리가 쓰러져 버렸다고 생각해 봐라. 얼마나 가슴 아프겠니."
난나도 보리밭으로 들어갔다. 꾹꾹 보리를 밟았다.
"할머니."
"왜?"
"지난봄에 우리 집에 와서 살다 간 제비 있지요."

"그래, 새끼를 넷이나 불려 가지고 강남으로 돌아갔지."
"그 제비네가 우리 집을 못 찾아오면 어떻게 하지?"
"우리 집을 못 찾아온다고?"
"우리가 새로 이사 가는 집 말이어요."
할머니는 먼 산 쪽으로 고개를 돌렸다.
"할머니, 여수에도 제비가 오겠지?"
"오고말고."
"그럼 여수 주소를 제비 집 속에 써두고 갈까?"
할머니는 웃지도 않고 한참을 우두커니 서 있었다. 바다에서 올라온 바람이 할머니의 옷고름을 폴폴 날린 뒤에 안산의 다복솔밭으로 들어갔다. 꿩이 한 마리 울면서 날아올랐다.
"난나야."
난나는 꿩이 어디에 앉는지 보느라고 채 대답을 못했다.
"산 사람이 찾아오지 못할까 봐 나는 속이 타는데, 너는 제비가 오지 않을까 봐 걱정이냐?"
"산 사람이 누군데요?"
할머니는 대답을 하지 않았다. 이쪽 보리 둔덕에서 저쪽 보리 둔덕으로 신발 자국을 깊이 남기며 옮겨 갔다.
"할머니, 산 사람이 누구냐니까요."
난나는 쫓아가서 할머니의 치맛자락을 끌어당겼다. 할머니는 무쪽에 이빨 자국이 찍혀 나오듯이 무심히 말했다.
"너희 아버지다."

"네? 우리 아버지가 살아 있어요?"
"살아 있다."
"그러면 지금 어디에 계셔요?"
"감옥에서 징역 살고 있다."
"정말이어요, 할머니?"
"정말이다."
"어쩌다가 감옥에 들어갔어요?"
"그 나쁜 녀석은 우리 편이 아니다."
 할머니는 발에 힘을 주어서 그 무엇인가를 확신하듯이 보리를 꾹꾹 밟았다.
 '진보당 사건'이라는 '빨갱이' 사단이 터져 온 나라가 소란스러울 때 서울에 가 있던 큰아들이 갯밭으로 내려왔다. 갓 돌이 된 난나를 안고 안타까운 얼굴을 하던 큰아들은 젊은 아내의 시선을 의식하고는 더욱 참혹한 표정이 되었다. 두어 달마다 귀향하는 자신의 품속에서 얼마나 보채던 아내였던가. 그날 밤은 달무리가 유난히도 선명하게 높이 밤하늘에 걸렸다. 그 새벽에 쫓기듯이 집을 나가서 아직까지 행방을 알 수 없는 아들의 어머니, 난나의 할머니는 아버지의 행방을 묻는 손자에게 얼떨결에 '감옥'이라는 말을 해버렸다. 그러나 할머니가 가슴속에 묻어 두고 있는 것은 큰아들이 '감옥'에서든 어디에서든 꼭 살아 있는 '산 사람'이라는 예감이었고 확신이었다.
 그러나 할머니의 보리를 밟는 발의 힘하고는 반비례하여 난나는 이상하게 다리에서 힘이 쭉 빠져나가는 것을 느꼈다.

난나는 이날 밤에 곧장 잠을 이루지 못했다. 아버지가 살아 있다는 말이 자꾸 가슴을 울렁거리게 만들었다.

난나는 옥이 쪽으로 돌아누웠다. 옥이가 잠들지 않고 있다면 살며시 귀엣말을 해주고 싶었다. "옥이야, 아버지가 살아 계신단다. 감옥에 계신다니까, 우리가 좀 더 크면 면회도 갈 수 있을 거야."

그러나 옥이는 배를 방바닥에 붙인 채로 새록새록 잠이 들어 있었다. 옥이는 한번 바로 자보는 것이 소원이다. 난나처럼 천장을 보고 누워서 천장 무늬를 헤아리고 싶어 한다. 그러나 옥이는 등이 굽어 있기 때문에 바로 누울 수가 없다. 언제나 옆으로 누워 쪼그리고 자거나 엎어져서 잔다.

그래서인지 옥이는 구름 속에서 노는 꿈을 자꾸 꾼다. 언젠가 할머니가 이불솜을 타와서 대청에 재워 두었는데, 옥이가 그 속에서 잠이 든 적이 있었다. 할머니가 혼을 내자, 옥이가 울면서 이렇게 말했다.

"할머니, 천장을 보고 잠을 자고 싶었어요."

난나는 이불을 끌어올려서 옥이의 등을 덮어 주고서 할머니한테로 돌아누웠다.

할머니도 잠이 들지 않았나 보다. 할머니는 사립문을 흔드는 바람 소리에 침을 삼켰다. 그리고 멍멍이가 짖어 대자 일어나 앉았다. 등잔불의 심지를 돋운 다음 크음, 마른기침을 했다. 바람이 자고, 멍멍이가 짖기를 멈추자 한숨을 섞어서 등잔불을 껐다. 들창 유리에 달빛이 희부옇게 고여 들었다. 부엉이골에서 부엉이가 부엉부엉 울었다. 할아버지의 울음일까.

"염병헐 놈의 인간들 같으니……."
할머니가 혼잣말을 하며 이불 속으로 들어왔다.
난나는 할머니의 마른 젖가슴에 얼굴을 묻었다.
다시 한 번 사립문을 흔드는 바람 소리가 들려왔다. 명색이 기와지붕이 얹힌 나무 대문이 사립문으로 바뀐 것은 아래채가 내려앉은 사라호 태풍이 있었던 해였다. 그 한 해 전에 난나의 아버지는 겨울 새벽에 대문을 쫓기듯이 나섰다.

벼랑 끝의 나무들

난나가 전학 수속을 마치고 만난 선생님은 노란 곱슬머리였다. 그 선생님이 서류를 뒤적이면서 한 첫마디는 "속깨나 썩이겠는데"였다.

난나는 곱슬머리 선생님의 뒤를 따라서 '4학년 2반'이라고 쓴 팻말이 달린 교실 안으로 들어갔다. 선생님이 시키는 대로 교단 아래에서 꾸벅 절을 하고 자기 소개를 했다.

"갯밭에 있는 구귤(枸橘)국민학교에서 전학 온 서난나입니다."

아이들이 여기저기서 수군거렸다. 가재미 같은 입을 한 남자 아이가 일어서서 말했다.

"선생님, 구귤이 무슨 뜻인지 좀 물어 주셔요."

선생님을 거치지 않고 난나가 바로 대답해 버렸다.

"탱자를 한자로 쓰면 구귤이라고 한대. 우리 갯밭에는 탱자나무가 많아. 그리고 우리 학교 울타리는 탱자나무로 되어 있어. 그래서 우리끼리는 탱자국민학교라고 해."

"난나가 너의 진짜 이름이야?"
"본명은 서야. 성까지 합해서 서서라고 해. 그러나 다들 난나라고 불러. 나도 난나가 좋아."
"난나는 무슨 뜻인데?"
"나는 나라는 말이야."
아이들 사이에서 웃음이 번지기 시작했다. 누군가가 고향 자랑을 해 보라고 했다.
난나는 큰 소리로 말했다.
"우리 갯밭 마을에서는 동네 머슴 제사를 지내 줍니다. 음력으로 7월 스무아흐렛날입니다. 그날은 온 마을 어른들이 하얀 옷을 입고 동네 머슴 묘 앞에 모여서 제사를 지냅니다. 우리들은 그날 떡을 얻어먹습니다. 다음 번 제사에는요, 우리 동네 머슴을 이웃 배들이 마을의 죽은 처녀에게 귀신 장가보내기로 했습니다."
"그러고는 또 없어?"
"아닙니다. 많지요. 봄이면 쇠똥 속에서도 민들레가 피기도 하고, 여름에는 학들이 소나무 숲을 하얗게 덮기도 하고…… 그리고 마음씨 좋은 동묵이 아저씨가 살고 있습니다……. 똥을 먹기는 하지만, 우리 멍멍이가 달무리를 쳐다보고 짖기도 하고……."
머리를 두 갈래로 땋은 여자 아이가 입을 비죽 내밀며 시비를 걸었다.
"뭐 그런 게 다 자랑이 되니? 쇠똥 속에서 피어나는 민들레가 무슨 대단한 자랑거리야? 똥개가 뭐가 자랑거리가 되지?"
아이들이 와 웃었다. 선생님도 같이 웃었다.

난나는 울고 싶었다. 그러나 지금 울면 지게 된다. 그래서 더 큰 소리로 말했다.

"그리고 우리 갯밭에는 여름이면 애기가 서는 시원한 바람도 있습니다."

일순 교실이 조용해졌다. 선생님도 무슨 뜻인지 몰라 어리둥절해했다. 난나는 기가 살아났다.

"우리 갯밭에서는 한여름에 아주머니들이 콩밭을 매러 다닙니다. 그런데 뜨거운 콩밭을 매다가 시원한 바람이 불어오면 이렇게 말합니다. '어메, 이 바람에 애기 서겠네' 하고요. 그처럼 신비한 바람이 우리 고향에 있습니다."

아이들은 멋모르고 웃었으나, 곱슬머리 선생님은 얼굴을 붉히며 웃었다. 이제 고향 자랑은 그만하면 됐으니 노래나 하나 하고 들어가라고 했다.

난나는 허리춤을 끌어올리고서 '어야듸야'로 시작하는 뱃노래를 불렀다.

    어야듸야 어기로구나
    들물에 천 냥 썰물에 천 냥
    안안팎이 물에 4천 냥 싣고
    허리띠 끝에다 봉기를 꽂고
    봉기 끝에다 이상꽃 달고서
    쥔네 마누라 술동이 이고서

발판머리서 엉뎅이춤 춘다
　　고기 몰아라 님을 몰아라
　　어야듸야 어기로구나.

　이 노래 하나로 난나는 반에서뿐만 아니라 학년 내에서도 단연 유명해졌다. 난나가 지나가면 이상한 노래를 부르는 아이라고 저희들끼리 수군거리면서 킬킬거렸다.
　아이들은 어촌, 그것도 저 먼 원시 바닷가 아이라고 난나를 얕잡아 보았다. 노는 데 끼워 주지도 않았다. 그러나 난나는 참았다.
　난나한테는 혼자서 노는 방법이 얼마든지 있었다. 꽃밭으로 몰래 다가가 보면 꽃잎에 티 묻은 발자국이 생길까 봐 발을 이슬 젖은 이파리에서 닦고 있는 어린 나비들을 난나는 볼 수 있었다. 그리고 늙은 느티나무 위에 올라가서 파란 하늘과 흰 구름을 보면 결코 외롭지 않았다. 어떤 날은 매미가 바로 귓바퀴 옆에서 울기도 했고 참새가 어깨를 스쳐 가기도 했다.
　하늘과 구름과 매미와 참새는 최소한 난나의, 스님처럼 박박 깎은 머리를 우습다고 하지 않았다. 언제고 한 얼굴, 한 목소리로 난나와 얘기했다.
　난나는 또 도서실로 가는 돌층계에 앉아서 멀리 갯밭 쪽으로 뻗어 나간 푸른 바다를 바라보는 것만으로도 즐거웠다. 수평선 위로 떠오르는 뭉게구름이 그리운 얼굴로 바뀔 때도 있었다. 동묵이 아저씨, 영구와 정수와 멍멍이 그리고 영희…….

어느 날이었다. 변소에서 나오는데 교실의 맨 뒤편에 앉은 키 큰 아이들이 난나를 불러 세웠다. 그 뱃노래를 한번 불러 보라는 것이었다. 난나는 그냥 빠져나가려고 했다.

머리가 세모진 아이가 앞을 가로막았다.

"노래를 부르든지, 노래를 안 하려면 내 가랑이 밑으로 기어 나가."

난나가 눈을 부라리자, 이번에는 주걱턱 아이가 나섰다.

"어쭈, 눈을 부라리면 어쩔 테냐?"

세모진 아이가 갑자기 발길질을 했다. 난나는 재빨리 옆으로 비켜서면서 그 아이의 발을 꽉 붙들었다. 그러고는 옆에서 달려드는 주걱턱한테로 그 아이를 떠밀어 버렸다. 그러자 둘 다 한꺼번에 나뭇단처럼 나뒹굴었다.

남은 두 아이가 난나를 향해 덤볐다. 난나는 한 아이의 사타구니를 걷어차면서 동시에 다른 아이는 머리로 가슴팍을 받았다.

이때 교무실에서 담임선생님이 달려 나왔다.

"이 녀석이 드디어 싸움판을 벌였군."

난나는 덜미를 잡혀 끌려갔다. 그러고는 수업이 끝날 때까지 복도에서 걸상을 머리 위로 치켜들고 꿇어앉아 있어야 했다.

바로 이날 오후에 삼촌이 건어물 가게를 얻는다고 돈을 몽땅 가지고 나가서는 돌아오지 않았다.

할머니는 세 든 방의 부엌에서 이제 막 배운 대로 연탄불을 붙이느라고 눈이 벌겋게 충혈되어 있었다. 고기 상자를 부수어서 불을 붙였기 때문인지 연기 속에서는 고기 냄새가 났다. 할머니는 자신의 고통도 고역이었지만, 아마도 화덕 옆에 둔 조왕 그릇을 더 안쓰러워했을 것이다.

할머니는 골목을 면한 아래채에 부엌이 딸린 방 한 칸에서 세 식구가 살게 된 것도 안타까워했지만, 그보다는 조상 단지 조왕 그릇을 둘 자리가 마땅치 않은 자신의 처지를 더욱 서글퍼했다.

옥이가 할머니 곁에서 코를 훌쩍이고 있다가 난나가 나타나자 쪼르르 달려와서 말했다.

"오빠, 무슨 고기 상자인 줄 알아?"

"갈치 상자."

"맞았다. 오빠, 갈치찌개 먹고 싶지?"

"응, 호박 넣고 끓여 먹었으면 좋겠다."

할머니가 화덕에 부채질을 하다 말고 난나를 돌아보았다.

"너 얼굴이 왜 그 모양이냐? 싸웠구나."

"……"

"너는 어째 그런 것은 네 애비를 안 닮았느냐? 네 애비는 재 속의 뭉근한 불처럼 안으로 불을 키웠는데, 넌 그냥 아무 데고 쥐불이나 놓고 다니는 망나니니."

"할머니, 제가 먼저 싸움을 걸지 않았어요. 그 새끼들이 여럿이서 덤볐는걸요."

할머니는 그러나 다시 화덕에 부채질을 할 뿐이었다. 떠나는 배가 있는지, 뱃고동 소리가 들려왔다.

난나도 뱃고동 소리처럼 속의 것을 터뜨리고 싶었다. 그러나 어금니를 물고 꾹 참았다.

　옥이가 난나 곁으로 슬그머니 다가섰다. 그러고는 난나의 귀에 자명고 소라를 대주었다. 옥이는 항상 그랬다. 난나가 울겠다 싶으면 자명고 소라를 난나의 귀에 대주었다. 그러면 먼 바다 소리가 달려와서 난나의 마음을 가라앉혀 주었다.

　한참 후에야 할머니가 입을 열었다.

　"그렇게 우두커니 서 있지 말고 삼촌이나 찾아 오너라."

　난나는 귀에서 자명고 소라를 밀쳐 내면서 물었다.

　"삼촌이 어디 갔는데요, 할머니?"

　"건어물 가게 잔금 치르러 가서 아직 오지 않았다. 너 우리가 사기로 한 건어물 가게 알지?"

　"네."

　"그 근처 술집을 뒤져 보아라. 기분 좋다고 또 한잔 마시는가 보다."

　난나는 등에 바람을 집어넣으며 달렸다.

　그러나 어디에도 삼촌의 모습은 보이지 않았다. 선창 다방에도 거문고 횟집에도 그리고 쌍봉 주점에도.

　난나는 빈 통조림 깡통을 차면서 집으로 돌아왔다. 그런데 골목에 사람들이 몰려 있었다. 이웃 사람들이 혀를 차면서 난나에게 길을 열어 주었다.

　할머니가 방 앞의 쪽마루 위에 쓰러져 있었다. 이모할머니가 와서 할머니한테 찬물을 먹이고 있었다. 토끼장 옆에 쪼그리고 앉아 있던 옥이가 달려왔다.

"오빠."
"왜?"
"삼촌이……."
"삼촌이 왜? 부두에는 없던데."
"삼촌이 돈을 가지고 도망갔대."
"뭐야?"
"다방 여자하고 둘이서 서울 가는 특급 열차 타는 걸 봤대."
"누가 봤어?"
"역에 다니는 옆집 인자 아버지가 낮에 봤대."
"정말이야?"
"가게 주인도 왔다 갔는걸. 복덕방 할아버지랑 같이 왔어. 잔금을 치르지 않았으니 계약금은 내줄 수 없다고 하고 돌아갔어."
 서녘 하늘에 노을이 지고 어둠이 집 앞의 골목까지 몰려들었다.
 밤이 깊어지자 하나 둘 사람들이 자기들의 집으로 돌아가고 이모할머니 혼자만 남았다.
"성님, 저것들을 고아원에다 갖다 줘버립시다."
"……."
"성님 혼자 몸뚱어리라면 어디 가서 식모살이를 하더라도 못 살랍디여."
 난나가 눈을 옹큼하게 뜨고 있는 것을 의식했는지, 이모할머니는 난나한테 퍼부어 댔다.
"이 빌어먹을 놈의 새끼야, 어따 대고 독사 눈깔이냐!"

그래도 난나가 눈길을 비키지 않자, 소리를 버럭 질렀다.
"썩 바깥으로 나가 뒈져 버려!"
이때까지 죽은 듯이 누워 있던 할머니가 부시시 일어났다.
"그만 떠들고 너나 어서 이 방에서 나가거라."
"아이고, 그래도 제 핏줄이라고 듣기 싫은 모양이구랴."
"그래, 듣기 싫다. 전생의 내 업인데 네년이 왜 나서서 야단이냐."
"나는 성님이 불쌍해서 그래요. 이 징한 서씨 집안, 지긋지긋하지도 않수?"
"여자는 한번 머리 얹은 집의 귀신이 돼야 하는 거야. 내가 지금 이 집안의 핏줄을 거두어 놓지 않으면 누가 나중에 물밥이라도 차려 주겠냐."
"아따, 이 저주받은 집 귀신으로 천년만년 살아 보시구랴."
이모할머니는 문을 꽝 소리가 나게 닫고 나가 버렸다.
할머니가 다시 쓰러졌다. 옥이가 베개를 가지고 왔다. 난나가 할머니의 머리를 감싸 안아 들고 있는 사이에 옥이가 베개를 밀어 넣었다.
할머니는 꼼짝을 하지 않았다. 난나는 저렇게 할머니가 누운 채로 죽는 것이 아닌가 하고 걱정이 되었다. 살며시 할머니의 젖가슴 위에 손을 얹어 보았다. 심장이 뛰는 것 같지 않았다.
이번에는 살며시 귀를 갖다 대어 보았다. 두근두근 하고 할머니의 심장 뛰는 소리가 난나의 귀에 울렸다. 난나는 살며시 옥이의 손을 잡고 말했다.
"옥이야, 할머니가 걱정되지! 그러나 걱정 마. 할머니는 살아 계셔. 가슴이 두근두근 뛰고 있는걸."

그러자 할머니가 보시락거리며 일어나 앉았다.
"너희들 아직 밥 안 먹었지?"
옥이가 말했다.
"괜찮아, 할머니."
난나가 할머니의 퀭하지만 그윽한 눈을 바라보며 말했다.
"할머니가 우리를 고아원에 보내지 않는 것만으로도 우리는 배고프지 않아."

시험을 거두실 때까지

 입을 줄이기 위해서 옥이는 이모할머니 집으로 아기담살이를 갔다. 그리고 할머니는 생선 행상을 시작했다.
 햇빛 속에서는 할머니 얼굴을 볼 수가 없었다. 닭이 울고 먼동이 트면 할머니는 일어났다. 난나의 밥을 지어 놓고 부두로 나갔다. 그러고는 어시장에서 고등어나 갈치를 받아서 이고 완행열차 편으로 산촌을 찾아갔다. 마을에서 마을로 드나들며 "갈치나 고등어 사시오, 갈치나 고등어 사시오" 하고 외치고 다녔다.
 난나네 할머니의 희망은 오직 난나한테 있었다. 오뉴월 생선 상한 물이 머리카락을 적셔도 난나의 초롱한 눈망울이 떠오르면 비린내도 싫지 않았다. 이 집 저 집 개한테 치맛자락을 물어뜯겨도 난나의 책 읽는 소리가 귓바퀴를 지나가면 입가에 웃음이 물렸다. 역전에서 우무를 한 그릇 사먹고 싶어도 어린것이 가게 앞을 외면하고 다니는 것을 생각하면 참을 수밖에 없었다.

외딴 두멧길을 혼자 걸을 때는 난나가 곁에 있는 양 혼잣말을 하곤 하는 할머니였다.
　"난나야, 바위틈에 뿌리를 박고 자라는 소나무를 봤제? 그래, 우리 갯밭의 부엉이벼랑에 살고 있는 그 조선 소나무처럼 우리도 억척같이 살아야 한다. 흙이 아니라 바위틈에서도 그렇게 시퍼렇게 잘 살아가지 않더냐. 이 할미는 남편 복도 없고 자식 복도 없다. 오직 거미 같은 너 하나만을 바라고 살아가는 것이여. 비록 우리 집안이 바위처럼 삭막해도 너는 그 겨울 조선 소나무처럼 시퍼렇게 눈을 크게 뜨고 살아야 한다."
　"난나야, 옥이가 믿는 하느님이란 분은 시험하시기를 좋아하시나 보더라. 한번 쓰러뜨리려고 작정하면 일어나더라도 계속 쓰러뜨리려고 하는 것 같더라. 이래도 살 수 있어, 이래도, 이래도, 하고 말이다. 물 밖으로 머리를 내밀면 자꾸자꾸 물속으로 처박는 거야. 그러나 여기에서 못 일어나면 안 돼. 아암, 안 되고말고. 꾹꾹 물속으로 머리를 처박아도 그럼요, 살아야지요, 그럼요, 하면서 일어나면 어느 날엔가는 시험을 거두시고 우리한테 한 등급 높은 세상살이를 허락할지 누가 알아."
　할머니는 밤늦게야 막차를 타고 돌아오곤 했다. 그러면 난나가 역전에서 기다리고 있다가 "할머니!" 하고 소리 높여 부르면서 달려가곤 했다.
　할머니는 난나의 손목을 잡고 걸으면서 말했다.
　"난나야, 이 말을 명심하거라."

"명심이 무슨 뜻인데요, 할머니?"
"마음속에 새겨서 잊지 말라는 뜻이다."
"네, 할머니. 마음속에 새겨서 잊지 않을게요."
"남한테 적선을 베푸는 것은 말이다."
"적선이 뭐예요?"
"복을 짓는 일이다. 알았냐?"
"네, 할머니."
"자기가 쓸 것 다 쓰고, 먹을 것 다 먹고 나서 남은 것으로 남을 돕는 것은 복을 짓는 일이 아니다."
"그럼 어떻게 하는 것이 복을 짓는 일이어요?"
"자신이 먹기에 부족하더라도 남에게 나눠 주는 사람들, 그 사람들이 복을 짓는 것이다."
"……"
"행상을 하다 보면 거의 점심을 굶게 되지."
"왜요, 할머니. 사먹으면 되잖아요?"
"돈을 만지기가 얼마나 어려운데 그 돈을 쓰겠냐?"
"그러면 굶어요?"
"좋은 사람 만나면 요기를 하기도 하지."
"좋은 사람도 많아요?"
"그럼, 세상 사람들이 다 나쁘다면야 이 세상이 금방 뒤집히고 말지 않겠니. 그러나 아직은 이 세상에 나쁜 사람보다는 좋은 사람이 훨씬 더 많단다. 돌밥에 쌀이 아니라 쌀밥에 돌인 게야."

"동묵이 아저씨 같은 사람 말이지, 할머니?"

"너는 동묵이 아저씨밖에 모르는구나. 그래, 그런 사람들이 많은 세상이다. 그런데 그런 사람들은 자기네 먹기에도 부족한 밥을 나같이 배고픈 사람을 만나면 나눠 준단다."

"그런 사람도 있어요?"

"그럼. 그렇게 나눠 먹으면 적게 먹어도 살로 가는 것 같단다. 그러니까 너는 꼭 남에게 주기 아까운 것으로 남을 도와야 한다. 알았지, 난나야?"

"네, 할머니."

궁동을 지나면서 할머니는 입을 다문다. 난나 또한 아무것도 묻지 않는다. 난나는 지금 할머니가 무엇을 생각하는지 말을 하지 않아도 다 안다. 이 동네의 이모할머니 집에 가 있는 옥이를 생각하는 것이다. 할머니와 난나는 이모할머니 집에서 아기를 봐주고 있는 옥이를 데리고 와서 한집에서 사는 것이 소원이다.

옥이는 때때로 집에 들렀다가 가곤 한다. 어떤 날은 토막 색연필을 주워다 주기도 하고 드롭스를 먹지 않고 아껴 두었다가 갖다주기도 하지만, 어떤 날은 아줌마가 때렸다고 하면서 와서 울고 가기도 한다. 또 어떤 날은 아기가 머리채를 잡아당겨서 아프다고 할머니한테 머리를 끊어 달라고 하면서 와서 자고 가기도 한다.

그럴 때면 난나는 말한다.

"옥이야, 봄까지만 참아. 봄이 오면 할머니께서 너를 집으로 데려온 댔어."

"정말이야?"

"정말이야. 할머니께서 몇 번이나 말씀했는걸. 너도 학교에 보내 주겠다고 했어."

옥이는 성호를 그었다. 감사할 일이 있으면 옥이는 늘 성호를 긋는다.

"조금만 참고 있어. 내가 네 책가방도 사줄게."

"오빠, 돈 있어?"

난나는 힘차게 고개를 끄덕였다. 그것은 순전히 토끼 힘이다.

난나가 키우고 있는 토끼는 영구가 이사 올 때 선물로 준 것이었다. 반년 정도 키우자 토끼는 어미가 되었다. 첫 교미 후의 첫 출산 때에는 새끼를 다섯 마리나 낳았다. 그런데 할머니가 모르고 놀라게 한 탓에 새끼 다섯 마리를 고스란히 어미가 물어 죽여 버렸다.

한 달 후에 다시 교미를 시켰다. 한 달을 기다리자 새끼 세 마리를 또 낳았다. 이번에는 단속이 잘되어서 세 마리가 무럭무럭 자랐다.

마침 토요일이 오일장 날이었다. 난나는 수업을 마치기가 바쁘게 집으로 달려왔다. 토끼 새끼 세 마리를 사과 광주리에 담아 들고 장터로 나갔다.

닭과 고양이 새끼와 강아지들이 엉켜 있는 장터 모서리에 난나도 끼여 앉았다. 그러나 아무도 난나가 앞에 놓고 앉아 있는 토끼 새끼를 거들떠보지 않았다.

길가의 담 그림자가 난나의 앉은키를 넘어서던 늦은 오후였다. 밀짚 모자를 쓴 아저씨가 지나가면서 값을 물었다.

"아저씨 알아서 주셔요."

"이놈아, 그런 말이 어디 있어. 값이 있어야 흥정을 할 게 아니냐?"
"저는 흥정 같은 건 몰라요. 이 토끼를 팔아서 우리 동생 책가방 살 돈만 생기면 돼요."
"고 녀석 참."
밀짚모자 아저씨는 난나 옆에 앉아 있던 장사꾼 아주머니하고 값을 정해서 토끼 한 쌍을 사갔다. 이제는 남은 한 마리만 팔면 되었다. 난나는 몇 번이고 호주머니 속에 넣어 둔 돈을 만져 보곤 했다.
해거름이 되자 장사꾼들은 하나 둘 엉덩이를 털고 일어났다. 난나도 돌아갈까 망설이고 있는데 신문 묶음을 옆구리에 낀 중학생이 다가와서 말을 걸었다.
"저 토끼 팔 거니?"
"응."
"값이 얼만데?"
"적당히 주면 팔 거야."
"참 이쁜데…… 샀으면 좋겠는데…… 그런데 나한테는 지금 돈이 없어……."
중학생이 발길을 돌리자, 난나도 일어났다. 난나는 그 중학생이 왠지 마음에 들었다. 영구 얼굴처럼 코가 약간 눌러앉은 것까지도 정이 들어 보였다.
중학생이 뒤를 돌아보았다. 난나하고 눈이 마주치자 씩 웃었다. 난나는 달려가서 중학생 앞에 섰다.
"이 토끼 가지고 싶어?"

"응."
"그럼 외상으로 준다면 사갈 테야?"
"외상으로 준다고!"
"그렇다니까. 자, 가지고 가."
"네가 날 어떻게 알고 외상으로 주지."
"그냥 형이 좋으니까. 돈은 못 받으면 말지 뭐."
"자식."
중학생은 난나가 건네주는 토끼 광주리를 받아 들면서 말했다.
"너 우체국 맞은편에 있는 자전거포 알지?"
"알아. 귀퉁이에는 도장방이 있고."
"그래. 그 건물이야. 그 건물 2층에 신문사 지국이 있거든. 거기로 내일 5시까지 와. 토끼 값 줄게."
그런데 이튿날 난나는 학교에서 늦게까지 벌을 서게 되었다.
그러니까 셋째 시간이 끝났을 때였다. 넷째 시간은 보건 시간이어서 한꺼번에 변소로 몰려갔다. 그런데 지난번에 싸운 뒤로 친해진 키 큰 상오와 인수가 난나한테 내기를 걸었다. 오줌 줄기가 변소 창을 넘으면 점심시간에 붕어빵을 사준다는 것이었다.
그 창은 벽에 아이들 키보다 더 높이 박혀 있었다. 그리고 그 뒤편으로는 여자 변소로 통하는 길이 있었다.
세 아이는 똑같이 오줌을 누었다. 문제는 누가 세느냐가 아니라, 누가 재주껏 넘기느냐는 것이었다. 그런데 난나한테는 갯밭에서의 경험이 있었다. 바닷가로 산으로 쏘다니면서 심심하면 오줌 줄기로 숱하게 장난을 쳤던 것이다.

 난나는 자신의 손을 이용하여 그것의 끝을 납작하게 해서 자신의 키보다 더 높이에 있는 솔잎의 송충이를 맞힐 때처럼 힘껏 쏘아 올렸다. 그러자 오줌 줄기가 죽 뻗어 올랐고 창을 보기 좋게 통과했다.

 그때였다. 바깥에서 "으악" 하는 비명 소리가 들려왔다. 그러고는 도망갈 생각도 못한 사이에 그 비명 소리의 주인공인 여선생님이 쫓아 들어왔다. 그길로 난나와 상오와 인수는 교무실로 잡혀갔다.

 여선생님은 스커트를 버렸다고 펄펄 뛰었다. 옆자리의 선생님이 블라우스에 오줌 벼락을 맞지 않은 것을 감사하라고 놀리면서 웃어 댔다.

 세 아이는 곱슬머리 담임선생님으로부터 종아리에 피가 비치도록 매를 맞았다. 나중에는 변소 청소까지 하고 나서야 겨우 풀려나왔다.

 난나가 중학생이 일러 준 우체국 맞은편에 있는 자전거포 건물의 2층에 들어섰을 때는 6시가 훨씬 지난 뒤였다.

 문을 두드리자 난나 또래의 아이가 나왔다.

 "무슨 일로 왔어?"

 "중학생 형을 만나려고."

 "아, 창옥이 형 말이구나. 네가 그 형한테 토끼를 외상으로 판 아이냐?"

 "그래, 나야."

 "창옥이 형이 기다리다가 갔어. 어디로 갔는지는 나도 몰라."

 난나는 돌아서다 말고 아이한테 물었다.

 "너도 신문 배달을 하니?"

 "그래, 나도 한다. 왜?"

"아니야, 아무것도."
 난나는 자기도 신문 배달을 해야겠다고 마음먹었다. 그러자 갑자기 가슴이 막 잡아 올린 망둥이처럼 동동 뛰었다.

돌멩이의 대답

 여수로 이사 온 지도 벌써 1년이 지나갔다. 난나는 이제 5학년이 되었고, 그사이에 몰라보게 키가 쑥 자랐다.
 할머니를 마중하기 위해서 난나는 날마다 역에 나갔다. 벌써 계절이 한 바퀴를 돌 만큼 세월이 흐른 것이다. 그러다가 보니 난나는 역에서 여러 가지를 알게 되었다.
 금방 비었다가 금방 차버리는 역 대합실.
 군밤에 군밤 냄새가 있듯이 대합실에는 대합실의 냄새가 있었다. 오래 신은 양말에서 나는 것 같은, 약간의 생선 비린내와 약간의 석유 등잔의 그을음내와 지린내가 섞인 것 같은 것. 그러나 그것은 이상하게 싫지 않은 냄새이기도 했다.
 그리고 난나는 역에서 만나는 것은 기쁨이라는 것도 알았고, 헤어지는 것은 슬픔이라는 것도 알았다.
 어떤 날은 입영하는 친구를 떠나보내면서 청년들이 부르는 애국가를 들었으며 또 어떤 날은 열차에서 내린 딸을 껴안고 까무라치는 할머니를 보기도 했다.

어떤 날은 차가 출발한 뒤에 쫓아와서 신발을 벗어 땅을 치고 우는 아주머니를 보기도 했으며 또 어떤 날은 탈영범을 잡아가는 헌병을 보기도 했다.

난나는 또 이상한 장면을 목격하기도 했다.

역전에 우두커니 서 있다가 지나가는 남자의 팔을 갑자기 붙들고 늘어지는 여자들을, 그리고 죽은 쥐 새끼가 자주 뒹굴고 있는 골목을 면한 하꼬방 같은 집의 미닫이문을 밀고 나오면서 어색한 표정을 한 채 주위를 두리번거리는 남자들을. 그러나 그들은 곧 시치미를 떼고 뒤도 돌아보지 않고 사라졌다.

그런 사람들을 볼 때마다 난나는 삼촌을 생각했다. 삼촌은 어디 있는 것일까. 삼촌의 쇠 팔과 팔짱을 끼고 간 여자는 누구일까. 삼촌은 언제 어색한 표정을 한 채, 그러나 시치미를 떼고 나타날까.

난나는 혼자 신발 코를 내려다보면서 웃었던 날도 있었다. 한 할머니와 그 할머니의 아들인 듯한 신사가 대합실에 들어오면서부터였다. 신사는 연신 할머니의 시중을 들었다. 변소 길도 부축해 가고 우유도 사오고. 그러나 개찰이 시작되자 할머니가 한사코 앞장을 서면서 말했다.

"차를 조심해야 해. 넌 어렸을 적부터 해찰이 심해서 걱정이야. 한눈팔지 말고 날 따라오너라."

무엇보다도 역전 풍경 중에서 난나가 가장 좋아한 것은 꽃나무들이 서 있는 화단이었다. 지난여름에는 백일홍이 피고 과꽃이 피고 그러다가 해바라기가 피었다. 가을에는 국화와 코스모스가 피었고, 겨울이 되자 동백꽃이 피었다. 열차를 오르고 내리는 사람들이 보아 주지 않아도 저 혼자서 그냥 피어 있다가 지는 꽃들.

난나는 특히 가을날의 코스모스를 볼 때에는 전근 가는 선생님을 전송하는 아이들 생각을 했다. 왜 그런지 파란 하늘과 함께 쓸쓸해 보이는 꽃이었다.

차츰 난나는 역의 단골들도 알아보기 시작했다. 바닷가 뻘 밭의 게처럼 작은 움직임에도 민감한 눈동자를 가진 사람들. 그런 사람은 밀수꾼을 잡으러 나온 형사이거나 아니면 소매치기꾼이다. 그리고 구두를 닦는 형들이 있으며 걸인들도 심심찮게 나타난다.

걸인 중에서는 만세라고 불리는 사람이 있다. 만세는 정신이 좀 이상해서 궂은 날이면 만세를 부르기 때문에 붙여진 이름이다. 그러나 여느 날에는 통 말이 없다. 담배꽁초를 주워서 물고 다닐망정 언제나 웃는 얼굴이다. 다른 걸인들처럼 적선을 하지 않는다고 억지를 부리는 일도 없다. 자기가 얻은 것을 다른 걸인들과 나눠 먹으면서 난나를 보면 눈을 꿈벅하고 아는 체를 하기도 한다.

역전 광장 중앙의 벚나무에 꽃이 한창이었던, 그러나 봄비가 추적추적 내리던 날이었다.

그날 오후 만세는 어느 때보다도 격렬하게 만세를 불렀다. 신발이 벗겨진 채 잠방이 하나만을 걸치고서 비구름이 잔뜩 담긴 하늘을 향해서 연신 두 팔을 쳐올리며 만세를 불러 댔다. 황소처럼 입으로 허연 입김을 내뿜었고 눈에는 숯불이 이글거리는 것 같았다.

역무원이 불러 세웠다.

"만세."

"만세!"

사람들이 웃음을 쏟았다.

"왜 그래, 만세?"

"만세!"

역무원이 담배를 권하자 그는 담뱃불을 붙이다 말고 다시 만세를 불렀다.

화물 창고 쪽에서 나이가 지긋한 인부가 다가왔다. 어깨 위의 마포로 만세의 몸을 싸주면서 말했다.

"감기 들어, 이 사람아."

"만세!"

"그놈의 만세, 이제 그만 하면 안 되나?"

"만세!"

"그만 두래두!"

"만세!"

둘러섰던 사람들이 다시 웃어 댔다.

인부가 만세의 뺨을 철썩 소리 나게 때렸다.

"정신 차려, 이놈아!"

만세가 만세를 부르면서 달아났다.

"만세! 만만세!"

인부가 끌끌 혀를 차면서 중얼거렸다.

"불쌍한 사람 같으니라구……."
역무원이 물었다.
"저 미친 만세에 대해 뭘 좀 아세요?"
"반란 사건 일어나던 해에 이웃에서 살았어요."
"그러면 잘 알겠군요. 그때도 저랬어요?"
"웬걸요. 멀쩡한 아이였는데……."
인부 아저씨는 난나를 가리키면서 말했다.
"만세가 바로 저 아이만 했을 때였지요."
 아이는 동무들과 함께 바닷가에서 제비 집을 지으며 놀고 있었다. 문득 자동차 소리가 들려왔다. 낡은 군용 트럭이 멀리서 씩씩거리면서 힘겹게 달려오고 있었다. 아이들은 어른들이 일러 준 대로 만세를 불렀다.
 트럭은 아이들이 놀고 있는 곳에서 멀지 않은 곳에 멈추어 섰다. 그리고 총을 든 반란군들이 내렸다. 다음에는 조기 두름처럼 묶인 민간인들이 끌려 내렸다. 그 자리는 조금 전에 아이들이 모래성을 쌓아 둔 자리이기도 했다.
 아이들은 호기심 어린 눈으로 달려갔다. 여전히 장난을 쳤으며 더러는 앞서 가는 아이의 발을 걸어서 넘어뜨리기도 했다.
 아이도 넘어졌다. 다시 일어나 보니 반란군들이 민간인들을 나란히 옆으로 줄을 세우고 있었다. 줄 가운데서 한 노인이 비칠비칠 쓰러졌다. 반란군이 개머리판으로 노인의 가슴을 찍었다.
 순간, 아이의 눈이 번쩍했다. 눈에 익은 얼굴이었다.

"할아버지!"
아이는 냅다 할아버지를 향해 뛰었다.
그때였다. 총소리가 두두둑 났다. 가까스로 일어나던 아이의 할아버지가 모래밭에 쓰러졌다. 늦가을 햇빛이 빛나고 있던 모래밭 속으로 한 줄기 시뻘건 피가 스며들었다.
아이가 울음을 터뜨리자 총구 하나가 아이를 겨누었다. 아이는 깜짝 놀라서 만세를 불렀다.
"만세."
"더 크게."
"만세!"
"더 크게."
"만만세!"
아이의 "만만세" 소리는 횡렬의 사람들을 향해서 뿜는 요란한 총소리 속에 묻혀 버렸다.

난나는 열을 느끼며 할머니도 기다리지 않은 채 집으로 돌아왔다. 찬물을 한 바가지 마셨으나, 갈증은 여전했다.
난나는 반닫이 속에서 부엉이골 돌멩이를 꺼냈다. 저녁놀과 바람으로 버무려진 돌멩이. 할아버지와, 할아버지의 할아버지 적 일까지도 알고 있다는 돌멩이.
방바닥에 반듯이 누운 난나는 저고리의 단추를 풀고 심장 위에다 가만히 돌멩이를 얹었다. 그러자 이내 가슴이 더워지면서 돌멩이가 살아

났다.
　― 힘을 내. 너희들한테는 총보다도 더 강한 무기가 있어.
　― 그것이 무언데?
　― 미래야.
　― 그러나 지금은 어른들 마음대로야.
　― 바보 같은 소리, 그들은 지금 후퇴하고 있는 중이야.
　― 그래도 무서워.
　― 너희가 어른이 되었을 때 그런 일을 일으키지 않으면 돼.
　― 그럼 어떻게 해야 하지?
　― 화해하고 화해의 힘으로 통일을 이루어 내야 해.
　― 그렇게 될까?
　― 될 수 있어. 새 물은 흙탕물을 가라앉히는 법이야.
　― 알겠어.
　누군가가 몸을 흔들고 있었다. 난나가 눈을 떠보니 할머니가 머리맡에서 내려다보고 있었다.
　"웬 잠꼬대가 그리 심하냐?"
　난나는 머리를 흔들었다. 깜박 잠이 들었던 모양이다. 부엌으로 가서 물독에서 물을 한 바가지 퍼마시고 들어왔다.
　구멍이 난 양말 뒤꿈치에 전구를 넣고서 헝겊을 대어 보고 있던 할머니가 고개를 들었다.
　"참, 너한테 편지가 왔다."
　"누구한테서 왔어요, 할머니?"

"영구로구나, 내가 읽어 줄까?"
"내가 보겠어요."
난나는 반짇고리 속에 있는 편지를 재빨리 집어 들었다. 혹시 영희 소식이라도 씌어 있다면 큰 낭패였던 것이다.
난나는 다리를 할머니 쪽에 두고 엎드려서 편지 봉투를 뜯었다.

난나에게.
잘 있니?
우리도 잘 있다. 멍멍이도 잘 있고 동묵이 아저씨도 잘 있다.
우리 갯밭에는 지금 꽃이 한창이다. 벚꽃도 피고 제비꽃도 피고 장다리꽃도 피었다. 들에서는 종달이가 운다.
동백꽃도 지고 매화도 지고 앵두꽃도 졌다. 정수네 집 뒤안에 살구꽃이 지는 것을 보고 너를 생각했다. 외양간 지붕 위에 올라가서 살구꽃잎을 눈처럼 맞던 일이 생각났다. 니가 보고 싶었다. 니를 생각하고 있는데 외양간에서 소가 울었다.
오늘 낮에는 덩굴등에 갔다 왔다. 정수가 봐둔 물총새 구멍을 뒤지러 간 것이다. 영희네 밭이 있는 황토 벼랑 알지? 바로 거기에 작은 구멍이 있었다. 정수가 먼저 손을 집어넣었다. 뭔가 있는 것 같은데 손이 닿지 않는다고 했다. 이번에는 내가 손을 집어넣어 보았다. 손가락 끝에 물총새의 가슴이 닿았다. 물총새의 가슴은 따스했고 두근대고 있었다. 그런데 팔이 짧아서 끄내지는 못했다. 지금도 손가락 끝에 그 기운이 저릿저릿 남아 있다.

니가 궁금해하는 영희 이야기를 하겠다. 영희는 변해도 많이 변했다. 지금은 반장이 된 원두와 친하다. 영희는 부반장이거든. 선생님과 원두와 영희, 이렇게 셋이 남아서 환경 정리도 하고 그런다. 정수가 숨어서 봤더니 찐 고구마를 먹으면서 막 웃고 그러더란다. 잡년이다, 영희는.

난나는 더 안 보고 편지를 구겨 버렸다.
난나는 속으로 욕을 했다.
"개잡년."
그러나 난나는 쉬는 시간에 연필을 깎다가 칼에 벤 영희의 검지에서 배던 피를 잊지 못한다. 난나는 재빨리 주위를 살핀 뒤에 살그머니 영희의 왼손을 가져와서 얼굴을 숙이고는 자신의 입으로 그 피를 빨아 주었다. 누가 뭐래도 그것은 피의 맹세였다고 난나는 지금도 생각하고 있다.

천천히, 천천히 숨을 쉬어라

난나가 네 번째로 신문사 지국의 창옥이 형을 찾아갔을 때, 가죽 잠바를 입은 지국장이 불렀다.
"니가 신문 배달을 하겠다는 아이냐?"
"네, 이름은 서난납니다."
"이상한 이름이군. 한자로는 어떻게 쓰지? 그건 그렇고 어머니 아버지 계셔?"
"없습니다. 할머니하고 동생하고 셋이서 삽니다."
"그럼 보증인이 있어야 하는데."
어리둥절해하는 난나 앞으로 창옥이 형이 나섰다.
"제가 보증 서면 안 될까요?"
지국장이 웃으면서 혼잣말을 했다.
"자아식, 토끼 외상 한번 잘 줬네."
지국장은 난나한테 주의를 주었다.

"어떤 일이 있더라도 배달 사고가 있어선 안 된다, 알았지?"
"넷."
"아파서 죽기 전에는 절대 결근해선 안 된다, 알았지?"
"넷."
"신문 대금을 완납시켜야 네 월급도 제 날짜에 나간다, 알았지?"
"넷."
"신규 독자를 늘리면 그달 치 그 집 신문 대금은 보너스로 지급하겠다, 알았지?"
"보너스란 말은 무슨 뜻입니까?"
"음…… 그러니까, 월급 외에 덤으로 더 준다는 말이다, 알았지?"
"넷."

이튿날부터 난나는 신문 배달부가 되었다.

3시 반에 학교가 파하면 바로 지국으로 달려간다. 지국에 책보를 던져 놓고는 시외버스 정류장으로 뛴다. 광주에서 오는 버스를 기다렸다가 노끈으로 묶인 신문 뭉치를 찾는다.

신문을 정리하여 지국을 나서는 시간은 4시 반. 배달을 마치면 6시 반이나 7시가 되곤 한다.

처음 사흘은 먼저 신문을 돌리던 아이가 난나에게 배달 코스와 독자들 집을 가르쳐 주었다.

"처음엔 복잡한 것 같지만, 길만 익히면 식은 죽 먹기야. 지국장이 월급을 잘 주지 않아서 탈이지."

"신문 대금만 잘 걷어 오면 제 날짜에 준다던데?"

"얼씨구, 닭 잡아먹고 오리발 내미는 게 그자의 장기야."
"무슨 뜻이지?"
"아무것도 아니야. 어서 저 파란 대문 집에 한 부 넣고 와. 저 집 개는 무서워. 조심해야 돼."
"알았어."
난나는 그 집 대문 기둥에 사금파리로 삼각형을 깊게 그려 놓았다.
"저기 저 감나무 집에도 한 부 넣어. 저 집 아줌마가 연재소설을 보는 모양이야. 신문이 늦으면 혼나. 지국으로 막 전활 걸어. 조심해."
"응."
그 집 대문 기둥에는 삼각형 속에 점을 찍었다. 이렇게 해서 시청으로부터 시작되는 배달은 오동도 등대에서 끝났다.
나흘째 되는 날이었다. 이제 난나 혼자서 나서야 했다. 그런데 그 첫날에 재수 없게도 신문이 늦게 도착했다. 신문을 간추려서 옆구리에 끼고 나선 시간이 6시였다. 배달을 반도 하지 못했는데, 깜깜해졌다.
난나는 급히 뛰었다. 사금파리로 표시해 둔 대문 기둥들의 금이 보이지 않으면 손끝으로 문대 보아야 했다. 그런데 그만 한 골목 안에서 길을 잃었다. 바로 나왔다 싶었는데 골목이 막혀 있었다. 되짚어 나왔는데도 전혀 다른 골목이었다.
난나는 낭패를 느꼈다. 어디가 어디인지 알 수가 없었다. 이번에는, 이번에는 하고 달려 봐도 제 출구가 아니었다.
난나는 맥이 풀렸다. 담 밑에 쪼그리고 앉아서 깍지 낀 두 팔 사이에 얼굴을 묻었다. 한참 그러고 있었더니 마음이 편해졌다.

고개를 들어 밤하늘을 쳐다보았다. 하늘에는 별들이 반짝이고 있었다. 동묵이 아저씨와 함께 곧잘 멍석 위에 누워서 바라보던 별들이다.

"난나야, 선장이 되려면 누구보다도 길을 잘 찾을 줄 알아야 한다."
"바다에도 길이 있어요? 바다는 전부가 길 같은걸요?"
"아니다. 알고 보면 바닷길이 더 까다롭다. 암초에 걸리면 배가 깨지기도 하지."
"길을 잃기도 했어요?"
"그럼. 특히 폭풍을 만날 때는 바늘귀만 한 길도 찾기가 어렵단다."
"그러면 어떡하지요?"
"우선 마음을 조용히 다스려야 한다."
"마음이 어째서요?"
"마음은 대개가 바깥이 혼란하면 자신도 덩달아서 우왕좌왕하거든. 그렇게 되면 끝장이다. 선장이란 다른 선원들과는 영판 달라야 하는 거야."
"어떻게 달라야 해요, 아저씨?"
"너, 우리 마을 사람 아홉 명이 몰사한 것을 기억하지?"
"예, 대현이 아버지가 그때 돌아가셨지요."
"그래, 그 사람들은 굴왕실로 나무를 하러 배를 타고 갔지. 그런데 물때를 맞춰 오느라고 밤에 출발했다가 돌풍을 만나 길을 잃었던 거야."
"그럴 때는 선장이 어떻게 해야 하지요?"
"숨을 천천히, 아주 천천히 쉬면서 이것저것 여러 가지 방법을 생각해야 돼. 만약 난나가 그 배의 선장이었다면, 선원들에게는 널빤지를 준비하도록 하고 배에 실은 나무에는 기름을 붓고 불을 붙이도록 해야 해."
"왜 나무에 불을 붙여요?"
"그래야 구조선이 나타날 거 아니냐."

난나는 벌떡 일어났다. 그리고 목청껏 노래를 불렀다.

  울려고 내가 왔던가.
  웃으려고 왔던가.
  비린내 나는 부둣가에
  홀로 섰는 백일홍.

난나의 바로 머리 위에서 벌컥 창문이 열렸다. 여고생인 듯한 단발머리가 창문에 나타나서 말했다.
"야, 조용히 못햇! 쬐끄만 녀석이 웬 유행가를 그렇게 바락바락 불러대."
"누나, 길을 잃어서 그래. 큰길로 나가려면 어느 쪽으로 가야 해요?"
"저쪽 왼편의 좁은 골목으로 나가면 돼. 넌 길도 모르는 애가 어떻게 신문 배달을 하니?"
난나는 낼름 혀를 내밀어 보이고는 단발머리가 손가락으로 가리키는 쪽을 향해서 어둠 속을 달리기 시작했다.
이날 이후로 난나는 눈앞이 깜깜해지는 일이 생기면 반드시 움직이기 전에 숨을 천천히 내쉬곤 했다.

　신문 배달을 하면서 난나가 맨 먼저 사귄 아저씨는 우체부 정 씨이다. 우체부 정 씨는 해방이 되고 이태 뒤부터, 그러니까 이 시에서만 20년째 우체부 생활을 했다고 한다. 그래서 누구보다도 이 항구 사람들에 대해서 잘 알고 있다. 누구네 집에 과년한 딸이 있으며 누구네 집 몇째 아이가 군에 가 있는지도 훤히 알고 있다. 오일장 날이면 장에 가서 그날 치 우편물 가운데 반가량은 주인을 찾아 주었다.

　우체부 정 씨한테는 금년 초에 손목시계가 하나 생겼다. 체신부 장관으로부터 20년 근속 표창을 받을 때 따라온 부상이다. 그러나 정 씨는 손목시계를 팔에 차고 다니지 않았다. 케이스째 안주머니 속에 넣고 다닌다. 누가 시간을 묻기라도 하면 비상 다루듯이 아주 조심스럽게 상자를 꺼내 뚜껑을 열고는 시계를 살펴보고 시간을 일러 준다.

　그 정 씨가 난나한테 첫 번째로 가르쳐 준 것은 사나운 개 다루는 방법이었다.

　"대개의 개는 이쪽에서 피하면 피할수록 더욱 맹렬해지는 법이야."

　"그러면 물겠지요?"

　"그렇지. 얕잡아 보이면 개는 문다."

　"그럼 안 물리려면 어떻게 해야 하지요?"

　"부드러움을 보여 줘야 해. 그 자리에 선 채로 반가운 표정을 하거나 춤을 춘다고 생각하도록 빙그르 몸을 돌리거나……."

　"그러면 안 물어요?"

　"물론 물기도 하지. 그러나 그렇게 하면 물지 않을 적이 훨씬 많아."

그러나 여전히 난나는 개가 무서웠다. 난나는 사나운 개가 있는 집에는 때때로 우체부 정 씨한테 신문 배달을 부탁하곤 했다.

"아저씨가 우체부 생활을 하면서 가장 슬펐던 때는 언제였어요?"

"슬펐던 때라아…… 그러니까 우편 가방을 집어던지고 싶었던 때를 말해 보라 이거지?"

"네, 그래요."

"그거야 6·25 전쟁 때였지, 날마다 젊은 사람들의 전사나 부상 통지서가 전신기 앞에 쌓였으니까."

"가장 좋았던 때는요?"

"그거야 지금도 종종 있는 일이지. 합격 전보를 배달할 때야. '어머니 합격했습니다' 이런 전보를 가지고 갈 때는 자전거 페달이 저 혼자서 씽씽 돌아가는 것 같단다."

우체부 정 씨는 난나의 엉덩이를 철썩 때리면서 말했다.

"너도 우리 우체부들이 기쁜 소식만 전해 줄 수 있도록 살아야 해. 알겠냐?"

"네, 제 인생의 목표도 그런 것입니다."

난나는 기운차게 대답하고는 달려갔다. 종다리가 보리밭 위를 힘껏 솟구칠 때처럼.

그날 난나가 부상당한 바다오리를 발견한 것은 오동도 기슭에서였다. 등대 관사에 신문을 집어넣고 나오는데 오줌이 마려웠다. 여느 때처럼 식대 밭 속으로 들어가서 오줌을 누었다. 그런데 바로 옆 동백나무 그루터기에서 움직이는 것이 있었다. 바다오리였다.

난나는 두 손으로 조심해서 바다오리를 안아 들었다. 누구의 공기총에 맞았는지 날개가 피에 젖어 있었다.

난나는 바다오리를 안고 방파제를 걸어 나왔다.

바다오리가 눈을 껌벅거리면서 난나를 쳐다보았다. 그때 난나는 비로소 생각이 났다. 가축병원의 수의사, 그 수의사는 난나가 배달하는 신문의 구독자이기도 했다.

마침 수의사 아저씨는 강아지한테 주사를 놓고 있었다.

"지금 이 녀석한테 광견병 예방 주사를 놓고 있는 참이다. 그런데 그 바다오리는 어디서 났느냐? 설마 네가 키우고 있는 것은 아니겠지?"

"네, 아저씨, 오동도에서 주워 왔어요. 공기 총알이 날개를 스친 것 같아요. 다시 날 수 있을까요?"

"날개 다친 것쯤이야 치료하면 날 수 있지. 자, 어디 좀 보자."

바다오리가 푸드덕거렸다. 수의사 아저씨는 다리를 잡은 다음에 오자미 주머니 같은 것으로 바다오리의 머리를 씌웠다.

"날짐승들은 이렇게 눈과 귀를 가려 놓으면 얌전해지지."

수의사 아저씨는 바다오리의 상처에 약을 칠해 주면서 말했다.

"하느님은 사람들에게 짐승들을 맡기면서 잘 관리하라고 했다는데, 요즘 사람들은 너무 함부로 잡아먹으려고만 한단 말이야."

"아저씨, 옛날에도 사냥해서 먹고사는 사람들이 있었잖아요?"

"그 사람들만 해도 염치가 있는 사람들이었어. 사냥을 나가기 전에는 산짐승 잡는 것을 허락해 달라고 하늘에 제를 지냈었거든. 잡은 다음에는 또 허락해 줘서 고맙다는 제를 지냈고. 그런데 이제는 오락으로 마구 총질을 해대는 사람들까지 생겨났으니, 원."

난나의 눈에 구석 우리에 들어 있는 어린 노루가 띄었다.

"아저씨, 저기 저 노루는 아저씨가 키우는 거예요?"

"아니다. 지난 장날 사온 것이다."

"산 노루를 장에서 팔아요?"

"그럼. 돌산 사람이 가져왔더구나. 그런데 저 노루의 내력이 참 재미있었어. 들어 볼래?"

"네."

"지난겨울, 폭설이 왔을 때 먹을 게 없어서 그랬던지 저 녀석이 인가로 내려왔더란다. 그걸 너 같은 아이가 붙잡았는데, 아주 아이를 따르며 겨울을 잘 지냈단다. 그런데 그 아이네 집이 원체 가난했던 모양이야. 저 노루를 팔아서 아이의 중학교 입학금에 보태자고 했더니 아이가 어찌나 안타까워하는지 그러질 못하고 산으로 돌려보냈는데, 글쎄, 저 녀석이 다시 찾아왔다지 뭐니."

"그래서 결국 여기 오게 된 거로군요."

"그래, 이번에는 그 아이 아버지가 새벽에 아이 몰래 팔러 온 것이라고 하더구나."

"그럼 아저씨는 저 노루를 어떻게 하시려고 샀어요?"

"잡아먹어야 하겠지?"

"네?"

"너도 저 노루가 좋으냐?"

"네, 아저씨. 마음에 들어요."

"그렇다면 발길로 한 번 걷어차 주어라."

"왜 좋아하는데 혼을 내야 하지요?"

"그래야 사람이 무섭다는 것을 알고 다음부터는 산을 내려오지 않고 사람 그림자만 비쳐도 도망갈 게 아니냐."

그제서야 난나는 수의사 아저씨가 하는 말이 무엇을 뜻하는지 깨닫게 되었다. 난나가 우리 앞으로 가서 발길질을 하자 노루는 이리 뛰고 저리 뛰면서 몸을 떨었다.

난나가 수의사 아저씨를 돌아보았다. 수의사 아저씨의 눈에 웃음이 가득 담겨 있었다.

열 내리는 약

 난나네 집의 아침은 첫닭이 울면서 시작한다. 담 밑에 있는 닭장에서 수탉이 날개를 훨훨 털면서 '꼬끼오 꼬오!' 하고 두어 번 울면 할머니가 자리에서 일어난다. 밤새 끙끙 앓다가도 창호지에 고등어 등줄기 빛깔 같은 푸른빛이 어리면 어김없이 할머니는 방에 불을 밝힌다. 그러고는 아랫목 벽의 시렁 위에 모셔 놓은 갈색 오지의 조상 단지를 향해서 두 손을 가슴 앞에 모은 뒤에 머리를 숙여 절을 한다. 일과의 시작이다.
 베개마저 밀어내고 자고 있는 옥이의 머리를 다시 베개 위에 놓으면서 할머니는 끌끌 혀를 찬다. 그러고는 이불을 걷어차고 저만큼 왼쪽 벽 아래 있는 반닫이 앞에까지 굴러가 있는 난나를 요 위로 끌어올리면서 혼잣말을 한다
 "아이고, 이 녀석 이젠 밥 한 그릇 먹고는 못 들겠네."
 할머니가 쪽문을 열고 부엌으로 나가면 설거지통 근처에서 달그락

거리고 있던 쥐가 슬그머니 물러난다. 그럴 때면 할머니는 쥐한테 한마디 하는 것을 잊지 않는다.

"서생원, 자네 먹을 것을 남기지 못해 미안하네잉."

그러고는 화덕 옆의 조왕 그릇에 절을 한다. 다음에는 연탄불을 살피고 나서, 세수를 한 다음에 세숫물을 마당에 끼얹는다. 수건을 쓰고 밥을 안치고, 그러고는 다시 방으로 들어온다.

난나는 그동안에 다시 이불을 걷어차 버렸다. 할머니는 또다시 이불을 덮어 준 다음에, 경대를 꺼내 놓고 머리를 빗는다. 동백기름을 바르고 가르마를 탄다. 쪽을 찌고 비녀를 꽂는다. 몸뻬를 입고 누비저고리를 입는다.

서둘러서 사발에 밥을 퍼 담아 뚜껑을 닫고 이불 속에 묻으면서 할머니는 난나가 듣건 말건 주의를 준다.

"난나야, 네 발 밑에 밥 있다. 차지 마라잉."

때로 난나가 잠을 깰 때도 있다. 대개는 오줌이 마려울 때인데 채 잠이 덜 깬 난나가 쪽마루 끝에 서서 마당을 향해 오줌을 누다가 할머니로부터 등을 얻어맞기도 한다.

"주인집 아줌마가 알면 쫓겨나, 인석아!"

그런데 어제 새벽에는 난나가 먼저 잠을 깨었다. 할머니가 기차한테 받혔다고 했다. 사람들이 건널목 쪽을 향해서 뛰어갔다. 만세까지도.

난나는 울면서 달려가다가 눈을 겨우 떴다. 할머니가 있는지 옆 자리를 손으로 더듬어 보았다. 할머니가 있었다. 고단한지 코까지 골며 자고 있었다.

난나는 어찌나 좋은지, 할머니의 주름진 얼굴에 뺨을 비볐다. 잠결에도 할머니가 난나를 끌어안았다.

난나는 할머니의 귀에 대고 "할머니" 하고 불렀다. 세 번째 불러서야 겨우 반응을 보였다.

"왜? 벌써 첫닭이 울었냐?"

"아니요, 할머니. 그냥 불러 보고 싶어서 불러 본 거야."

"녀석도…… 꽃잠이 들었는데 불러 보고 싶다고 할미를 깨워?"

"미안해, 할머니."

"어른한테는 죄송하다고 해야 한다. 미안하다는 말은 너희 친구끼리나 쓰는 말이야."

"죄송해요, 할머니."

할머니는 누운 채로 윗목으로 몸을 끌고 가서 팔을 뻗어 방문을 열었다. 하늘에 가득 널려 있는 별들이 방문 안으로 쏟아져 들어왔다. 그 중에서도 가장 크고 반짝이는 별을 보면서 할머니가 말했다.

"샛별이 뜬 걸 보니 곧 먼동이 트겠다. 일어나야겠구나."

"조금만 더 있어요, 할머니."

"왜?"

"할머니 젖 좀 더 만지고 싶어서."

"인석아, 열두 살이면 옛날엔 장가갈 나이야. 그런데도 아직 이 할미의 젖을 만지작거리고 있어?"

"할머니, 나는 장가 안 갈래요."

"장가를 안 가다니? 나이가 차면 가야지."

난나는 할머니의 젖가슴에서 손을 빼내면서 심투룽히 말했다.
"안 가는 것이 아니라 못 가요. 선을 볼 가시내가 마음이 변했거든요."
"뭐야? 선을 볼 애가 벌써 있었어?"
"할머니, 그게 아니고……."
"안이고 바깥이고 간에, 너 혹시 신문 배달하면서 큰 아이들한테서 못된 짓 배우는 것은 아니겠지?"
"못된 짓이 무언데, 할머니?"
"벌써부터 계집아이 꽁무니나 따라다닌다든가, 남의 물건을 탐낸다든가 그런 게 못된 짓이지."
"할머니, 나는 아무것도 탐내지 않아요, 할머니만 빼놓고는."
"뭐야? 이 할미만 빼놓는다고?"
"네, 할머니. 나는 할머니가 이 세상에서 제일 좋아요."
난나는 할머니의 젖가슴 속에 다시 손을 집어넣었다.
"에그, 차가워라."
그러나 할머니는 난나의 손을 내쫓지 않았다.
"내 짝 아이가 그러는데, 할머니."
"뭐라고?"
"사람은 죽으면 아무것도 아니래요. 숯도 나오지 않는대요."
"원, 어린것들이 못 하는 말이 없네."
"할머니, 그러니까 오래오래 사셔요, 네?"
"왜 갑자기 그런 말을 하느냐?"
"꿈속에서 할머니가 돌아가셨어요. 사람들이 막 뛰어갔어요. 나는 정신이 하나도 없었어요. 울다가 울다가 잠이 깨었는걸요……."
 할머니는 가만히 난나의 머리를 쓰다듬었다.
 "내가 왜 죽느냐? 새 발에 피 같은 너희 오뉘를 남겨 두고 내가 왜 죽어? 어떤 일이 있더라도 악착같이 살 것이다. 아암, 오래 살아야 하고말고."
 "참말이지, 할머니?"
 "그럼, 저승사자가 데리러 와봐라. 머리를 새대가리처럼 쥐어뜯어 놓을 테니까."
 "야, 우리 할머니 최고다!"
 난나는 또다시 이불을 걷어찼다.
 "오빠 또 미친다."
 어느새 깨어 있었는지, 이번에는 옥이가 아랫목에 가 있는 이불을 끌어올리며 말했다.
 옥이는 항상 그랬다. 깬 줄 모르게 깨어나고 잠든 줄 모르게 잠이 든다.

 할머니가 부엌일을 대강 마친 다음에 고기 함지를 이고 대문을 나가고 나면 어느 틈엔가 옥이가 일어난다.
 옥이의 아침은 닭 모이를 주고, 토끼풀을 주는 것으로 시작된다. 그러고는 사방을 다니면서 "안녕, 안녕" 하고 인사를 한다.
 "토끼야, 안녕." "남자 닭아, 안녕." "엄마 닭아, 안녕." "참새야, 안녕." "옥잠화야, 안녕." "채송화야, 안녕."
 아침상은 옥이가 본다. 검은 도리상에 김치를 놓고, 갈치속젓을 놓고 수저를 놓으면서 "오빠야, 안녕" 하면 그때서야 난나가 일어난다.

그런데 오늘 아침에는 차례가 바뀌었다. 할머니가 일어난 다음에는 옥이 차례인데 난나가 눈을 떠보니 옥이가 그대로 누워 있었다. 왜 늦잠을 자느냐고 이불을 젖히자 옥이가 자라목처럼 이불 속으로 기어들어 가면서 말했다.

"오빠, 나 머리 아파서 학교에 못 가겠어."

"많이 아파?"

"응, 많이 아파."

"어디 보자."

난나는 할머니가 하던 것처럼 옥이의 이마를 짚어 보았다. 그러나 뜨거운지 찬지 얼른 가늠이 되지 않았다. 학교에 입학한 지 두 달 남짓 되는 동안 옥이가 결석하겠다고 하는 것은 오늘이 처음이다.

옥이가 얼마나 학교에 다니고 싶어 했는지 난나는 안다. 이모할머니 집에서 아기담살이를 마치고 오던 날, 옥색 새 스웨터 하나를 입고 왔다. 그것을 옥이는 집에 오자마자 벗어서 잘 개켜서 반닫이 위에 얹어 놓았다. 밤이 되면 난나가 약속한 대로 토끼 새끼 판 돈으로 사준 책가방하고 그 스웨터를 머리맡에 두었다. 그러다가 할머니와 오빠가 잠든 후면 살며시 일어나서 옥색 스웨터를 입고 책가방을 메고 "할머니, 오빠하고 학교 다녀오겠습니다"를 연습했다. 며칠 밤이고 그 연습은 되풀이되었다.

그러나 막상 입학식 날이 되어서 할머니의 손을 잡고 나선 옥이는 자꾸만 할머니 뒤로 숨으려고 했다. 자신의 굽은 등을 남들이 힐끔힐

끔 쳐다보는 것이 싫었던 모양이다. 보다 못해서 난나가 나섰다.
"옥이야."
"왜, 오빠?"
"넌 남한테 없는 보물이 있어."
"날개?"
"그래. 네 등에는 날개가 감춰져 있다고 성당 수녀님이 말씀하셨다면서."
"그러나 오빠, 죽어서 날게 되는 날개도 좋지만, 살아서 남들처럼 저렇게 종종종 달리고 싶어."
난나는 할 말을 잃었다. 돌멩이를 집어 들어 벚나무 위에서 남의 속도 모르고 재잘거리고 있는 참새들을 향해 던졌다.
새들이 일제히 날아서 푸른 하늘 속으로 사라지자 비로소 옥이의 얼굴이 개었다.
"오빠, 날개가 있다는 것은 역시 신나는 일이야. 그지?"
"그래. 작아도 날개가 있다면 얼마나 좋아. 나 같으면 훨훨 춤을 추고 다니겠다."
그러나 날이 갈수록 옥이는 학교에서 얼굴에 그늘이 져서 돌아오는 날이 많았다. 꼽추라고 함께 놀아 주지 않는 여자 아이들, 그리고 짖궂은 머시매들한테 시달리기 때문이었다. 핑계만 있으면 옥이를 떼놓고 다니는 난나였다. 그러나 막상 옥이가 누워 있자, 혼자 학교에 가는 난나의 마음은 된서리 맞은 늦가을 무 잎처럼 후줄근해졌다. 공부 시간에도 자꾸만 옥이의 얼굴이 눈앞을 스쳐 갔다.

점심시간에 난나는 학교 뒤쪽의 철조망을 빠져나왔다. 상오한테 빌린 돈으로 약국에 가서 아스피린을 두 알 샀다. 그런데 집에는 옥이가 없었다. 이불은 단정하게 개켜져서 반닫이 위에 올려져 있었고, 방바닥도 걸레질을 했는지 깨끗했다.

난나는 옥이를 찾아 나섰다. 옥이가 잘 가는 곳이 떠올랐다. 객사로 올라가는 층계. 그곳 층계에서는 부두와 먼 바다가 한눈에 내려다보였다. 그래서인지 옥이는 자주 그곳으로 놀러갔다.

오늘도 옥이는 그곳에 있었다. 치자 꽃 가지가 위로 뻗어 나온 토담 밑에 앉아서 자명고 소라 껍데기를 귀에 대고 있었다. 그 모습은 꼭 돌 틈에 피어 있는 민들레 꽃 같았다.

옥이가 난나를 알아보고 화들짝 놀라며 일어났다. 금방 눈에 눈물이 어렸다.

"오빠, 점심 먹으러 왔어?"

"그래."

"오빠, 내가 밥 차려 줄까?"

"싫어. 내가 묻는 말에나 대답해."

"……"

"너 꾀병 부렸지?"

"……"

"내가 전에 꾀병 부리고 학교 안 갔다가 할머니에게 혼나는 것 봤지?"

"봤어, 오빠."

"할머니가 또 죽어 버리겠다고 치마끈으로 목을 매면 어쩔래?"

"오빠, 내일은 꼭 학교 갈게. 오늘 일은 할머니한테 이르지 마, 응? 오빠가 심부름시키면 무슨 일이든지 다 할게. 토끼풀도 더 열심히 뜯어 올게."

"어떤 새끼가 또 널 놀렸어?"

옥이는 고개를 저었다.

"그럼? 선생님한테 혼났어?"

"아니야, 오빠."

"그런데 왜 학교에 안 가?"

"선생님이 육성회비 가져오지 않으면 학교에 오지 말랬어, 오빠."

"선생님은 그런 말을 그냥 해보는 거야. 나도 노상 듣는걸. 어떤 날은 공부 시간에 집으로 돌려보내기도 해. 그러면 집에 갔다 오는 것처럼 해서 다시 교실로 들어가면 돼. '내일 준답니다' 하고."

"아니야, 오빠. 선생님이 날 미워하는 것 같아."

"왜?"

"내 말을 곧이듣지 않으시는걸. 어제만 해도…… 선생님이 우리들더러 신기한 것을 보았으면 한 가지씩 말해 보라고 했어."

"그래서?"

"내가 손을 들고 '돌멩이가 일어나는 것을 보았습니다' 하고 말했어. 그러자 애들이 순 엉터리라며 다들 웃었어. 선생님도 따라 웃었어. 그리고 내가 일어나서 말했는데도, 오빠, 선생님은 다음부터는 일어나서 발표해야 한다고 주의를 주었어."

"옥이, 너 정말 돌멩이가 일어나는 것을 봤어?"

"정말이야, 오빠. 갯밭 우리 집 있지? 뒤안에 큰 대밭이 있는 기와집 말이야."

"그래, 내가 그 집을 왜 모르니?"

"거기서 봤어. 그때도 봄이었는걸. 영숙이하고 숨바꼭질을 하느라고 숨어 있는데 옆에서 돌멩이 하나가 흔들 하고 움직였어. 나도 처음엔 두더지가 그러는 줄 알았어. 그런데 오빠, 다음에 내가 술래가 되어서 와보니 그 돌멩이가 불끈 일어나 있지 뭐야. 죽순이, 글쎄, 죽순이 밑에서 치받아 돌을 일으켜 세운 거야."

난나는 옥이의 손목을 잡았다. 둘은 나란히 토담에 그림자를 세우면서 걸었다. 부두에서 갈매기 울음소리가 들려왔다.

"내일 오빠가 육성회비 줄게. 오늘이 내 월급날이거든."

"정말이지, 오빠."

"정말이야. 지국장님한테 월급 받으면 할머니 내의부터 한 벌 사야지. 넌 뭐가 필요하니? 필통? 크레파스?"

"아니야. 아무것도 필요 없어. 육성회비만 내면 돼."

옥이는 난나가 손가락으로 만지작거리고 있는 것을 보고 물었다.

"그건 뭐야, 오빠?"

"열 내리는 약이야. 니가 아프다고 해서 샀는데 이젠 필요 없게 됐어."

"오빠, 그 약이 필요한 데가 한 군데 있다."

"어딘데?"

"맨드라미 밑에 묻어 주고 싶어. 맨드라미는 열이 많아서 너무 빨갛단 말이야."

산 너머에 가다

난나가 6학년에 올라와서 만난 짝의 이름은 불이였다.

불이는 이름에서 느껴지는 것처럼 무서운 아이였다. 웃는 것을 좀체로 볼 수가 없었고 말도 거의 하지 않았다. 누구하고 쉬 친하려고 하지도 않았고, 그렇다고 먼 거리에 혼자 떨어져 있지도 않았다. 선생님이 눈을 감으라고 하면 눈을 가장 늦게 감았고, 눈을 뜨라고 하기도 전에 눈을 떠서 선생님에게 야단을 맞았다.

그러나 불이는 특히 청마루 밑에 기어 들어가서 공이 구멍으로 빠진 연필이나 지우개를 곧잘 찾아왔다. 그리고 누구나 하기 싫어하는 변소 청소를 곧잘 자원하곤 했다.

불이더러 집이 어디에 있느냐고 물으면 "산 너머에 산다"고만 대답했다. 그래서 그의 별명은 '산너머'였다. 난나보다 공부를 못하는 편이였으나, 그렇다고 난나한테 숙제 같은 것을 부탁하지도 않았다. 시험을 치를 때면 아는 것만 쓰고 일어나서 뒤돌아보지도 않고 바깥으로 나가 버리는 아이였다.
 그런데 정작 난나한테뿐만이 아니고 불이가 담임선생님의 관심을 끌게 된 것은 장차 무엇이 되고 싶은지, 반 아이들 모두가 장래의 희망을 발표했을 때였다.
 남자 아이들은 너도나도 장군이며 국회의원이 되겠다고들 했다. 더러는 대통령이 되겠다고 했고, 운동선수가 되겠다는 아이들도 있었다.
 여자 아이들은 수줍어하면서도 또록또록하게 배우나 화가나 교사가 되겠다고 했다. 양조장 집 딸은 대통령 부인이 되겠다고 해서 아이들이 와 하고 놀랐다.
 난나는 예전부터 마음먹은 대로 "선장이 되겠습니다" 하고 자리로 돌아왔다. 그런데 난나의 뒤 차례였던 불이가 다른 아이들이 전혀 생각지도 않은 것을 말해서 교실을 순간 멍하게 만들었다.
 "저는 스님의 되겠습니다."
 졸리는지 눈을 껌벅껌벅하고 있던 선생님이 눈을 번쩍 떴다.
 "뭐가 된다고?"
 "스님요."
 난나가 쉬는 시간에 불이한테 다시 물어보았다.
 "너 정말 스님이 될 거야?"
 "그럼 너는 거짓말로 선장이 된다고 했어?"
 "아니야, 나는 진짜로 선장이 될 참이야."
 "나도 진짜로 스님이 될 테야."
 "왜 하필이면 스님이 되려고 하니?"

"그냥 좋아서."

"그냥 좋아서?"

"응."

"우리 할머니가 그러는데 스님이 되려면 장가를 가지 않아야 한다던데."

불이가 지우개로 공책의 낙서를 지우면서 말했다.

"너희 아버지와 어머니가 싸우는 거 못 봤어?"

"나한텐 아버지 어머니가 없어."

"그러면 누구하고 함께 살아?"

"할머니하고 동생하고. 갯밭에 살 때는 멍멍이도 한 식구였는데 지금은 없어."

"그러니까 너는 고아인 게로구나."

"아니야, 아버지는 살아 계셔. 그런데 우리 편이 아니어서 감옥에 있대."

"그럼 너도 선장이 되지 말고 나랑 같이 스님이 되자."

"싫어. 나는 선장이 될 작정이야, 어떤 일이 있더라도. 그것은 동묵이 아저씨하고의 약속이기도 한걸. 그리고 난 장가들고 싶은 여자 아이도 있어. 지금은 마음이 좀 변했다지만."

불이는 얼굴을 찌푸린 채로 키들키들 소리만으로 웃었다. 난나는 불이의 입에 주먹을 한 대 던지고 싶은 것을 꾹 참았다.

불이가 웃음을 그치고서 정색을 하고 말했다.

"너 언제 우리 집에 한번 안 갈래?"

"너희 집이 어딘데?"
"산 너머."
"뭘 하는 마을인데?"
"화장터가 있는 마을이야."
난나는 순간 머리끝이 쭈뼛 올라가는 것을 느꼈다.
"화장터라면 사람 시체를 불 질러 없애는 데 아냐?"
"맞아. 우리 아버지가 그런 일을 하고 계시거든. 구경 한번 가볼 테냐?"
난나는 세차게 고개를 저으며 얼굴을 일그러뜨렸다. 시작종이 쳤는데도 왜 선생님은 빨리 오시지 않을까.
그런 난나의 태도를 어떻게 이해했는지 불이가 따지고 들었다.
"병신, 그러니까 너는 안 죽는다, 이거지?"
"넌 죽어?"
"그렇지, 언젠가 한 번은 죽겠지. 너도 알아 두어야 해. 보통은 늙은 사람들이 많이 오지만, 우리 또래의 아이들이 오는 때도 있단 말이야."
"죽어서?"
"그럼 산 사람을 관 속에 넣어 오니?"
기다리던 선생님이 들어왔다. 그러나 막상 공부가 시작되었지만, 난나의 마음은 좀체로 가라앉지 않았다. 마음 한쪽의 호기심은 자꾸 산 너머를 기웃거리고 있는 반면에 다른 한쪽의 무섬증은 불이를 훔쳐보는 것마저도 허락하지 않았다.
그러나 난나는 불이한테 얕잡아 보이고 싶지 않았다. 난나도 그에게 지지 않을 만큼 괴짜로 통한다. 난나는 선생님의 눈치를 살피며 펴놓은 공책 하단에 다음과 같은 글을 재빨리 쓴 뒤에 불이의 옆구리를 손가락으로 꾹 찔렀다.
　— 산 너머 너희 집이 있는 화장터 구경을 가겠다.
　불이 역시 자신의 공책 하단에 다음과 같이 썼다.
　— 좋다. 언제 올 테냐? 토요일? 일요일?
　— 토요일은 신문 배달을 해야 하니까 일요일 낮에 가겠다. 언제 어디서 만날까?
　— 돌고개에 있는 성황당 자리에서 만나자. 10시에 내가 거기서 기다리고 있겠다.
　돌고개에서는 뻐꾸기가 울고 있었다. 뻐꾸기 울음소리는 난나한테 그리운 얼굴들을 생각나게 했다. 동묵이 아저씨, 영구, 정수, 멍멍이 그리고 영희……. 영희를 생각하면 피가 밴 영희의 흰 손가락이 눈앞에 떠오르고, 목구멍 속으로는 영희의 손가락 같은 굵은 침이 넘어갔다.
　산비탈에 있는 밭에서는 보리가 훌쩍 자라 있었다. 보리밭 사이에서 노오란 꽃을 피운 유채 가지가 바람에 흔들리고 있었다. 하얀 나비가 한 마리 유채 꽃에 앉으려다가는 날아오르고, 앉으려다가는 날아오르고 했다. 꽃향기가 너무 강한 탓일까? 아니, 꽃 색깔이 너무 진한 탓인지도 모른다.
　난나는 철 이르게 올라와 있는 보리 동 하나를 뽑았다. 말간 부분을 이로 끊어 버리고 청대 부분을 손톱으로 잘랐다. 끝을 자근자근 이빨로 문 다음에 후후 입바람을 불어넣었다. 그러자 보리피리 소리가 필릴리 필리리 하고 울려퍼졌다.

3월 중순의 고갯길은 바람이 차가웠다. 불이는 아직 나오지 않았나 보다고 생각하며 성황당 주변을 두리번거리고 있는 난나 앞에 돌무더기를 뒤로하고 갑자기 불이가 나타났다.
　두 아이는 고개마루 위의 소나무 밑에 앉았다. 시가지 반대편 저 아래 황톳길 신작로가 끝나는 곳에 빨간 벽돌집이 있었다. 그리고 그 곁에는 푸른 양철 지붕을 한 작은 집이 한 채 시멘트 색 그대로 서 있었다. 벽돌집 앞에는 벌써 하얀 버스가 한 대 머물고 있었다.
　"차가 도착하면 우선 화장실 안으로 관을 옮긴다."
　"그러고 나선?"
　"그러고 나선 영철이 아저씨가 관의 위쪽 문짝을 뜯어내지."
　"그다음에는?"
　"우리 아버지가 관 속의 베개를 들어낸 후에 관 뚜껑을 덮어."
　"불은 언제 붙여?"
　"철 문을 열고 그 안으로 관을 밀어 넣은 다음에."
　"그러면 끝이야?"
　"아니야. 불붙이기 전에, 죽은 사람 식구가 가서 집에 불났으니 어서 나오라고 해야 돼."
　"왜 그러지?"
　"혼더러 몸하고 떨어져서 나오라고 하는 거래."
　"그렇게 하면 혼이 정말 몸에서 떨어져 나올까?"
　"몰라. 몸은 우리 눈에 보이는 것이고 혼은 보이지 않는 것이어서 안 보이는 거래."

"이젠 정말 끝이야?"

"응, 광목에 불을 붙이고 철 문을 닫으면."

두 아이는 자리에서 일어나서 천천히 걸어 내려갔다. 벽돌집의 굴뚝 위로 하얀 연기가 올라가고 있는 것이 보였다. 가벼운 바람에 연기는 흔들리며 천천히 푸른 하늘 속으로 스며들고 있었다.

불이네 집에 들어섰을 때는 해가 하늘 가운데에 있었다.

장의사 차 주변에는 드문드문 하얀 옷을 입은 사람들이 앉아 있었다. 여자들은 울어서 눈이 퉁퉁 부었고, 남자들은 담배를 피우거나 소주를 마시고 있었다.

난나는 문득 교실에서 키우던 배추벌레가 생각났다. 자연 시간의 실습용 애벌레였다. 이른 봄, 잎 뒤에 알이 붙어 있는 배추 잎을 따와서 상자 속에 넣어 두었던 것이다.

얼마 지나지 않아서 알은 애벌레가 되었다. 애벌레는 아이들이 따다 넣어 주는 배추 잎을 갉아 먹으면서 무럭무럭 자랐다. 그러다가 어느 날, 애벌레는 번데기가 되어서 꼼짝하지 않고 있었다.

그리고 또 며칠이 흘러갔다. 창가 자리의 한 여자 아이가 숨 가쁘게 선생님을 불렀다.

"선생님, 번데기에서 나비가 나와요. 하얀 나비여요."

아아, 사람이 죽는 것이 그렇게 나비가 되는 과정이라면 얼마나 좋을까. 굴뚝에서 하얀 연기가 아니라, 하얀 나비가 되어 훨훨 푸른 하늘을 향해서 날아갈 테니.

난나는 불이 아버지가 벽돌집에서 나오는 것을 기다렸다가 절을 했다.

불이 아버지는 아직 오전인데도 벌써 술에 절어 있었다.

"이놈들, 너희도 죽으면 저렇게 연기 한 줌으로 흩어지고 마는 것이여. 그런 걸 가지고 내가 잘났다 니가 못났다 까불고 서로 싸우는 것은 웃기는 거란 말이여."

불이 아버지는 난나와 불이한테보다는 화장하러 온 사람들에게 말하는 것 같았다.

"너희라고 안 죽는 줄 알어? 다 죽기 마련이야. 진시황제도 죽었어. 알지? 살았을 때 좋은 일 하고 살어. 재산도 권력도 죽을 때는 필요 없어. 생전에 나쁜 말을 하면 원수만 남기는 거여."

난나는 네모반듯한 작은 상자를 들고 나오는 사람을 보았다.

불이가 난나의 귀에 대고 말했다.

"저것이 전부야."

"무언데?"

"뼛가루야."

나한테 신문을 넣어 다오

난나가 신문 배달을 하면서 지금까지 새로 구독 신청을 받은 것은 세 부이다.

한 부는 수산물 검사소 옆 귀퉁이에 있는 담배 가게 할아버지가 신청한 것이다. 그 할아버지는 '담배'라고 쓴 표지판 아래에 놓여 있는 공중전화기도 관리하고 있다. 그런데 그 할아버지의 표정이 재미있다. 늘 조는 듯한 얼굴이다. 아침이나 저녁이나.

그러나 담배를 사려고 하는 사람이 소리를 높여서 "담배 한 갑" 하면 "거 언성 좀 낮추시오. 귀청 떨어지겠수다" 하고 눈살을 찌푸린다.

난나에게도 그랬다. 지국장의 심부름으로 담배를 사러 갔을 때 할아버지는 눈을 감고, 입을 반쯤 벌리고 팔짱을 낀 채 앉아 있었다.

"할아버지!"

"이 녀석, 웬 소리가 그렇게 크냐? 기차 화통을 삶아 먹었느냐?"

"할아버지가 조는 것 같아서요."

"이놈아, 대낮에 조는 사람이 어디 있어."
"그런데 할아버지는 왜 그런 얼굴을 하고 있어요?"
"그건 다 저 전화기 때문이지."
"전화기가 어째서요, 할아버지?"
"내가 자는 척하고 있어야 전화 거는 사람들이 마음 놓고 속 얘기를 다할 게 아니냐?"

그 전화기 앞에는 사람이 없을 때가 드물었다. 어떤 때는 아가씨가 붙어 서서 무엇이 그렇게 좋은지 깔깔깔 웃어 대는가 하면, 어떤 때는 아주머니가 붙어 서서 손수건으로 눈물을 훔치면서 말하기도 한다. 어떤 때는 입에 거품을 문 아저씨가 붙어 서 있는가 하면, 어떤 때는 맞은편을 향해 연신 공손히 절을 해대면서 "네, 네" 하고 대답만 하는 사람도 있다.

"그럼 한 번도 할아버지의 눈을 뜨게 한 사람은 없었어요?"
"왜? 딱 한 번 있었지."
"그 이야기를 해줘요, 할아버지."
"몇 년 전이었다. 저녁 무렵이었지, 아마. 그래, 가로등에 불이 호박꽃처럼 물려 있을 때였어. 앳된 목소리가 들리는데 느낌이 이상하더란 말이야. 가만히 귀를 기울여서 들어 봤더니 이런 말을 하더구나. '민들레는 구둣발에 밟혀도 결국엔 꽃을 피우고 말지요' 하고. 한참 그 말의 뜻을 헤아려 보다가 눈을 떠보니 희미한 그림자가 저쪽 창고 모퉁이를 돌아가고 있더구나."
"누구였을까요?"

"글쎄, 천사였는지도 모르지."

"천사요?"

"그래. 천사가 하늘에서만 살고 있는 줄 아느냐? 우리와 함께 땅에서 살고 있는 천사도 있어."

"우리와 함께 산다고요? 천사가요?"

"그렇지. 우리가 눈이 어두워 천사를 못 알아보고 있을 뿐인 게야."

난나는 가슴이 갑자기 두근대는 것을 느꼈다.

그 할아버지가 다시 팔짱을 끼고 눈을 감으면서 말했다.

"내 말을 곧이곧대로 들어 준 사람은 네가 처음이다. 네가 배달하는 신문을 나한테도 한 부 넣어 주려무나."

이렇게 해서 처음으로 신문 한 부가 늘었다.

다음에 구독 신청을 한 사람은 명패 가게 주인이었다. 그 가게에는 각종 명패와 표지판이 진열되어 있었다.

조합장 김용석, 대표이사 박일문, 교장 문석기, 목사 이영일, 허가지역 외 출입금지, 어서 오십시오 무엇을 도와 드릴까요, 지금 기도 중입니다, 회의 중, 위반한 자는 엄벌에 처함, 안녕히 가십시오.

난나는 우연히 그런 문안들을 보았다. 신문을 싣고 오는 버스가 아직 도착하지 않아서 심심해하고 있는데 그 가게의 진열장이 보였다. 키가 작고 깡마른 주인아저씨가 진열대에 놓여 있는 패찰과 명패를 정리하고 있었다. '대표이사 박일문'과 '목사 이영일'의 자리를 맞바꾸고 있었을 때였다.

난나가 후후 웃자 주인은 난나를 힐끔 쳐다보았다. '회의 중'을 내려

놓고 '대기석'을 새로 내놓았다.
　주인아저씨가 난나를 손짓으로 불렀다.
　"왜 웃느냐?"
　"아저씨 마음대로니까요."
　"뭐라고?"
　"그렇잖아요? '조합장', '교장', '목사', '대표이사'가 다 아저씨 손안에 있는걸요. 그뿐인가요? '출입금지' 시킬 수도 있고, '어서 오십시오' 할 수도 있고……."
　주인아저씨가 손바닥으로 이마를 쓸며 껄껄 웃었다.
　"네 말을 듣고 보니 내가 변명할 수 없는 독재자가 되는구나."
　명패 가게 주인은 난나한테 어떤 신문을 배달하느냐고 물었다. 그러고는 난나가 취급하는 신문을 한 부 신청해 주었다. 그것이 두 번째였다.
　세 번째는 대학생이었다.
　난나가 그 대학생 아저씨를 만난 것은 향교 입구에서였다.
　지난달에 난나는 지국장으로부터 월급을 반밖에 받지 못했다. 나머지는 수금을 끝내야 주겠다고 했다.
　그러나 사람들은 좀체로 신문 대금을 잘 주지 않았다. 돈이 없다고 미루었고, 그렇지 않아도 귀찮은 신문 그렇게 조르면 끊어 버리겠다고 윽박질렀다. 심지어는 신문에 읽을거리가 없다는 것까지도 핑계를 삼았다.
　그중에서도 향교 옆에 있는 기와집은 자그만치 신문 대금을 다섯 달치나 미루고 있었다. 언제나 가면 귀머거리 할머니가 호박씨나 해바라기 씨만 내놓으며 이것이나 먹고 가라고 할 뿐이었다.
 그런데 지국장은 다시 월말이 다가오자 이번에는 난나한테 그 집의 밀린 신문 대금 영수증 다섯 장과 이달의 영수증을 주면서 그 액수만큼을 제한 나머지만 현금으로 월급을 주었다.
 "그 집에서 네 요량껏 받아 써, 불만이 있으면 그만두고."
 난나는 어떻게 해야 할지를 몰라서 망설였다. 그것을 보고 창옥이 형이 맞은편에서 눈을 꿈뻑했다.
 지국장은 휑하니 찬바람을 일으키며 밖으로 나갔다. 창옥이 형이 그 뒤에다 퉤 하고 침을 뱉었다.
 "더러운 새끼! 네깟 놈의 수작을 누가 모를 줄 알고. 난나야, 절대 니가 먼저 그만둔다고 해선 안 된다. 어떤 어려움이 따르더라도 버티는 거야, 알았어?"
 난나는 이를 깨물며 고개를 끄덕였다. 숨을 천천히, 천천히 내쉬면서 창가로 걸어갔다. 부두에서 울리는 뱃고동 소리가 깨진 유리 틈으로 새어 들어왔다.
 "분하지?"
 "아니야, 형. 우리 할머니는 이보다 더한 것도 참으시는걸."
 "자아식."
 난나는 아무래도 분을 삭이지 못한 얼굴이 일그러질 것 같아서 영수증 여섯 장을 쥐고 사무실을 나왔다. 그길로 향교 옆에 있는 기와집을 찾아갔다. 그런데 이날도 역시 그 집에는 귀머거리 할머니 혼자만 있었다.

난나는 그 집 대문 앞에서 주인을 기다렸다. 혼자서 제기도 차고, 구슬치기도 하면서 무료함을 견뎠다.

얼마나 지났을까, 향교의 육중한 대문이 삐거덕하고 약간 열렸다. 검은 바지에 흰 와이셔츠 소맷자락을 걷어올린 청년이 나타났다.

난나는 향교의 문이 열리는 것을 처음 보았기 때문에 어리둥절해했다. 그리고 지붕 위에 진초록 이끼가 끼고 풀이 여기저기 자라고 있는 향교에서 젊은 사람이 나오는 것도 신기했다.

그 사람은 난나의 구슬을 집어 들고서는 반대편에 있는 구슬을 꽈당 하고 맞추었다. 난나가 놀란 얼굴을 하자 어깨를 으쓱 치켜 보이고는 담을 돌아 사라졌다.

난나는 그때 들었다. 향교 담을 넘어서 푸른 가을 하늘 바닥을 구슬이 굴러가는 듯한 영롱한 소리를. 그 멜로디는 바람을 타고 멀어졌다가 가까워졌다가 하는 것 같았다.

난나는 길가의 바위 같은 큰 돌 위에 턱을 괴고 앉아서 귀를 기울였다. 옥이의 아장거리는 걸음 소리를, 할머니의 치맛자락이 날리는 소리를, 동묵이 아저씨가 모래밭을 걸어오는 소리를 귀 기울여 듣고 있었다.

그 소리를 밟고 오는 듯 모퉁이에 청년이 10여 분 뒤에 다시 나타났다. 난나와 눈이 부딪치자 콧등을 만지며 물었다.

"너 왜 여지껏 여기 있니?"

"이 집 주인을 만나려구요."

"용건이 무언데?"

"신문 대금을 받아야 해요."

"신문 구독료 말이지?"

"네, 다섯 달 치나 밀렸거든요. 그런데 우리 지국장님이 이 집 신문 대금을 제한 만큼만 월급을 주고 나머지는 이 집에서 직접 받아 쓰라고 했어요."

"벼룩의 간을 먹는 놈이 또 하나 있군."

"네? 벼룩의 간을 누가 먹는다구요?"

"아니다. 그러니까 너는 혼자서 데모를 하고 있는 게로구나."

청년은 태극 무늬가 있는 향교의 대문 안으로 사라졌다. 곧 소리도 사라졌다.

난나는 갑자기 쓸쓸해졌다. 일어나서 기지개를 켜는데 어디선가 청매실 한 알이 날아와서 머리를 맞추었다.

난나가 돌아보자 향교의 담장 위에서 아까 보았던 그 청년이 부르고 있었다.

"들어오너라, 꼬마야."

"어디로 들어가요?"

"대문을 밀고 들어오면 된다."

"안 돼요. 그동안에 이 집 주인이 왔다 가버리면 어떡해요?"

"괜찮아. 내가 그 문제는 해결해 줄게."

"정말이어요, 아저씨?"

"넌, 속고만 살아왔니? 왜 그렇게 사람을 못 믿어?"

향교의 대문은 난나가 몸으로 밀자 삐거덕 소리를 내면서 틈을 벌렸다. 난나는 어깨를 움츠리고 조심해서 발을 들여놓았다.
 향교 안은 밖에서 난나가 생각했던 것보다도 훨씬 더 밝았다. 마당에는 모래가 하얗게 깔려 있었고 잡초 한 포기 없었다.
 청년은 모란꽃이 마주 보이는 문간방 앞에 펴놓은 평상 위에 앉아 있었다. 평상에는 책이 가지런하게 몇 권인가 쌓여 있었다. 그리고 시꺼먼 낡은 축음기도 옆에 있었다.
 난나는 여기저기를 살펴보았다. 석유풍로와 작은 단지들이 있는 부엌을, 그리고 쌀자루와 이불이 놓여 있고 옷가지들이 걸려 있는 방을.
 난나가 물었다.
 "아저씨는 대학생이어요?"
 "지금은 아니야."
 "그럼 퇴학당했어요?"
 "아니야. 좀 쉬고 있다."
 "그러면 아직은 대학생이겠네요."
 "그렇다고 볼 수 있지. 그러나 엄격히 말하면 무직이야."
 오동나무 위에서 까치가 두 사람을 내려다보고 깍깍깍 울었다.
 "참, 아저씨. 아까 아저씨 나간 뒤에도 무슨 소리가 흘러나왔어요."
 "아, 그거, 모차르트 곡이야."
 "왜 밖에 나가면서 끄지 않으셨어요?"
 "저기 저 모란꽃들이 좀 들으라고 일부러 틀어 놓았지."
 "꽃도 음악을 들을까요?"
 "내가 실험하고 있는 중이야. 새들은 분명히 알아듣는 것 같았어.

마찬가지로 꽃들도 아름다운 곡을 좋아하리라고 믿어."

난나는 모란꽃을 다시 한 번 보았다. 아름다운 음악을 들어서일까. 붉은 꽃이 더 찬란해 보였다.

청년은 호주머니 속에서 지갑을 꺼냈다.

"이 옆집의 신문 구독료 영수증을 내게 다오."

"왜요, 아저씨?"

"내가 그 돈을 대신 받아 쓰겠다. 그러니 넌 나한테서 돈을 받으면 돼."

대학생 아저씨는 뒷걸음질치는 난나를 붙잡고서 영수증을 꺼내게 한 뒤에 계산을 해보고 돈을 쥐여 주었다. 그리고 한마디 당부하는 것을 잊지 않았다.

"이후부터 옆집의 신문은 나한테 가져와."

토요일 오후에 생긴 일

 난나는 토요일에 일직을 했다.
 난나 차례는 사실 어제였는데, 평일에는 오후 늦게까지 남아 있으면 신문 배달을 할 수 없어 불이와 순서를 바꾸었던 것이다.
 아침부터 날씨가 흐렸다. 그러더니 점심나절부터 실비가 오기 시작했다. 종례를 마치기가 바쁘게 아이들은 서둘러서 집으로 돌아갔다.
 상오와 불이만이 남아서 난나가 가지고 있는 국어사전을 뒤적거리면서 킬킬거리다가 갔다. 그 국어사전은 향교에 있는 대학생이 며칠 전에 난나한테 준 선물이었다.
 그런데 그 사전에는 다른 아이들이 가지고 있는 것보다도 비밀스러운 낱말과 뜻이 더 있었다. 그것을 먼저 찾아낸 것은 상오였다.
 "우리 반에서는 난나가 가장 크고 좋은 사전을 가지고 있다."
 "어째서?"
 "난나의 사전 속에는 우리 사나이들의 것이 나와 있어."

남자 아이들이 몰려들었다.
　"자, 봐라. 이런 게 나와 있잖아. 그런데 영수 것에는 없어. 창식이의 국어사전에도 없고."
　남자 아이들은 난나의 국어사전에서 상오가 연필로 그어 놓은 부분을 눈으로 읽었다.
　'자지 : 남자의 길게 내민 외부 생식기.'
　불이가 상오에게서 국어사전을 빼앗아 들었다.
　"생식기라는 뜻이 무얼까? 나는 그 낱말이 더 어렵다."
　여기저기서 아이들이 맞장구를 쳤다.
　"그래, 불이 말이 맞아. 그 말이 더 어렵다."
　"어째서 설명하는 말이 더 어렵다냐?"
　불이가 손가락 끝에 침을 묻히고 책장을 넘겼다.
　"찾았다. 여기 있어. 내가 읽을게, 들어 봐."
　"가시나들이 듣는데?"
　"괜찮아, 가시나들은 없나 뭐. '생식기. 명. 생물의 유성 생식을 하는 기관.'"
　아이들이 와 웃었다. 저쪽에서 등을 지고 앉아 있던 여자 아이들까지도 저희들끼리 어깨를 때리며 웃었다.
　"갈수록 산이네. 유성은 또 무엇이야?"
　"기관은 또 무엇을 뜻하지?"
　아이들은 웃고 또 웃었다.
　그러나 지금은 교실이 무섭게 고요했다. 다른 때 같으면 운동장에서 놀고 있는 아이들이라도 있기 마련인데, 비 때문에 운동장도 텅 비어 있었다. 나무들과 자갈들만이 비를 맞고 있었다.
 난나는 유리창 밖을 내다보다가 실비 속에 어리는 얼굴의 주인을 생각했다. 영구, 그래, 영구한테 편지를 쓰자.
 난나는 연습장을 한 장 뜯어냈다. 그러고는 연필에 침을 묻혀 가며 영구한테 부칠 편지를 썼다

 영구에게.
 오늘은 내가 일직이다. 토요일 오후인 데다 비까지 오고 있어서 사방이 텅텅 비었다. 운동장도 비었고, 변소도 비었다. 우리 교실에는 나 혼자뿐이다.
 일직 종례를 하려면 아직 멀었다. 그런데 멍하니 창밖을 보고 있다가 실비 속에 어려 있는 니 얼굴을 보았다. 아직도 니 코는 빈대코지? 동묵이 아저씨는 애기 생식시켰다는 소식 없어? 우리 멍멍이는 지금도 간혹 이상한 것을 물고 다니니? (영희 개잡년은 말하기도 싫다.) 정수는 지금도 스파이짓 잘하지?
 나는 작년보다 키가 5센터미터나 자랐다. 우리 옥이는 그런데 2미리도 자라지 않았다. 우리 할머니는 흰머리가 더 많아졌다.
 지난 5월부터 할머니는 부두에 좌판 하나를 얻었다. 행상을 다닐 때는 고등어와 갈치 같은 것만 이고 다녔는데, 지금은 고기 종류가 많아졌다. 어떤 날은 낙지도 팔고 쭈끼미도 판다. 전어, 금풍생이, 가오리, 생조기도 판다.

나는 할머니가 행상을 다니지 않아서 좋은 점이 세 가지가 있다. 하나는 밤에 "아이구 다리야, 아이구 다리야" 하던 할머니가 덜 앓는다는 것이다. 또 하나는 할머니가 보고 싶을 때, 언제나 부두에 가면 볼 수 있다는 것이다.

신문을 배달할 때도 항만 사무실에 신문을 넣고는 일부러 할머니의 좌판을 지나서 온다. 할머니 앞에 손님이 많으면 기분이 좋다. 손님이 없으면 할머니가 나하고 이야기를 나눌 수 있으니 그것은 그것대로 좋다.

그러나 무엇보다도 좋은 것은 할머니가 저녁 일을 일찍 마치고 나보다 먼저 집에 와 계시는 것이다. 골목 입구에서 우리 집을 바라만 봐도 단번에 척 알 수가 있다. 할머니가 집에 와 계시면 들창 틈새로 새어 나오는 불빛도 따뜻해 보인다. 할머니와 옥이와 셋이서 앉아 밥을 먹으면 파래 한 가지 반찬이라도 밥이 꿀맛이다.

참, 내 정신 좀 봐라. 더 중요한 이야기가 있다. 지난 일요일에 있었던 일이다. 내가 좋아하는 아저씨들이 모두 가축병원에 모였다. 우체부 정 씨 아저씨와 향교의 대학생 아저씨, 그리고 수의사는 집주인이니까 당연하고.

그런데 거기에 갔더니 뜻밖에도 꿀벌 할아버지가 와 계셨다.

너도 알고 있지? 우리 탱자학교 솔밭 밑에 삼꽃이 필 때 찾아오던 꿀벌 할아버지 말이야. 얼마나 반가웠는지 모른다. 그 할아버지와 가축병원 아저씨는 굉장히 친한 사이라지 뭐냐.

이렇게 어른 네 분 틈에 내가 끼어서 가축병원 아저씨가 키우던 노루를 데리고 종고산으로 올라갔다. 숲이 짙은 산 중턱에서 노루를 풀어 주었다. 이 노루에 대해서는 내가 지난번 편지에 썼지?
 그랬더니 노루는 얼떨떨한 모양이야. 산 한 번 보고, 우리 한 번 보고 자꾸 그래. 그러자 꿀벌 할아버지가 노루의 궁둥이를 철썩 소리가 나게 때렸어. 그제야 노루는 숲을 향해 달려갔어.
 다복솔밭에서 노루를 환영하는 듯 꿩이 푸드덕 날았다. 우리는 함께 웃음을 터뜨리며 박수를 쳤다. 어른들은 서로 악수를 나누었다. 대학생 아저씨가 나를 번쩍 들어서 하늘로 던졌다가 받아 주었다. 나는 기분이 최고로 좋았다.
 우리 다섯은 흩어져서 더덕을 캤다. 내가 아홉 뿌리를 캐서 1등을 했다. 더덕을 구워서 어른들은 준비해 온 소주를 마시고, 나는 풀밭에 누워서 더덕만 먹었다. 우리는 봄가을로 한 번씩 만날 것을 약속했다.
 모임은 꼭 산에서 갖고 더덕을 캐서 구워 먹자고 했다. 그래서 이름도 '더덕 먹는 모임'이라고 정했다. 나도 이 모임의 회원이다. 너도 원한다면 이 모임의 회원이 되게 해주겠다.
 나는 그날 어른들 앞에서 동묵이 아저씨 자랑을 많이 했다. 그물에 걸려도 새끼 고기는 살려 보내 주고, 알밴 고기도 놓아준다고 하자, 모두가 한번 동묵이 아저씨를 만나 보고 싶다고 했다.
 대학생 아저씨가 특히 우리 고향 갯밭에 가보고 싶다고 했다. 내가 우리 동네 머슴 이야기를 들려주고 그 제삿날에 가자고 하자 모두가 그게 좋겠다고 했다.
 우리 동네 머슴 이야기를 듣고 나서 꿀벌 할아버지가 이런 이야기를 들려주었다. 고흥에 가면 제삿술을 받아먹는 2백 살쯤 되는 소나무가 있다는 것이다.

 1백 년쯤 전에 억울한 일을 당한 사람이 삶을 하직하려고 그 소나무에 목을 매었단다. 그런데 소나무 가지가 부러져서 모진 목숨을 한탄하게 되었는데, 그 뒤 억울한 일이 풀렸다지 뭐야. 그 후에 오래오래 잘 살다가 죽게 된 그 사람이 밭 세 마지기를 소나무 몫으로 떼어 주었다.

 그래서 그 마을에서는 지금도 해마다 한 번씩 가을에 소나무의 도지로 잔치를 벌이고 소나무 밑둥을 파고 술을 한 말씩 먹여 준단다. 참 재미있지?

 영구야. 지금 막 일직 종례 종이 울린다. 이만 쓸게. 오늘 내 편지는 너무 길지? 그렇지만 너도 이렇게 길게 좀 써보내 주면 좋겠다.

 참, 지금쯤 갯밭에서는 논에 자운영을 갈아엎어서 써레질할 때이겠다. 이쁜 꽃이 무지무지하게 피었을 텐데…… 쟁기로 논을 갈아엎을 때 자운영 꽃이 아까워서 너랑 안타까워하던 것이 생각난다.

 난나 씀.

 난나는 일직 종례를 마치고 와서 문을 잠그다 말고 책가방을 하나 보았다. 빨간 장미꽃 무늬가 있는 가방. 그 가방의 주인을 난나는 알 것 같았다. 난나가 전학을 와서 멍멍이 자랑을 했을 때 똥개가 뭐가 자랑거리가 되느냐고 하던 여자 아이 것이다.

 난나는 영주가 어디에 사는지도 알고 있었다. 신문 배달 코스의 끝 집. 그는 오동도의 등대지기 관사에서 살았다.

 난나는 복도 끝에 있는 음악실에서 들려오는 발성 연습하는 소리를 들었다.
 아아아아아아 아아아아아아.
 영주도 저 틈에 끼여서 소리를 내고 있으리라.
 그러나 난나는 무한정 기다릴 수가 없었다. 신문이 도착할 시간이 다 가오고 있었다. 난나는 종이쪽지에 글을 써서 영주의 책가방에 붙였다.
 '미안하다. 신문 싣고 오는 버스 시간이 급해서 더 이상 지켜 줄 수가 없다.'
 난나는 살금살금 발부리 걸음으로 걸었다. 음악실의 문을 살그머니 열고 그 틈으로 영주의 가방을 밀어 넣고는 뒤도 돌아보지 않고 달렸다. 실비가 내리고 있는 운동장을 가로질러 가서야 보통 걸음으로 걸었다.
 빗방울은 점점 굵어져 갔다. 난나는 지국장이 주는 비닐우산을 쓰고 신문 배달을 나섰다.
 신문 배달을 하는 데는 비 오는 날이 고역이었다. 다른 때는 마당이나 현관으로 집어던지면 그만이었으나 날이 궂으면 그렇게 할 수가 없었다. 일일이 사람을 불러내야 했고 마루 위에까지 신문을 올려 주어야 했다. 마당에서 개까지 으르렁거리면 그야말로 죽을 맛이다.
 저녁 무렵이 되자 바람까지 불기 시작했다. 난나는 한 장 남은 신문을 접어 품속에 넣었다. 다행히 잘 견뎌 주던 비닐우산이 하필이면 방파제 입구에서 뒤집혀 버렸다.
 난나가 식당의 처마 밑에 서 있는데 저쪽에서 파란 우산을 쓴 여자아이가 걸어왔다. 난나는 한눈에 그 여자 아이가 영주인 것을 알 수 있었다.

"영주야, 너의 집 신문 좀 가져가."

"싫어. 네가 배달할 신문을 왜 내가 가져가니? 우산을 함께 쓰겠다면 어쩔 수 없지만……."

난나는 할 수 없이 영주의 파란 우산 속으로 들어갔다. 둘은 말없이 방파제를 따라 걸었다.

영주가 입을 열었다.

"지난번에 장래 희망을 말할 때 넌 선장이 되겠다고 했지?"

"응."

"지금도 마찬가지야?"

"그래, 나는 꼭 선장이 되고 말 테야."

"왜?"

그러나 난나는 대답 대신에 쿡쿡쿡 웃기만 했다.

영주네 집 앞에 이르러 난나가 품에서 한 장 남은 신문을 꺼내자 영주가 낚아챘다. 그러고는 난나 앞에 우산을 내밀었다.

"자, 이 우산 가지고 가."

"그렇게 해도 괜찮아?"

"난 집에 다 왔으니까 됐어."

난나는 돌아서서 걸음을 빨리했다. 영주가 서너 걸음 따라오면서 말했다.

"애들이 흉보니까 내일 아침 일찍 내 자리에 갖다 둬, 알았지?"

유혹의 그림자

　오일장이 서는 날이면 난나는 장 구경을 나간다. 무엇을 사기 위해서가 아니다. 그냥 장터에 가서 이것저것 구경하고 다닌다. 북적대는 사람들 틈새로 뒷사람에게 밀려다니는 것도 재미있다. 북과 바라 소리가 나는 곳에서는 다우다 몸뻬를 말만 잘하면 그냥 주겠다고 외친다. 나이롱 빨랫줄은 덤으로 준다고도 외친다. 반갑다고 소리치고 다시 만나자고 소리치는 사람들.
　한쪽에서는 고추 근이 틀리다고 멱살잡이를 하고, 뻥 하고 강냉이 튀기는 소리 또한 요란하다. 취나물, 고사리나물, 도라지나물을 사라고 옷깃을 붙잡는 아주머니들. 참외를 깎아 먹어 보고 있는 아가씨들. 마늘 접을 쌓아 두고 손님이 없어 애꿎은 담배만 피우는 아저씨하며.
　한번은 하얀 염소한테 검정 물을 들여서 팔려다가 들통이 난 장사꾼이 뒷머리를 만지며 겸연쩍어하던 것을 보기도 했고, "이럴 때 잘 봐, 저럴 때 잘 봐" 하던 야바위 패들이 순경이 나타나자 줄행랑을 치는 것을 보기도 했다.

그런데 이날따라 포목전 아래에 있는 공터에는 약장수가 와 있었다. 쿵다리 닥닥 쿵다리 닥닥, 밴드가 울리고 구성진 노래가 흘러나왔다. 난나는 이리저리 헤집고 다녔으나, 빽빽이 둘러싼 사람 벽을 뚫기는 좀체로 어려웠다. 난나가 마침내 어른들의 다리 틈으로 비집고 들어간 곳은 본부석 쪽이었다.

순서는 '인기 절정에 있는 서울 레코드의 전속 가수'의 노래가 끝나고 '합기도 5단, 태권도 3단, 도합 무도 8단의 화랑도'가 나와서 시범을 보이고 있었다. 기왓장 열 장을 간단히 맨손으로 깨뜨리고 이마로 각목에다 대못을 박았다.

그 화랑도가 휘장 속으로 사라지자 이번에는 빨간 나비넥타이를 매고, 검정 양복을 입고, 하얀 구두를 신은 신사가 "막간을 잠깐 이용하겠습니다" 하며 약병 하나를 들고 나왔다.

"여러분, 백문이 불여일견이라는 말을 아시지요? 백 번 들어도 내 눈으로 한 번 속 시원히 보느니만 못하단 말입니다. 그러나 또 백 번 보기만 하면 무얼 합니까? 가짜한테 감쪽같이 속아 넘어가는 세상입니다. 효험을 봐야지요. 안 그렇습니까, 여러분?"

약장수는 쥐 눈 같은 실눈을 굴리며 좌우를 돌아보다가 문득 난나의 위아래를 훑어보았다.

"야, 꼬마야! 너 이리 나오너라. 그래, 그래, 너 말고 지금 옆을 보는 눈 큰 놈. 옳지, 너 이리 나오너라. 사내자식이 뭘 꾸물거려, 이 아저씨가 공짜로 약을 주겠다는데."

난나가 움칠움칠 주위를 두리번거리며 걸어 나가자, 약장수는 눈을 꿈벅꿈벅하면서 말을 시켰다.

"너, 어느 학교 몇 학년 누구냐?"

"동국민학교 6학년 1반 서난납니다."

"아따, 그놈 똑똑하다. 너, 내가 묻는 대로 솔직히 대답해라. 너 항시 밥 먹고 나면 금방 배고프지?"

"네."

"그리고 밥맛은 항시 꿀맛이지?"

"네. 맞습니다."

"들으셨지요, 여러분! 이 아이 얼굴을 보세요. 못된 강냉이처럼 허여스름하고 깡말라서 눈밖에 없습니다. 왜 그럴까요? 밥을 먹어도 얼굴에 살 한 점 붙지 않고 배고프기만 한 허천병의 원흉, 그 도둑놈을 내가 당장 잡아내 보이겠습니다."

난나는 약장수가 컵에 따라 주는 물약을 받아 마셨다. 달착지근했지만, 약간은 쓴맛이 돌았다.

"이제 조금 있으면 네놈 속에 든 도둑들이 발광을 하느라고 배가 아플 것이다. 그러면 저쪽 휘장 속에 들어가서 이 신문지를 깔아 놓고 변을 보아라. 자, 그리고 이건 미제 화장지라는 것이다. 이런 걸 두고 도랑 치고 가재 잡는다는 말이 있는 거다."

사람들이 와 하고 웃었다. 아이들이 부러워하는 눈으로 난나를 쳐다보았다. 약장수는 입에 거품을 물었다.

"세상은 바야흐로 좋은 세상입니다. 우리 때만 해도 짚으로 뒤를 닦았지 않습니까? 산이나 들에서는 자갈이나 풀로 쓱 하고 말았지요. 오죽하면 며느리밑씻개 풀이라는 게 있겠습니까. 그런데 이제는 이렇게 보들보들한 화장지라는 것도 나왔다 이겁니다."

난나는 정말 배가 아팠다. 휘장 속으로 들어가서 신문지를 깔아 놓고 일을 보았다. 화장지는 반만 끊어 쓰고 반은 남겼다. 집에 가서 옥이와 할머니한테 자랑할 셈이었다.

난나가 밖으로 나오자, 약장수 일행인 여자가 안으로 들어가서 신문지를 가지고 나왔다. 그것을 건네받은 남자의 눈이 남포불처럼 휘둥그레졌다. 난나의 눈도 커졌다.

"여러분, 보십시오. 이 어린것의 양식을 축내고 있었던 원흉은 바로 여기에 나온 회충입니다. 그럼 몇 마리나 되나 한번 세어 볼까요? 한 마리, 두 마리, 세 마리……."

사람들은 모두 약장수의 손가락 끝에 시선을 집중하고 있었다. 그러나 난나는 다른 부분을 보고 있었다. 조금 전에 안으로 난나가 들고 간 신문은 중앙지였는데, 지금 밖에 나와 있는 것은 난나가 배달하는 지방지였다.

"……열 하고도 한 마리, 와! 까무라치겠다. 자, 너도 보아라. 이놈들이 네가 먹는 것을 다 받아먹고 있었어. 너는 이제부터 물 한 사발 먹어도 다 살로 갈 것이다."

난나는 고개를 저었다.

"아저씨, 저는 아침에 콩나물을 먹지 않았는데요."

"뭐야?"

"우리 집은 요 며칠 시래깃국만 끓여 먹었어요. 그런데 거기에는 콩나물 대가리가 있잖아요."

그러나 약장수는 못 들은 척하면서 저만큼 떨어져 나갔다.

"자, 여러분. 이 약은 학교에서 나눠 주는 산토닝하고는 본질적으로 다릅니다. 속의 것을 순식간에 싹 훑어 내립니다. 아이들한테는 거위병, 어른들한테는 가슴앓이 속병이 한꺼번에 낫는 약, 이제 몇 병 남지 않았습니다……"

난나는 목구멍 위로 차오르고 있는 한마디를 끄집어냈으면 싶었다. 그러나 얼른 혀가 움직이지 않았다. '사기꾼'이라는 말이 입 안에서만 뱅뱅 돌았다.

이때 난나의 뒷덜미를 거머잡는 손이 있었다. 기왓장을 열 장이나 한꺼번에 깨뜨린 '화랑도'였다.

"이 쥐새끼 같은 놈아, 죽기 싫으면 어서 꺼져."

이내 난나는 휘장 뒤편으로 쫓겨났다.

"더럽다, 더러워."

난나는 퉤퉤 침을 뱉으며 걸었다. 갯밭의 학바위 샘물로 입을 헹궈 버리고 싶었고, 속도 헹궈 버리고 싶었다.

그런데 이틀 후에는 정말 학바위 샘물로 머리끝에서 발끝까지 씻어 버리고 싶은 일이 있었다. 옥이의 소원대로 따라갔던 성당의 주일 학교에서였다.

"오빠, 성당에 들어가면 장미꽃이 피어 있는 마당 한편에 성모님이 계시거든."

"알고 있어. 어깨가 좁은 여자 동상 말이지?"
"오빠, 그분이 누구냐 하면 예수님의 엄마야."
"예수님의 엄마가 왜 그렇게 젊지?"
"마음이 아름다우시니까."
"우리 할머니는 마음이 아름답지 않니? 그런데도 저렇게 주름살이 많은데."
"그건 나도 모르겠어. 나중에 신부님께 물어보고 말해 줄게."
"그런데 성모님은 왜?"
"성모님한테 인사를 드려야 해, 오빠."
"알았어. '서 계시느라고 다리 아프시겠습니다' 하고 인사할게."
"죄 지은 우리 때문에 서 계시는걸."
"뭐?"
"우리 대신 용서를 비느라고 서 계시다니까."
"웃겨."
"정말이야, 오빠. 성모님은……."
"그만 해. 자꾸 그렇게 어려운 말 하면 나 안 갈 거야."
"잘못했어, 오빠. 안 그럴게."

난나는 속으로 픽 하고 웃었다. 숨겨 놓은 음모가 가슴을 두근거리게 했다. 난나는 곁눈질로 옥이를 보았다. 난나의 음모를 모르는 옥이는 난나를 성당으로 데려가는 것이 즐거운지 깡충 걸음을 걷고 있었다.

"오빠, 성당 안에 들어가면 입구에 신발장이 있어. 거기에 신발을 넣고 맨 안쪽으로 가. 그 자리가 6학년 자리거든."

"빵은 언제 주지?"

"마침 기도 하고 줘. 오빤 예수님보다 빵이 더 좋은 모양이지?"

난나는 픽 웃었다. 옥이도 따라 웃었다.

성당 문 앞에서 수녀님이 "어서 오너라, 어서 오너라" 하면서 아이들을 반기고 있었다. 옥이를 보고는 키를 낮추어서 머리를 쓰다듬어 주었다.

"옥이야, 잘 지냈니?"

"네, 수녀님. 오늘은 오빠랑 같이 왔어요."

"어마, 착해라. 예수님이 얼마나 좋아하실까."

난나는 꾸벅 절을 하고 얼른 수녀님 앞을 지나갔다. 옥이가 신신당부한 대로 성모상 앞에서도 절을 했다. 그러나 성모님의 얼굴은 똑바로 쳐다보지 못했다. 신발장 앞에서 신을 벗어서 맨 아래 칸에 넣었다.

난나는 안쪽으로 가다가 도중에 슬그머니 장의자의 가장자리를 골라서 앉았다. 혹시 아는 얼굴이 있을까 봐 고개를 푹 숙였다.

아이들은 제비 새끼들처럼 입을 짝짝 벌리며 성가를 불렀다. '예수님의 이름은 알사탕입니다'로 시작되는 성가는 난나의 마음을 설레게 하기까지 했다. 입당 노래와 함께 신부님이 들어왔다. 아이들하고 서로 무슨 말인가를 주고받더니 또 한 번 노래를 불렀다. 성경을 읽고, 노래를 부르고, 그리고 성경을 읽고 또 노래를 부르고, 그런 다음에는 지루한 강론이 이어졌다.

난나는 강론 시간 내내 바꿔 신고 갈 운동화 생각만 했다. 상오가 지난달에 와서 바꿔 신고 간 것처럼 난나는 지금 그렇게 헌 신발을 두고 새 신발을 신고 가려고 기도가 시작되기만을 기다리고 있었다.

할머니는 좀처럼 새 신발을 사주려고 하지 않았다. 옆구리가 찢어지면 바늘로 기워 신겼다. 밑바닥이 닳으면 장에 가서 고무풀로 때워 주었다. 신발만이 아니다. 깨어진 바가지도 기워 쓰고, 비누에도 한쪽에 담배 은박지를 붙여서 쓴다. 치약도 짜고 또 짠 다음에 펜치로 눌러서까지 쓴다. 그런 할머니인지라 신발이 걸레 조각이 되기 전에는 새 신발은 어림도 없었다.

마침내 아이들을 일으켜 세우고 신부님이 두 팔을 벌렸다. 그러고는 기도문을 외기 시작했다.

"전능하신 천주 성부……."

난나는 기회는 이때다 싶었다. 발부리 걸음으로 살금살금 걸어 나왔다. 신발장 앞에 서자 가슴이 더욱 콩콩거렸다. 두리번거리는 난나의 눈에 맨 위 칸에 놓여 있는 새 운동화가 띄었다. 그쪽으로 팔을 뻗으려고 했을 때였다. 곁에서 말을 거는 사람이 있었다.

"왜? 화장실에 가려고 나오니?"

난나는 소스라치게 놀랐다. 옆을 돌아보니 언제 와 있었는지, 수녀님이 소리 없이 웃고 서 있었다.

"왜? 네 신발이 안 보이니?"

난나는 고개를 저었다. 얼른 맨 밑 칸에서 자신의 신발을 꺼내 신었다.

"너무 헐었구나."

난나의 엄지발가락이 엿보이는 신발 코를 내려다보면서 수녀님이 말했다.

난나가 밖으로 나오자 수녀님이 난나의 손목을 잡았다.
"나랑 함께 갈까?"
난나는 수녀님이 다 알고 있다고 생각했다. 경찰서로 가려는 것이겠지 하고 짐작되자 눈앞이 캄캄해졌다.
난나는 묵묵히 수녀님을 따라 걸었으나 마음속으로는 어떻게 하면 도망갈 수 있을까 그것만을 궁리했다. 그런데 뜻밖에 수녀님은 길가에 있는 신발 가게 안으로 들어갔다.
"저기 저 검정 운동화가 맞겠지? 저 신발 신어 볼래?"
난나는 가슴이 막혀서 아무 말도 하지 못했다. 신어 보라고 했을 때 신었고, 맞느냐고 했을 때는 고개를 끄덕였다.
"다음에 성당에 올 땐 이 운동화를 신고 오너라, 알았지?"
난나는 처음으로 "네" 하고 대답을 하려고 했다. 그러나 그 대답조차도 입 안이 바싹 말라서 소리가 되어 나오지 않았다.
수녀님은 뒤돌아서서 천천히 성당 쪽으로 걸음을 옮겼다. 난나는 수녀의 뒷모습을 향해서 절을 했다.
난나는 몇 걸음 뒷걸음치다가는 냅다 성당 반대편의 비탈길을 달려 올라갔다. 언덕 위에는 오래된 무덤이 하나 있었다. 그리고 무덤 옆에는 늙은 소나무가 청청하게 하늘을 향해 가지를 뻗고 있었다.
난나는 무덤 잔디 위에서 신발을 벗었다. 공중 높이 신발을 던졌다. 새 신발이 날아가는 파란 하늘을 보자 왈칵 눈물이 솟았다.
난나는 소나무 밑동을 끌어안고 하늘을 우러른 채 오래오래 그렇게 서 있었다.

잔인한 여름

 밤사이에 태풍 경보가 내렸다. 아침부터 비가 장대처럼 쏟아졌다. 빗소리, 바람 소리가 골목을 면한 들창을 후려 때렸고 어느 집 돌담인지 무너지는 소리가 와르르와르르 났다.
 난나는 이런 날이 일요일인 것이 천만 고마웠다. 신문 배달 걱정을 던 데다 오랜만에 할머니가 곁에 있으니 세상 부러울 것이 없었다. 문밖에 비닐을 쳐서 비도 들이치지 않았고, 방도 따뜻했다.
 할머니와 옥이는 상을 펴놓고 콩나물 콩을 고르고 있었고, 난나는 엎드려서 방학 숙제를 하고 있었다.
 그런데 아침 내내 할머니는 곡 비슷한 타령을 했다. 그것은 입소리보다도 콧소리가 많은 것이었다. 할머니는 옥이가 말을 시켜도 대답하지 않았다.
 "할머니, 갯밭에 있는 우리 집 감 다 떨어지겠지?"
 "할머니, 갯밭 사람들 참깨 농사 다 망치겠지?"

참다 못해 이번에는 난나가 나섰다.
"할머니, 무슨 큰 걱정이 생겼어요?"
"……."
"할머니, 무슨 걱정이 있느냐니까요."
"……."
"말해 줘요, 무슨 일이 있는지?"
"이 할미만 복통 터지면 됐지 너희들이 알아서 뭐 하냐."
"그래도 알고 싶어요, 할머니."
번갯불이 들창 위로 푸른 칼날처럼 스쳐 갔다. 이내 기관총 소리 같은 천둥이 이어졌다. 할머니의 목소리에는 노여움이 실려 있었다.
"벼락을 치려거든 그놈들을 쳐야지."
"그놈들이 누군데요, 할머니?"
"누군 누구야. 하루 벌어서 하루 먹고사는 우리들을 부두에서 쫓아내려고 하는 놈들이지."
"왜요? 왜 장사를 못 하게 해요, 할머니?"
"건너편에 수산 시장을 짓고 있으니 거기에 들어와서 장사를 하라는 것이여, 미친놈들, 누군 거기에 들어갈 줄 몰라서 안 들어가나? 입이 째졌으니 언청이란 말을 들을 수밖에 없지. 아, 그런 목돈이 어디 있어."
"그럼 어떻게 하지요, 할머니?"
"어떻게 하긴. 사정하고 사정해서 벌어먹고 살도록 해야지."
그러나 그것은 사정한다고 쉬 통할 리가 없었다.

이튿날 태풍이 물러간 물구덩이 부두에서 노점상들과 철거반 사이에 첫 충돌이 있었다. 충돌은 앉은뱅이 박 씨가 도화선이 되었다.

철거반원들이 곡괭이 자루를 들고 늘어서서 좌판을 '자진' 철거하도록 압박했으나, 노점 상인들은 버티고 서서 "먹고살아야 할 거 아냐", "굶어 죽으나 맞아 죽으나 죽기는 마찬가지다" 하며 자폭하겠다는 위협까지 간간히 섞어 가며 통사정을 했다.

철거반원들은 그러나 상부의 지시라며 한 발짝씩 한 발짝씩 앞으로 밀고 나왔다.

이 사이에 앉은뱅이 박 씨가 끼어들었다. 그는 좌판에다 고무줄이며 실패며 바늘쌈이며 골무며 옷핀이며 머리핀이며 빗 등속을 널어놓고 파는 사람이었다.

"그러면 난 또 예전처럼 대합실에 깡통 하나 들고 나가 앉아 있으란 말이여?"

"그건 니 알아서 할 일이야."

"니라니! 네놈은 애비도, 형님도 없냐! 이마빡에 피도 안 마른 새끼가 어따 대고 니야!"

"시끄러워, 병신아!"

젊은 철거반원이 앉은뱅이 박 씨를 걷어찼다. 박 씨의, 자동차 타이어를 잘라서 만든 밑 깔개가 드러나면서 박 씨는 뒤로 벌렁 나자빠졌다. 그것은 물방개를 뒤집어 놓은 것처럼 보였다.

이때 "네 이놈!" 하고 벽력같은 소리를 지르면서, 젊은 철거반원의 멱살을 잡는 노파가 있었다. 난나네 할머니였다.

"이놈아, 니 몸속에는 독사의 피가 흐르고 있냐! 성한 사람도 아닌 저 불쌍한 사람을 그렇게 내지르는 법이 어딨어!"

그러나 이 사람은 난나네 할머니까지도 내팽개쳤다. 이 순간 좌판 아주머니들이 아우성을 지르면서 덤벼드는 것을 시작으로 부두의 노점 거리는 아수라장이 되어 버렸다.

아주머니들이 픽식픽식 쓰러졌고 철거반원들이 걷어차고 뒤엎어 버리는 다라이에서는 생선이며 조개가 쏟아졌다. 갈치, 낙지, 꽃게, 전복, 해삼, 꼬막 등속이 온통 길바닥을 뒤덮었다.

나중에 경찰이 출동해서야 간신히 철거반원들과 노점상들을 갈라놓을 수 있었다. 경찰관들에게조차 덤벼든 여자 몇 명은 백차에 태워져서 경찰서로 잡혀갔다.

난나가 신문을 돌리다가 부두에 이르렀을 때는 머리카락이 헝클어진 아주머니들이 눈물을 손등으로 훔치면서 길바닥에 나뒹굴고 있는 고기와 조개를 다라이에 다시 주워 담고 있었다.

난나는 낯이 익은 아주머니를 붙들고 물었다.

"아줌마, 우리 할머니는 어디에 있어요?"

"아이고, 이놈아! 너그 할매는 다 죽게 되었다."

"우리 할머니가 어떻게 되었다고요?"

"초상 치르게 됐어. 이놈아, 저 저기 거문도 횟집에 가보아라, 거기에 누워 있다."

할머니는 평상 위에 뉘어 있었다. 아주머니들이 둘러앉아서 흙탕물 투성이인 할머니의 저고리를 벗기고 어깨와 가슴에 파스를 붙이고 있었다.

"누가 우리 할머니를 이렇게 했어요?"

"누군 누구다냐. 피도 눈물도 없는 철거반 놈들이지."

"그 새끼들 어디 갔어요?"

난나는 주위를 두리번거렸다. 식칼이라도 들고 가서 할머니를 저 지경으로 만들어 놓은 놈을 찾아내어 요절을 내버리고 싶었다.

할머니가 간신히 눈을 떴다.

"난나냐?"

"네, 할머니."

"신문 배달은 하지 않고 어이 왔어?"

"배달 가는 길이어요, 할머니."

"그럼 어서 가거라."

"싫어요. 할머니 복수는 내가 하겠어요."

"어른들 일에 아이들이 참견하는 게 아니다."

"할머니는 내 일에 참견하시면서……."

갑자기 할머니가 버럭 소리를 질렀다.

"이놈, 냉큼 배달 나가지 못해!"

난나는 할 수 없이 물러 나왔다. 그러나 난나는 나머지 신문 배달을 어떻게 했는지 기억이 통 나지 않았다.

갔던 골목을 다시 갔고, 한참 가다 보면 신문을 넣어야 할 집을 그냥 지나쳐 오기도 했다. 그러다 보니 다른 때보다도 곱절이나 시간을 들여 겨우 배달을 마쳤다.

난나가 집으로 돌아오는 골목에는 어둠이 짙게 깔려 있었으나, 길 끄트머리에 있는 난나네 집의 들창문은 뭉근한 숯불처럼 바알갰다.

할머니는 한쪽 눈이 푸르게 부어올라 거의 감긴 채로 반닫이 정리를 하고 있었다.

"난나야, 이 말을 명심하거라."

"명심하겠어요, 할머니."

"사람은 짐승과 달라서 힘을 좋은 곳에 써야 한다."

"그러니까 할머니를 때린 그 새끼는 사람이 아니지, 할머니?"

"사람은 사람이지. 그러나 일자리를 잘못 잡은 거야."

"일자리를 잘못 잡으면 그렇게 해도 되는 거예요."

"할 수 없겠지. 위에서 시키면 시키는 대로 해야 하니까."

"그러면 시키는 대로 하다가 죄 없는 사람도 죽이겠네, 할머니?"

"그럴 수도 있지. 그러니 난나야, 사람으로서 할 일이 아니면 애당초 하지 말아야 한다. 개를 따라가면 측간으로 가게 된다. 가난하더라도 남을 돕고 사는 일자리가 좋은 자리인 거여."

"알았어요, 할머니. 우리 고향 갯밭의 동네 머슴 같은 일 말이지요?"

할머니는 고개를 끄덕였다. 2층농 속에서 삼베 치마와 저고리를 꺼냈다.

"할머니, 그 옷은 초상이 나면 입는 옷 아닌가요?"

"아니다. 삼복 때 입어도 좋은 옷이다."

"할머니, 내일 무슨 일이 있어요?"

"있지. 경찰서에 찾아가서 따질 참이다."

"경찰서에요? 무엇을 따질 참인가요?"

"불쌍한 사람들이 벌어먹고 사는 일터를 만들어 주기는커녕 쑥밭을 만들고, 그것도 모자라서 사람까지 잡아가는 법은 어디 법이냐고 따질란다."

"그러다가 할머니도 갇히면 어떡해요?"

할머니는 아무렇지도 않게 말했다.

"가두면 갇히는 거지. 칼자루를 쥔 쪽은 그자들이다."

모기가 한 마리 앵 하고 난나에게 달려들었다.

난나가 울먹이면서 말했다.

"우리는…… 우리는 할머니가 없으면 못 사는데……."

"너희 오뉘만 불쌍한 게 아니다. 쌍둥이 어멈은 반신불수인 남정네하고 너희보다 더 어린 것들이 올망졸망 다섯이나 딸려 있다. 그 여자가 벌지 못하면 떼죽음이 난다. 명철이네도 시아버지 시어머니하고 복이 없어서 일찍 애비 여읜 세 자식들이 제 어미 손끝 하나만 바라보고 산다. 그 여편네들이 다 잡혀갔어."

이때 옥이가 일어나서 앉았다.

"할머니, 걱정하지 마. 내가 밥할 수 있으니까. 오빠도 돈 벌고 있고."

"그래, 감옥에 있어서 그렇지 네 애비도 살아 있지 않으냐? 그리고……."

할머니는 무슨 말을 더 할 듯하다가 말머리를 돌렸다.

"막걸리 한 되 받아 오너라."

난나는 할머니가 주는 돈과 주전자를 받아 들고 밖으로 나왔다.

난나네가 세 들어 사는 집은 언덕 벼랑 위에서 조금 아래에 있었다. 그래서 대문을 열고 나서서 조금 걸어 올라가면 곧바로 바다가 내려다보였다. 언덕 가장자리에서 10여 미터쯤 뒤로 물러나서 시내로 들어가는 길이 있었다. 그리고 시내로 내려가는 또 다른 하나의 길은 차가 다닐 수 있는, 양옆으로 하꼬방과 함석집, 기와집들이 뒤섞여 있는 골목길이었다. 이날 밤은 그믐께인 것 같았다.

하늘의 별들만이 빛날 뿐 바다는 깜깜한 어둠 속에서 파도 소리만 터뜨리고 있었다.

난나는 아까 무슨 말을 더 할 듯하다가 말머리를 돌리던 할머니가 더 하려고 했던 말이 무엇일까 궁금해졌다. "그런데" 하고 난나는 중얼거렸다. "아무리 감옥에 있더라도 편지 한 장 없는 아버지가 어디 있을까?" 그리고 할머니도 그 무정한 아버지에게 면회 한 번 다녀왔다는 말도 한 일이 없다는 데에 생각이 미치자 난나는 갑자기 머릿속이 복잡해졌다.

— 과연 아버지는 감옥에 계시는 걸까?

난나는 더욱 혼란스러워지는 생각을 정리해야겠다는 듯이 머리를 세차게 흔들었다.

난나는 머리를 들어 밤바다 위로 한 점 등을 밝힌 배 한 척이 통통거리며 어디로인지 떠나는 것을 보았다.

동묵이 아저씨의 말소리가 가슴속으로 흘러들었다.

"난나야, 밤배를 타면 석탄 같은 힘이 용트림을 한단다."

"왜 그럴까요, 아저씨?"

"밤이 깊으면 석탄에 불이 붙는 것처럼 아침이 오느라고 그렇겠지."

난나는 문득 저기 저 밤배에다 식구들을 싣고 떠나고 싶었다. 할머니와 옥이와 토끼를.

그리하여 마침내 밤이 끝났을 때 새 하늘 아래, 새 갑에 닻을 내린다면······.

첫닭이 울 무렵

난나가 꾸는 꿈에는 때때로 낮에 일어났던 일이 다시 반복되어 나타나곤 한다. 이날 밤에도 난나는 얼마 전에 있었던 일을 꿈꾸었다.

쑥갓 꽃이 선장의 제복 저고리 금 단추처럼 피어 있는 채전을 지나자 향교의 담장이 나타났다. 향교의 담장을 덮은 기와에는 잡초가 자라기도 했고, 파란 이끼가 끼어 있기도 했다.

난나는 무심코 담장 밑의 돌멩이 하나를 뒤집어 보았다. 그런데 거기에서는 놀라운 일이 벌어지고 있었다.

풀씨들의 여린 발. 그 허연 새싹이 기를 쓰고 발목을 뻗치고 있었던 것이다.

난나는 두근거리는 가슴을 손바닥으로 꾹 눌렀다.

─ 저렇게 무거운 돌 밑에서도 싹이 트고 있다니…….

풀씨가 난나의 말을 받았다.

─ 그럼, 생명이 든 씨앗인데 돌에 눌려 있다고 해서 목숨을 포기

하니?

— 미안해. 돌에 비해 풀씨 네가 너무 약해 보여서 그랬어.

— 몸집이 아무리 커도 생명이 들어 있지 않으면 담배씨만도 못한 거야.

— 그럼 너는 돌보다 위대하단 말이니?

— 그렇지. 나는 작지만 의지를 가지고 있는 생명이거든.

— 그렇지만 고통스럽게 돌 밑에 깔려 있는 것보다는 일찍 포기하는 게 편하지 않아?

— 그건 죄악이야. 생명은 주어진 힘을 다 써야 하는 거야.

난나는 풀씨의 말뜻을 곰곰이 생각하며 걸었다.

향교에는 대학생 친구들이 와 있었다. 그들은 술을 먹은 것 같았다. 얼굴이 벌겋게 되어서 서로의 허리를 베고 방 안에 누워 있었다.

난나가 신문을 내밀자 눈이 작은 사람이 신문을 받아 들었다. 그는 더듬더듬 안경을 찾아서 코 위에 걸치더니 제목만 보고는 신문을 던져 버렸다.

"왜요? 왜 우리 신문을 막 던져 버려요?"

난나는 화가 치민 목소리로 말했다.

"이런 건 신문도 아니야."

"왜 신문이 아냐요? 별거 다 나와요. 대통령이 일하는 사진도 나오고, 국회의원이 연설하는 것도 실려요. 강도당한 거, 차 박치기한 사건도 나왔어요."

"그런 것이 실린다고 다 신문이야? 바른 소리, 바른 보도를 해야 신문인 거야."

"지난 수요일 자 신문에는 우리 지방 기사도 나왔는걸요. 우리 지국장님이 취재해서 넣었어요. 시장님께서 객사에서 경로잔치를 열었다구요. 내가 그 기사는 빨간 색연필로 동그라미를 해서 돌렸어요."

"이 꼬마가 날 난로 되게 만드네."

"아저씨가 날 난로 되게 만들었으면서 뭘."

안경잡이 대학생이 벌떡 일어났다. 난나도 때릴 테면 때려 보라고 상체를 내밀었다. 이 실랑이를 보고 있던 다른 대학생들이 배를 거머쥐고 웃자 안경잡이 대학생은 슬그머니 주저앉았다.

오동나무 위에서 까마귀 한 마리가 깍깍깍 하고 신문 기사를 읽었다.

"치안 당국은 사회 안정을 저해하는 유언비어를 강력히 단속하기로 했다고 발표했다……."

난나는 까마귀를 향해서 퉤 하고 침을 뱉다 말고 잠에서 깨었다.

할머니는 아직도 2층농 정리를 하고 있었다. 옷 속에 나프탈렌을 넣는지 나프탈렌 냄새가 코를 싸아하게 꿰뚫으며 들어왔다.

난나는 다시 스르르 눈을 감았다.

이번에는 병원 뜨락이 나타났다. 얼굴에 주근깨가 많은 그 아주머니가 등나무 밑의 벤치에 앉아 있었다.

그 아주머니는 정신 착란을 일으켜서 주정뱅이 남편을 칼로 찔러 죽이고 자기도 죽으려고 아무 데나 손 닿는 곳마다를 찔러서 입원했다고 수간호원 누나가 설명해 준 적이 있었다.

그래서 회복이 되어 가는 지금도 늘 그 아주머니 곁에는 간호원과

경찰관이 붙어 있었다.

아주머니가 난나를 보고 손을 내밀었다.

"애야, 나한테 신문 한 부 다오."

그러나 난나는 선뜻 신문을 건네줄 수가 없었다. 여분은 있었지만, 어쩐지 무서웠던 것이다.

아주머니는 조용히 팔을 내밀며 사정했다.

"나한테는 너만 한 아들이 있단다. 자, 이리 오너라. 손목 한번 잡아 보자."

난나는 고개를 저으면서 뒷걸음질을 쳐서 병원을 빠져나왔다.

이때 경적이 빵 하고 울렸다. 뒤에서 죄수들을 실어 나르는 교도소 버스가 오고 있었다.

난나는 신문을 한 부 뽑아 들고 등나무 아래로 달려갔다. 그러나 아주머니가 앉아 있던 벤치는 비어 있었다. 아주머니가 때때로 퐁퐁퐁 치던 실로폰만이 시들어 가는 햇볕을 받고 있을 뿐이었다.

난나는 누가 어깨를 흔드는 통에 잠에서 깨어났다.

난나가 눈을 비비자, 할머니는 주름 깊은 손등으로 난나의 입가의 침을 닦아 주었다. 그러고 보니 할머니는 잠 한숨 붙이지 않은 것 같았다. 초저녁에 본 고쟁이 입은 모습 그대로 앉아 있었다.

"할머니는 무슨 일을 하셨어요?"

"일어나서 이 옷 한번 입어 봐라."

"무슨 옷인데요, 할머니?"

"너 중학교 가면 입히려고 사 온 교복이다."

"중학교에 가려면 아직도 멀었는데요, 할머니?"
"나한테는 그러나 내일모레 일이다. 어서 일어나서 입어 보래도."
난나는 할머니가 시키는 대로 일어나서 옷을 입었다. 바지를 입자 바지 아랫단이 발등을 덮었다. 저고리를 입어도 소매 끝단이 손등까지 덮었다.
"할머니, 이건 고등학교 갈 때 입어야 할 옷 같아요."
"아니다. 죽순처럼 크니까 금방 이 길이가 맞을 게다."
수탉이 홰를 치고 한 목청 울었다. 주인집 아저씨가 변소에 갔다 오는지 기침 소리를 크음크음 냈다.
"자, 뒤로 돌아서 보아라…… 됐다. 이젠 옆으로 한번 돌아서 보아라…… 총각 같구나. 이번에는 이 할미를 보아라."
"할머니."
"왜?"
"할머니 내일, 아니 오늘 어디 가실 거예요?"
"어디를 가다니, 아무 데도 안 간다…… 사람 일이란 모르는 거여. 선 감도 떨어지고 익은 감도 떨어지는 법이여."
할머니는 난나의 교복을 벗겼다. 그러고는 처음 꺼냈을 때처럼 개켜서 보자기에 쌌다.
"사람한테서 숨 나가는 것이야 눈 한 번 깜박하는 것보다도 쉬운 일이다. 어제 내가 당해 보았더니, 사람은 이렇게 죽는구나, 그걸 알았어. 그래서 너한테 일러두는 것이여."
"할머니, 나는 할머니 없이는 정말 못 살 것 같아요."

"언제 내가 죽겠다고 하던? 노인 명이야 어떻게 될지 모르니 알고는 있어야 한단 말이지."

"할머니, 나도 성당 다닐까? 할머니 오래 살게 해달라고 빌게 말이야."

"이 옷 보통이는 농 속에 넣어 두면 좋겠지. 그리고 시간이 별로 남지 않았지만, 행상이라도 다시 하면 네 중학교 입학금이야 마련할 수 있겠지. 하느님이 그 정도야 봐주지 않겠냐."

"할머니, 나도 더 열심히 신문을 돌릴게요. 그리고 내가 선장될 때까지 오래오래 사셔요. 그러면 돈 벌어서 할머니를 제주도에도 모시고 가고, 하와이에도 모시고 갈게요."

"그래, 그래. 우리 난나 말만 들어도 다 구경한 것 같구나."

"말만으로 하는 게 아냐요, 할머니. 실제로 그렇게 할 거예요. 맹세해도 좋아요."

"그래, 이 할미는 우리 난나의 말을 모두 믿는다. 믿으면 믿는 대로 이루어지는 법이여."

"그러면 내가 우리 할머니는 돌아가시지 않는다고 믿으면 그렇게 되는 거지요, 할머니."

"그렇고말고."

할머니는 돌아앉아서 옷고름으로 눈 밑을 눌렀다.

"난나야."

"네, 할머니."

"내가 지금부터 하는 말을 잘 들어라."

"네, 할머니. 잘 들을 테니 슬픈 말만은 하지 마세요."

할머니는 팔을 벌렸다. 난나가 품에 안기자 할머니는 난나의 머리를 무릎 위에다 놓고 부채질을 했다.

"난나야, 지금부터는 내 말을 듣기만 하여라…… 네 에미가 보고 싶지?"

난나는 숨을 쉴 수가 없었다. 고개를 흔들어 보이려고 했으나, 눈썹조차 움직여지지 않는 것 같았다.

"보고 싶을 테지. 나도 네 마음 모르는 바 아니다."

"아냐요, 할머니."

"대꾸하지 말래도. 세상에서 무엇이 가장 질기냐 하면 사람의 정인게야. 그것도 에미와 자식 간에는 서로 피가 부르는 거여."

난나는 할머니 앞에서 어머니가 보고 싶다고 했다가 혼뜨검을 당한 일을 기억하고 있다.

갯밭에서 살 때였다. 할머니는 텃밭에서 웃자란 상추를 솎아 내고 있었다. 난나가 나한테는 왜 엄마가 없느냐고 물었다. 할머니는 못 들은 척 딴소리를 했다. 웬 개새끼들이 이렇게 많이 와서 똥을 쌌느냐며 난나한테서 저만큼 멀리 갔다.

난나가 쫓아가며 다시 왜 엄마가 없느냐고 물었다. 갑자기 할머니가 앞치마에 담았던 상추를 쏟아 버리고 나서 난나의 목덜미를 잡았다. 또 한 번 그 소리를 해보라고 했다.

난나는 솔직히 엄마가 보고 싶다고 했다. 영구 엄마가 그러는데 할머니가 엄마를 쫓아냈다고 하던데 사실이냐고 물었다.

할머니는 텃밭의 울타리에서 싸릿대를 한 움큼 빼들었다. 한 번 더 말해 보라고 하면서 종아리를 때렸다. 난나는 엄마가 보고 싶다고 말했다. 난나가 입을 열 때마다 싸릿대는 난나의 살갗에 빗금을 그었다.

처음에는 종아리를 후려쳤으나 나중에는 잔등이고 앞가슴이고를 가리지 않았다. 이웃 사람들이 말려서 놓여났으나, 난나는 그날 까무라칠 뻔했다.

"네 에민 많이 배운 사람이다. 인물도 반반하고, 그만하면 도회지 한복판에 내놓아도 무얼로 보나 빠지지 않았다. 그러니까 네 애비는 때를 잘못 만난 거고 네 에미는 사람을 잘못 만난 거여."

난나는 들창에 몰아치는 바람이 세상의 모든 것을 몰아가는 듯한 소리를 들었다. 그러고는 뭍이 끝나는 곳에서 바다로 내치고 있을 것이다.

"자느냐, 난나야?"

"자지 않아요, 할머니."

"그래, 잠들지 마라. 벌써 들창이 밝아 오고 있구나…… 나는 새벽한테 한이 많다. 새벽을 기다리기도 지긋지긋하고, 새벽밥을 짓기도 지긋지긋하고…… 네 할아버지도, 애비도, 에미도 이런 새벽에 나를 떠났다. 동네 사람들은 네 에미를 내가 쫓아냈다고 알고 있지만, 그것은 내가 뒤집어쓰려고 내가 한 소리다. 자신이 못 참고 나갔다는 것보다는 내가 쫓아냈다는 편이 젊은 사람 쪽에는 더 낫지 않겠냐."

"무얼 못 참아요, 할머니?"

"대꾸하지 말래도."

할머니는 난나의 머리 밑에서 무릎을 빼내고는 바가지에 떠놓은 물을 윗목에 있는 콩나물시루에 주었다.

두부 장수 아저씨가 종을 딸랑거리며 골목을 지나갔다.
"그런데 나간 지 이태 만에 네 에미가 돌아왔더구나. 그것도 어린 핏덩어리를 안고……. 젊은 여자가 이 험한 세상에서 끈 풀어져 살다 보면 별일이 많았겠지……. 그러나 어떻게 해서 불구 아이를 낳았느냔 말이여."
"할머니, 한 가지만 물어볼게요."
"뭐냐?"
"그럼, 옥이는 내 동생이 아니겠네요, 할머니."
"목소리가 너무 크구나."
할머니는 비어져 나와 있는 옥이의 베개를 바로 받쳐 주면서 한숨을 쉬었다.
"너희는 한 오뉘이다. 씨는 다르지만, 배는 한배거든."
할머니는 난나의 등을 쓸어 주면서 조용히 타일렀다.
"게다가 핏덩이 옥이는 에미는 없었지만, 너의 배냇저고리를 입고 자랐다, 알았냐. 절대 그런 티를 내면 안 된다. 옥이가 얼마나 선한 아이냐. 사랑하기로 말하면, 나는 너보다도 옥이를 더 사랑한다."
"할머니, 하나만 더 물어볼게요."
"그래, 말해 보아라."
"어머니…… 우리 어머니는 돌아가셨어요?"
"아니다. 살아 있다더라. 이번에는 남자를 잘 만나서 잘 산다고 하더라. 왜 미웁냐? 그러나 미워하지 마라. 다 부모 복이 없는 너희 팔자인 거여."

선창 쪽으로부터 부웅 붕 하고 뱃고동 소리가 들려왔다. 떠날 차비가 끝난 여객선일 것이다.

"난나야, 내가 왜 이런 말을 하는지 알겠냐? 사람의 일이란 모르는 거여. 알아 둬야 할 것은 알아 둬야지. 무엇보다도 옥이를 불쌍히 생각해서 거두고, 네 어머니도 용서하거라, 알겠냐?"

난나는 내처 아버지 일도 묻고 싶었지만, 할머니의 가슴에 얼굴을 묻었다.

가슴을 치는 사람들

 난나가 등대에 갔을 때는 해거름이었다.
 관사의 대문 틈에 신문을 찔러 놓으려는데, 영주가 나타났다. 영주는 분홍색 원피스를 입고 있었다.
 "난나야, 이것 가져가."
 "무언데?"
 "전번에 소풍 갔을 때 찍은 사진이야."
 난나는 사진을 받아 들었다. 선생님을 가운데 두고 왼편에는 영주를 포함한 여자 아이들이, 그리고 오른편에는 난나를 비롯한 남자 아이들이 모여 있었다. 앞에서 웃음을 유도하는 아이 때문에 다들 웃고 있는데 난나만 얼굴을 찌푸리고 있었다.
 "넌 인상파로 나왔지?"
 "뒤에 보이는 자동차들 때문에 그래."
 "어째서?"

"난 자동차나 벽돌담보다는 풀밭이나 바다하고 잘 어울려."

"웃기지 마."

"정말이야. 나는 푸른 나무들 사이에서나 바닷가에서 사진을 찍으면 웃는 얼굴로 나온다구."

"아니야. 넌 얼마 전부터는 통 웃질 않아. 전에는 학교에서 말썽꾸러기였는데, 이상하게 변해 버렸어. 혼자서 정신 나간 사람처럼 앉아 있기도 하고 누가 말을 걸면 성질부터 내고……."

난나는 빠른 걸음으로 걷기 시작했다.

영주가 쫓아오면서 물었다.

"왜 그러니, 난나야?"

"날 좀 가만두어 주었으면 좋겠어."

영주는 난나의 등 뒤에서 난나를 향해서 돌을 집어던지면서 욕을 퍼부었다.

"팔푼이, 칠푼이, 머저리! 누가 네깐 걸 언제 생각하기나 했데, 이 병신아!"

다른 때 같으면 가만있을 난나가 아니었다. 쫓아가서 머리채라도 잡아 흔들었을 것이다.

그러나 이날 난나는 영주의 저주로부터 좀 더 빨리 벗어나기 위해서 좀 더 빨리 달렸다. 방파제에 이르러서야 걸음을 늦추었다.

출렁이는 파도에 노을이 젖어 들어 있었다. 파도는 방파제를 때릴 때는 파란 빛깔을 나누어 주었고 물러날 때는 붉은 빛깔을 머금고 돌아갔다.

난나는 소라 껍데기를 차면서 걸었다. 소라 껍데기가 날아간 지점에서 멀지 않은 곳에 낯이 익은 사람이 바다를 바라보고 앉아 있었다. 향교의 대학생이었다.

대학생이 먼저 입을 열었다.

"어떻게 여기 왔니?"

"저기 저 등대에 신문 갖다 주고 오는 길이어요."

"그럼 이젠 배달 끝났니?"

"네."

"여기 앉아서 좀 쉬었다 가거라."

"아저씨, 한 가지 도움받고 싶은 것이 있는데요."

"무언데? 말해 봐."

"마음이 어두울 때는 어떻게 해야 마음이 밝아지지요?"

"마음이 어두울 때라…… 그럴 때는 이런 것을 마음속에 떠올려 봐. 토란 잎에 맺혀 있는 이슬방울이라든가, 물안경을 끼고 들어가서 보았던 물속 나라 고기라든가, 산기슭에 피어서 혼자 흔들리고 있는 억새라든가, 바람이 쉬엄쉬엄 걸리는 산사의 풍경이라든가……."

"그렇게 조용한 것 말고요. 저는 좀 웃고 싶거든요."

"그렇다면 이런 것을 생각해 보면 어떨까? 코끼리가 감기에 걸려서 에취 하고 재채기를 하는 거나, 아니면 하마가 팬티를 입는다면 어떤 모습일까 하고 말이야."

그 말에도 난나가 시들해하자 대학생이 난나 쪽으로 바짝 다가앉았다.

"큰 걱정이 가슴속에 있나 보구나."

"네, 아저씨. 제 가슴속에는 바위 덩어리가 하나 들어와서 꼼짝도 하지 않고 있어요."

"그 바위 덩어리가 들어온 것이 언제이지?"

"지난 8월이어요. 할머니께서 노점터 때문에 데모하러 다니실 때 생겼어요."

"참, 그 일은 어떻게 되었지? 너희 할머니네가 기어코 이겼지?"

"네. 국회의원님이 봐주어서 해결되었어요. 부두에서는 내쫓겼지만, 수협 창고 옆에 있는 공터를 빌려 주어서 거기서 장사를 하고 있어요."

"거수기들도 필요한 때가 있군."

"거수기가 무어여요, 아저씨?"

"손만 드는 기계라는 말이다. 그건 그렇고, 네 마음속에 박혀 있다는 바위는 어떤 것이지?"

"아저씨, 내가 말하는 것을 아무한테도 말하지 마세요."

"약속하지."

대학생은 난나의 신문지 인쇄 기름이 약간 밴 손을 꽉 쥐었다. 난나는 대학생의 손이 하얗지만 참 따뜻하다고 느꼈다.

"사실은요, 우리 엄마가 살아 있대요."

"그으래, 그렇다면 얼마나 좋니? 없는 줄 알았던 엄마가 계시니 참으로 좋겠어?"

"아냐요. 기분 나빠 죽겠어요. 엄마는 다른 집에서 다른 아빠하고 아이들하고 사니까요. 나중에 크면 복수하겠어요."

대학생은 아무런 대꾸도 하지 않았다. 담배를 꺼내 물고, 멀리 수평선을 넘어가는 배한테로 눈을 주고 있었다.
 "아저씨, 옥이도 내 진짜 동생이 아니어요. 나하고 엄마는 같은데 아빠가 달라요. 그렇게 생각하지 않으려고 해도 자꾸 옥이가 미워져요. 밥 먹는 것도 밉고, 말하는 것도 미워요. 차라리……."
 난나의 다음 말은 대학생이 손바닥으로 입을 막아 버리는 통에 이어지지 않았다. 대학생은 피우던 담배를 불도 끄지 않은 채 바다를 향해서 던졌다. 반딧불처럼 검은 물 위에 반짝하고 빛이 명멸했다.
 "난나야, 네 마음속에 박힌 그 바위는 네 자신이 없애야 한다. 다른 누구도 그 바위를 들어낼 수는 없어."
 "어떻게 하면 없어지지요, 아저씨?"
 "네 마음먹기에 달렸지. 어떻게 설명해야 네가 잘 알아들을까? 우선 용서해야 해."
 대학생은 일어나서 난나의 손을 잡고 걸었다. 물새가 앞에서 꺼억꺼억 울면서 날아갔다.
 "이렇게 해보면 어떨까? 네가 옥이라고 바꾸어 생각해 보는 거야. 세상에서 제일 좋아하는 오빠가 제일 미워하는 오빠로 변했을 때의 슬픔……친구도 없고, 오빠도 없고, 엄마 아빠도 없는 어린 꼽추…… 어떠니? 넌 그래도 아무렇지도 않아?"
 난나는 입술을 꼭 깨물었다. 지금쯤 토끼장 앞에 쪼그리고 앉아 있을 옥이의 모습이 떠올랐다.
 대학생이 난나의 손목을 잡은 손에 힘을 주면서 말했다.
 "그리고 난나야, 너희 엄마에 대해서는 난 잘 모르겠다. 그러나 이

말 한마디는 해두고 싶구나. 어른들은 저마다 뽑아낼 수 없는 나무뿌리 같은 아픔을 가지고 있어. 그 아픔을 느낄 때마다 어른들은 남몰래 제 가슴을 치면서 살아가고 있어. 너희 엄마도 아마 그럴 거야."

난나는 대학생의 손에서 손목을 빼내 집을 향해서 내처 달렸다.

대문 앞에서 가쁜 숨을 몰아쉬고 있는데, 집 안에서 여치 소리가 치르르치르르 들려왔다. 참 오랜만에 들어 보는 소리였다. 무던히도 갯밭에서 듣던 여치 소리는…….

난나는 여치 소리에 마음도 숨도 다 가라앉았다.

난나가 대문을 밀고 들어서자 옥이가 쪼르르르 달려 나오면서 소리질렀다.

"오빠, 오빠가 가장 좋아하는 손님 왔다!"

"손님? 어떤 손님인데?"

"알아맞혀 봐, 오빠."

난나는 셋방 앞 쪽마루 귀퉁이에 놓여 있는 작은 상자 속을 들여다보았다. 보릿짚을 엮어서 만든 작은 상자인데, 그 속에 여치 두 마리가 들어 있었다.

"할머니, 이 여치 누가 가지고 왔어요?"

그러자 소리도 없이 방문이 열리면서 너무도 낯익은 얼굴이 난나를 빤히 내다보았다.

"아, 아저씨! 동묵이 아저씨 아녀요!"

난나는 동묵이 아저씨를 부둥켜안았다. 동묵이 아저씨한테서는 갯밭 냄새가 여전히 진하게 났다. 전어 비린내와 삼꽃 향기 그리고 솔 그을음을 함께 버무린 듯한 냄새가.

　그러나 이날 밤에 동묵이 아저씨가 난나에게 들려준 갯밭 이야기는 난나에게 큰 슬픔을 주었다.

　모든 사건이 그랬지만 그 일은 실로 아무렇지도 않게 시작되었다.

　바다에 나간 영희네 아버지의 그물에 개밥 그릇 같은 그릇이 하나 걸려들면서부터였다. 영희네 어머니가 어느 날 이 그릇에 붙어 있는 굴 껍데기를 떼어 내고 밀기울로 닦자 푸른 사발이 되었다.

　영희네 아버지 생일날이었다. 동네 이장이 영희네 집에 와서 이 사발로 막걸리를 받아 마시면서 무심결에 말했다.

　"아, 이거 고려 청자 아닌지 모르겠네."

　그런데 이 한마디에 갯밭은 아연 긴장되기 시작했다.

　영희 아버지가 광주에 다녀오고서부터는 마을 사람들이 서너 명씩 모여서 수군거리는 일이 잦아졌다. 밤에 불을 가리고 바다로 나가는 배들이 많아졌고, 낯선 사람들 때문에 동네 개들이 목이 잠길 지경이었다.

　급기야는 지서의 순경들이 나와서 영희네 집을 뒤졌고, 나중에는 읍내 경찰서의 형사들이 나타나서 마을 사람들을 몇 명 잡아갔다. 아무개네 집에서 작은 청자 항아리가 나왔고, 아무개네 집에서 청자 대접이 나왔다는 말이 파다하게 퍼졌다.

　동네 머슴 제삿날에는 무고한 사람을 밀고했다고 해서 동네 이장이 멱살잡이를 당했는가 하면 제사상이 뒤엎어졌다.

　"사람만 변한 것이 아니라 산천초목까지도 변하고 있다. 대밭에는 꽃이 피고 산에는 송충이들이 극성을 부리고 있어. 그렇게 흔하던 망둥이도 어디로 갔는지 통 잡히지 않는 게 현재의 갯밭이야."

동묵이 아저씨는 한숨을 쉬었다.

"마을 하나 망하게 하는 것쯤이야 간단한 것 같더라. 분에 넘치는 재물을 미끼처럼 던져 놓으면 되는 것이여. 그 미끼 때문에 서로 싸우고 고자질하고 나중에는 원수가 되어 함께 죽어 나자빠지거든."

"아저씨는 그럼 어떻게 살지요?"

"그래서 나는 먼 섬에 가서 살까 한다."

"그러면 나는 갯밭에 가더라도 누구를 찾아가지요?"

"글쎄다…… 선산을 찾아다녀야지. 동네 머슴 묘도 있고……. 그러나 이제부턴 고향은 마음속에서나 찾아야 할 것 같다. 앞으로는 더 황폐해질 거여."

겨울 밤하늘의 별들

 겨울은 난나의 어깨를 자꾸만 움츠러들게 만들었다. 추운 날씨 때문이기도 했지만, 학교 사정이 그랬다.

 6학년 교과서 공부는 이미 끝났다. 벌써 어떤 아이들은 공책에 ABC를 쓰기 시작했고, 선생님은 중학교 진학 서류를 만든다고 자주 자습을 시켰다. 난나는 자신이 있는 글쓰기보다 영어를 더욱 열심히 해야겠다고 마음속으로 벌써 다짐을 하고 있었다. 그것은 무엇보다도 영어를 잘해야 마도로스 파이프의 외항선 선장이 될 수 있다는 향교 대학생의 말을 가슴에 새기고 있었기 때문이다.

 어느 교실에서인지 '잘 있거라 아우들아' 하고 졸업 노래를 연습했다. 왁자지껄하던 교실이 일순 조용해졌다. 책상에서 연필이 또르르르 굴러 떨어지는 소리까지도 들릴 정도였다.

 난나는 물끄러미 창밖을 내다보았다. 잎을 모두 지우고 하늘을 우러르고 있는 팽나무에는 연이 하나 걸려 있었다. 연은 바람이 불면 줄이

팽팽해지면서 떠올라 갔다가는 바람이 그치면 주저앉곤 했다.
 할머니는 오늘도 저 연처럼 이모할머니한테 매달리고 있을 것이라고 나나는 생각했다.
 "글쎄, 입학금 치를 돈만 빌려 달라니까 그러는구나."
 "성님은 그 싸가지 없는 새끼를 어떻게 또 버릴라고 그 안달이오?"
 "배워야 할 게 아녀? 뱃놈으로 풀리더라도 중학교는 나와야제."
 "나는 돈이 썩어도 못 주겠소. 성님을 위해 쓴다면야 10만 원이 아니라 백만 원이라도 드리지요. 그러나 지긋지긋한 서씨 종자한테는 단돈 만 원도 줄 수 없어요. 배우면 엉덩이에 뿔나는 집안이 서씨 집안 아닌가요?"
 "그 말은 또 무슨 말이다냐?"
 "아, 사실이 그렇지 않은가요, 성님? 내가 시집온 이 집안이사 돈만 알고, 언니가 시집간 그 집안이사 글만 아는 집 아니었어요? 그런데 그 잘난 글 깨친 집에서 언니가 편한 때가 언제 있었소? 일찍 형부 잃고, 아들 또 그렇게 돼서 풍비박산 나지 않았나요? 그 다람쥐 같은 난난가 뭔가도 배워 놓으면 늙은 성님 심장에 고추장 담글 일 일으킬지 누가 알아요?"
 "어디 배웠다고 다 그런다냐?"
 "허긴 형부 친구 진영 씨는 영판 다릅디다. 벼슬하고 떼돈 벌고, 지금이사 식모하고 붙어서 그렇제, 행사 때만 되면 높은 자리에 터억 가랭이 벌리고 앉은 것이 텔레비에도 나오고 그럽디다."
 할머니는 또 먼 하늘을 볼 것이다. 이모할머니는 노인 대학에 갈 시간이 되었는데 지각하겠다고 서두를 것이고, 아이들조차도 비린내가 난다고 가까이 오지 않는, 그 집의 툇마루에 우두커니 앉아 있을 할머니.

난나의 왼편 뺨에 불이가 연필을 대고 불렀다.

"난나야."

"아얏!"

"무얼 그렇게 생각하니?"

"아무것도 아니야."

"중학교 못 가서 그래?"

"넌 중학교 가?"

"안 가. 난 서울로 갈 거야."

"서울에? 서울에는 뭐 하러 가?"

"공장에 취직하게."

"서울에 아는 사람 있어?"

"삼촌이 있어. 스웨터 공장에 다니는데 실 감는 데 취직시켜 준다고 했어."

"우리 같은 아이들도 일할 수 있대?"

"할 수 있대. 안 되면 중국집에라도 보내 준댔어."

"중국집? 그럼 자장면은 실컷 먹겠다."

"그래, 내가 만일 중국집에 들어가면 편지할게. 그럼 언제라도 와서 자장면 곱빼기 시켜 먹어. 너한테는 돈 받지 않을 테니까."

난나는 연필 깎기 칼로 책상 모서리를 그었다.

"나도 할머니만 없다면 서울로 갈 텐테……."

"그러면 도망가. 잘만 하면 차비 없이도 기차 타고 서울 갈 수 있어. 변소에 숨기 어려우면 또 다른 방법도 있겠지."

"안 돼. 우리 할머니는 나 없인 못 산다고 했어. 바다에 뛰어들어 죽어 버릴지도 몰라."

"공갈이야. 어른들은 그런 거짓말을 잘해. 우리 어머니도 그랬어. 그러나 막상 내가 없어져도 생생히 살아 있더라 뭐. 지난가을에 내가 송광사로 도망간 거 너도 알지?"

그렇다. 불이는 그때 없어졌다. 추석 바로 이튿날부터였다. 학교에서는 또 결석했구나 했다. 그런데 불이 어머니가 학교로 찾아왔다. 담임선생님한테 불이가 집에 들어오지 않는다고 울고불고했다.

담임선생님이 불이와 친한 난나를 불렀다. 그러나 난나는 아무것도 아는 것이 없었다. 불이가 사라지기 전날 오동도에서 부른 노래도 기억하기 어려웠던 것은 난나가 처음 듣는 유행가였기 때문이다.

"그때 절에 가보니까 어땠어? 좋았어?"

"좋았다기보다는…… 그냥 포근했어. 큰 종이 울리면 산골짜기를 채우는 안개도 신비스러워졌어."

"큰 종은 왜 쳐? 밥 먹으라고?"

"아니야. 지옥에 있는 죄인들을 용서해 달라고 친대. 그리고 큰북은 짐승들을 위해서 치고, 운판은 날짐승들을 위해서 친대."

"운판이란 것도 있어?"

"응. 종루의 목어 곁에 있어."

"목어는 무언데?"

"물속에 사는 것들을 위해서 치는, 나무로 만든 물고기 모양의 북이야."

"넌 별걸 다 아는구나."

"모르는 것이 더 많아. 나는 나중에 절에 가면 종을 잘 치는 스님이 될 테야."

"넌 그럼 서울로 가지 말고, 지금부터 절로 가지 그러니?"

"아직은 어려서 안 된대. 나를 집으로 데려다 준 스님이 더 커서 오라고 했어."

이때 선생님이 교실로 들어왔다. 토요일이고 넷째 시간이 끝날 때라서 바로 종례로 이어졌다.

선생님은 졸업식장에서 상 받을 아이들의 명단을 불러 주었다. 교육장상은 1반의 곱슬머리 반장, 그리고 시장상은 난나네 반의 영주가 받게 되었다고 했다. 아이들은 와, 소리를 지르면서 박수를 쳤다. 영주는 얼굴이 빨갛게 되어서 난나를 힐끔 보았다.

난나는 입을 꾹 다물고 있었다. 우등상을 받게 될지, 그것이 가슴을 울렁거리게 했다.

그러나 우등상을 받게 되는 다섯 명 가운데 난나는 끼이지 못했다. 난나는 연필 깎이 칼로 책상 귀퉁이에 썼다. "억울하다."

불이가 난나의 옆구리를 찔렀다. 난나가 고개를 들자 선생님이 말했다.

"난나는 도서실로 오너라."

도서실에는 난나네 담임선생님 혼자 있었다. 창밖을 내다보며 담배를 피우고 있던 선생님이 난나가 들어가자 손짓으로 불렀다.

"이 교실 생각나니?"

"네?"

"학년 초에도 여기서 한 번 만났지?"

난나도 기억한다. 연희가 팔목시계를 잃어버렸다고 소동을 피웠던 때였다. 난나는 그때 여기로 불려 와서 선생님의 취조를 받았다. 묻는 말에 난나가 모른다고 하자 선생님은 따귀를 때렸다. 그러나 세면장에서 시계가 뒤늦게 나타나서 선생님은 난나에게 면목을 잃게 되었다.

"난나야, 넌 내가 밉지?"

"……."

"밉지 않다면 거짓이겠지. 그때 일에 대해 솔직히 말하면 내 탓도 크지만 생활 기록부에도 잘못 적혀 있었다."

"어떻게 적혀 있는데요?"

"너한테 도벽이 있다고 되어 있었다."

"도벽이 무엇인데요, 선생님?"

"남의 물건을 탐내는 버릇이라는 뜻이다."

"누가 그렇게 썼어요? 탱자국민학교 김 선생님이죠?"

"그런 것은 네가 알 게 아냐."

난나는 바람에 전깃줄이 윙윙 우는 소리를 들었다.

"선생님들은 그러지요. 부잣집 아이들은 다 착하고 없는 집 아이들은 다 나쁘다고요."

선생님은 다시 담배에 불을 붙였다. 창문을 약간 열자, 담배 연기가 기류를 타고 고스란히 흘러 나갔다.

선생님이 난나를 향해서 돌아섰다.

"그것은 네가 잘못 생각한 것이다. 물론 선생님들도 사람이니까 그런 약점이 없는 건 아니야. 옷을 예쁘게 입은 아이가 남루한 옷을 입은 아이보다 예뻐 보이기도 하고, 선물을 받으면 그 아이가 한 번 더 돌아보이는 것도 사실이다. 그러나 이런 작은 감정으로 서까래감을 기둥감이라고 하지는 않는다."

열린 창문 틈으로 고무줄놀이를 하는 여자 아이들의 노랫소리가 들려왔다.

― 시내 언니는 어려서 부모님을 잃고요.

"하지만 예외라는 것이 있다. 사람들이 모여서 하는 일에는 피치 못할 사정이란 게 있기 마련이거든. 이번 졸업식의 우등상만 해도……."

선생님은 담뱃불을 끄고 창문을 닫았다.

난나는 저고리의 윗단추를 채우며 입을 열었다.

"선생님, 저는 알아요. 상장에 그렇게 쓰여 있잖아요. 성적이 우수하고 품행이 단정하여 남의 본이 되어서 준다고요. 그런데 저는 품행이 나쁘잖아요?"

"아니다. 품행이 좋다는 것은 늘 얌전하고 어른들의 심부름을 잘하는, 그런 것만을 가리키는 말이 아니다. 너처럼 밝고 자립성이 강한 것도 좋은 품행이야. 그러나 어제 사정회에서는 나의 의견이 받아들여지지 않았어."

선생님은 책상 서랍을 열고 하얀 종이로 싼 사전을 꺼내 놓았다.

"이건 우등생들한테 주는 부상이다. 내가 서점에서 사온 것이다."

선생님은 난나의 머리 위에 손을 얹었다.

"너는 내가 인정하는 우등생이니 누구보다도 당당하다. 자, 이것을 받아라."

난나는 두 손으로 선생님이 주는 상장이 없는 부상을 받았다. 그러고는 머리를 무릎 아래까지로 숙여서 선생님한테 절을 했다.

선생님이 치는 박수 소리가 빈 교실을 울렸다.

큰솥학교

　일요일 아침, 난나는 잠이 깨면서부터 속이 상했다. 옥이가 들창 유리의 성에꽃을 보고 엉뚱한 말을 했던 것이다.
　"오빠, 저기 저 유리창 좀 봐. 어젯밤에 꾼 내 꿈이 영글어 있어."
　"무슨 꿈이었는데?"
　"신나는 꿈이었어. 저 봐. 저기 저 기다란 것은 오빠가 다닐 중학교 건물이야. 그리고 저기 저 앞에 줄줄이 줄을 지은 건 오빠와 같은 신입생들이고. 지금 입학식을 하는 중이야. 저쪽 귀퉁이에서 할머니와 내가 서 있는 거 보이지? 오빠 눈에는 안 보여? 저기 저쪽 끝에 외따로 서 있잖아."
　"시끄러워!"
　난나는 고함을 지른 뒤에 벌떡 일어나서 찬물로 후적후적 세수를 했다. 할머니가 시장에 나가면서 해둔 밥을 챙겨 먹고 여치 상자를 살펴본 뒤에 토끼장 앞에 가 앉아 있는데, 옥이가 또 쪼르르 곁으로 왔다.

"오빠, 저기 저 고드름 참 이쁘지?"

"어디?"

"오빠 눈에는 안 보여?"

"응."

"오빤 바보다. 이만큼, 내 키만큼 키를 낮춰 봐."

난나는 상체를 앞으로 굽혔다. 옥이의 어깨높이에서 바라보자 석류나무 가지 사이로 마당 귀퉁이의 무 구덩이를 덮어 준 짚 이엉이 보였다.

아, 지푸라기. 그 가장자리에서 아침 햇빛을 튀기고 있는 가느다란 고드름.

"오빠, 키가 크면 건물 간판이나 지붕만 보이지?"

"그래, 그런 것이 잘 보이지."

"오빠, 나처럼 키가 작으면 작고 이쁜 것들이 보인다. 개미도 보이고, 아기 거미도 보인다. 이끼도 보이고, 불티도 보이고."

"알았어. 그만 해."

"오빠, 그러니까 더 이상 크지 마."

"나더러 그럼 난쟁이가 되란 말이얏!"

난나의 꽥 소리에 토끼장 속의 토끼가 놀라서 뛰었다.

옥이의 얼굴빛이 하얘졌다.

"아니야, 오빠. 오빠 키가 크는 것은 나도 좋아. 나는 오빠, 오빠가 작은 것들을 잊지 말라고 한 말이야."

"작은 것들을 왜 생각해? 큰 것들이 위대한 거야."

"작은 것들은 착한걸."

"아니야. 큰 것들이 좋아. 나는 고래가 좋고 군함이 좋아. 빌딩이 좋고 거인이 좋아. 그래, 나는 고래잡이배의 선장이 되겠어."

"오빠와 나는 반대다. 나는 작은 것이 좋은데……. 눈송이가 좋고 피래미가 좋아. 돛단배가 좋고 초가집이 좋아. 냉이 꽃이 좋고 아기가 좋아."

난나도 마음속으로는 옥이가 말하는 그런 것들이 좋았다. 그러나 옥이가 좋아하는 것은 무엇이건 싫어지는 요즘이었다.

"큰 것한테 작은 것들은 못 당해. 열 번 싸우면 열 번 다 지게 마련이야."

"작은 것들은 그래도 예수님 편인걸."

"웃기네."

"참, 오빠. 성당에 가자. 수녀님이 오빠랑 함께 오라고 했어."

"수녀님이? 안경 쓴 수녀님이 그랬어?"

"응, 안경 쓴 수녀님이 오빠를 안댔어."

난나는 갑자기 소태를 씹은 기분이었다. 쓴 것이 입 안을 가득 메우는 것 같았고 속이 울렁거렸다. 난나는 헛구역질을 한 번 한 뒤에 방으로 들어왔다. 뒤따라 들어온 옥이를 보고 다시 다그쳤다.

"그 말만 했어? 다른 말은 안 해?"

"무슨 말을, 오빠? 다른 말은 안 했어. 그냥, 옥이야 오빠한테도 성당에 함께 다니자고 해라, 이렇게 말했어."

"거짓말 마! 내가 성당에 신발 훔치러 왔다가 들켰다는 말 했지?"

"아니야, 오빠. 그 말은 눈꼽만큼도 안 했어. 정말이야, 오빠."

난나는 옥이를 끌고 방으로 들어가서 윽박질렀다.
"너 성당 다니지 마."
"왜, 오빠? 왜 성당에 못 가게 하지?"
"내 마음이야. 못 가. 앞으론 절대 못 가."
"오빠, 성당에 다니게 해줘. 나는 오빠하고 달라. 아무도 나하고는 놀아 주지 않아. 아무도 날 이쁘다고 안 해. 아무도, 아무도 날……."
옥이의 눈에서 눈물이 그렁그렁 솟았다. 난나는 이럴 때 약해져 버리면 안 된다고 마음을 굳게 먹었다.
"너 분명히 말해. 나하고 성당하고 누가 더 좋아?"
"오빠도 좋아, 성당도 좋고."
"누구가 더 좋냐니깐!"
"……."
"어서 말해. 말하지 않으면 때릴 테야."
"오빠…… 오빠가 좋아. 그러나……."
"그러나?"
"예수님하고는…… 예수님하고는 바꿀 수 없어."
난나는 자신을 붙잡으려고 하는 옥이를 떠다밀고 밖으로 나왔다. 밖에서 방문 고리를 건 다음에 숟가락을 꽂았다.
난나는 골목길을 달렸다.
옥이의 울음소리가 귀청에서 떨어질 때까지 한참 달리다 보니 중앙로가 나왔다.
길 맞은편에 제과점이 보였다. 제과점의 통유리 속에서는 난나만 한

또래의 사내아이가 동생인 듯한 계집애와 머리를 맞대고 앉아서 단팥죽을 먹고 있었다. 그 아이들의 양쪽에 앉아 있는 아주머니와 아저씨가 무슨 즐거운 일이 있는지 웃고 있었다.

난나는 빠르게 그곳을 지나갔다. 신호등이 있는 건널목을 건너자 영구차가 한 대 커브 길을 돌고 있는 것이 보였다. 난나는 영구차를 쫓아갔다. 영구차는 할머니가 생선 좌판을 하는 수협 창고 옆구리에서 멈춰 섰다. 생선 장사를 하는 사람들이 무리로 몰려들었다. 난나네 할머니도 그 가운데 있었다.

생선 장수들은 영구차 앞에 빈 생선 상자로 단을 쌓았다. 그 위에 제물을 차리고 그 앞에 차례대로 지폐 한 장씩을 놓고 잔을 올렸다.

차례가 오자 할머니는 소주잔을 올리면서 창고 벽에 기대고 서 있는 난나한테도 들릴 만큼 큰 소리로 말했다.

"저세상에 가문 돈 많은 집에 가서 편히 살소잉."

그러자 여기저기서 아주머니들이 한마디씩 했다.

"골약댁은 인제 비린내 난다고 괄시받지 않겄네 그랴."

"눈 딱 감고 이 세상 원수 진 거 다 풀고 가소잉."

"이렇게 죽으면 끝나는 것을 왜 그리 굶고 아꼈는가, 이 사람아."

이때 난나의 손목을 쥐는 손이 있었다. 향교에서 공부하는 대학생이었다.

"너를 찾고 있었다. 너희 집에 갔더니 옥이를 방 안에 가둬 놓고 내뺐다더구나."

"우리 옥이 문 열어 주었어요?"

"그럼. 넌 왜 그렇게 갑자기 심술을 부리니?"

"나도 모르겠어요. 모두가 미워요. 앞에 가는 아이들 다리도 걸어 버리고 싶고, 유리창도 주먹으로 깨버리고 싶어요."

대학생은 뚜벅뚜벅 난나를 순대국 집 옆에 있는 찐빵 집으로 데리고 갔다.

"나는 오늘 오후 차로 서울에 간다."

"서울에요? 서울에는 무엇 하러 가요?"

"학교에 다시 다닐 생각이다. 맨날 향교에서 누워 지낼 수만은 없잖니?"

난나는 앞이 캄캄해지는 것을 느꼈다. 이제는 배달 갈 때 누가 난나를 기다려 줄 것인가. 어둠이 너무나 빨리 달려드는 한겨울 저녁의 골목길, 그 추위 속에서도 향교의 문간방에서 음악을 듣고 책을 읽는 대학생을 생각하면 참으로 마음이 든든했다.

"아저씨, 꼭 대학에 다녀야만 훌륭한 사람이 되는가요?"

대학생은 찐빵 세 개와 만두 세 개를 시켰다. 만두에 간장을 찍어서 난나한테로 건네주며 말했다.

"특별한 사람도 있다. 링컨이라든가 로모노소프라든가."

"로모노소프는 어떤 사람이지요, 아저씨?"

"소련의 유명한 과학자이고 철학자이며 역사학자이지."

"소련은 공산 국가들의 두목인데요."

"편 가르기 하기보다 먼저 사람을 볼 줄 알아야 한다. 소련에도 나쁜 사람이 있는가 하면 좋은 사람도 있다. 소련 사람이라도 좋은 사람이라면 배워야 해. 그리고 내가 얼떨결에 로모노소프를 소련 사람이라고 했지만, 실제로는 18세기 사람이니까 정확하게 말하면 공산주의 국가가 되기 전의 러시아에서 살았던 사람이야."

"소련 사람이든, 러시아 사람이든 난 그런 것엔 관심 없어요. 그 사람에 대해서 이야기해 줘요, 아저씨."

바람이 빵집의 창문을 흔들고 지나갔다. 난나는 만두를 베어 먹기 시작했다.

"그 사람은 러시아 북부의 배우지 못한 어부 집안에서 태어났다. 그는 성인이 될 때까지 글을 읽을 줄도 몰랐지. 열 살이 채 되기도 전에 아버지를 도와 북해로 고기를 잡으러 다녀야 했어. 그러나 그는 어린 나이에도 고기를 잡는 틈틈이 밀물과 썰물, 북극 얼음의 움직임과 북극광을 관찰했고, 육지와의 거리도 나름대로 측정하곤 했지. 어때? 놀라운 소년이지?"

난나는 물을 마시고 손바닥으로 입술을 닦았다. 그러고는 대학생 곁으로 바짝 붙어 앉았다.

"어린 로모노소프는 그렇게 9년 동안을 고생하고 지내다가 열아홉 살 때 비로소 공부를 하려고 집을 떠났지. 그 이후 12년 동안을 열심히 배운 다음에 서른두 살 때부터 과학자의 길을 걸어 인류 역사에 남는 큰 인물이 되었단다."

난나는 창문 틈으로 들어오는 바람을 코로 가슴껏 들이마셨다.

"난나야, 네 이름은 나는 나라는 뜻이라며?"

"네."

"얼마나 좋은 이름이냐, 남과 같은 내가 아니고 나 같은 내가 된다는 것이니."
"아저씨, 나도 이름답게 살고 싶어요."
"그렇다면 학교도 너다운 배움터를 찾아가면 어떨까? 돈도 들지 않고 일하면서 배울 수 있는 학교를."
"그런 데가 있어요, 아저씨?"
"있지. 내가 소개해 줄게."

 대학생이 약도를 그려 준 그 학교는 공단(工團)으로 나가는 도로변의 산비탈에 있었다.
 그 비탈에는 학교다운 건물이 아닌 블록 벽돌에 슬레이트로 지붕을 한 작은 간이 건물 두 채가 있을 뿐이었다. 여기저기에 널려 있는 옹기 조각들은 얼마 전까지만 해도 이곳이 가마터였음을 말해 주었다.
 난나는 대정공민학교(大鼎公民學校)라는 팻말만 없었더라면 그냥 돌아갈 뻔했다. 그래도 간이 건물 앞 빈터에는 농구대가 있어서 거기가 운동장임을 알 수 있었다.
 두리번거리던 난나의 눈에 저쪽 귀퉁이에서 흙벽돌을 찍는 사람들이 보였다. 난나는 한 노인 앞으로 가서 물었다.
"할아버지, 이 학교 교장 선생님은 어디 계셔요?"
"교장 선생? 왜 그 사람을 찾느냐?"
"박정구라고 하는 대학생 아저씨가 만나 뵈라고 했어요."
"박 군이 그랬어?"

노인은 웃으면서 대야 물로 손을 씻었다. 그러고는 두 채의 간이 건물 중 작은 쪽을 향해 걸어가면서 난나더러 따라오라고 했다.
 노인이 문을 열고 들어간 간이 건물 속은 밖에서 볼 때보다 훨씬 더 아늑했다. 태극기도 걸려 있었고, 흑판도 걸려 있었다.
 난로에서는 톱밥이 타고 있었고, 물이 끓느라고 주전자 뚜껑이 들썩거리고 있었다.
 노인은 의자를 끌어당겨서 앉으며 말했다
 "내가 이 학교 교장이다. 무엇 하러 왔느냐?"
 난나는 놀랐다. 교장 선생님이 작업복을 입고 흙벽돌을 찍다니. 난나는 기어들어 가는 낮은 목소리로 대답했다.
 "이 학교에 다니려고 원서 얻으러 왔습니다."
 "왜? 무엇 때문에 우리 학교로 오려고 하느냐?"
 "……"
 "이놈아! 사내대장부답게 저 앞의 태평양이 쩌렁 하고 울리도록 대답해 보아라."
 "네, 대답하겠습니다. 돈이 없어서 왔습니다!"
 "솔직하구나. 넌 그럼 우리 학교에서 배워. 장차 무엇이 되려고 하느냐?"
 "선장이 되겠습니다!"
 "선장, 그것도 좋지."
 노인은 뜨거운 물을 컵에 따라 후후 불면서 마셨다.
 "너, 우리 학교 이름이 뭔지 아느냐?"

"네, 대정공민학교입니다!"

"그래. 클대(大), 솥정(鼎), 큰솥학교란 말이다. 사람들이 보기에는 하꼬방 같은 작은 간이 건물 때문에 하찮게 보일는지 모른다. 그러나 내가 이 학교를 세운 뜻은 장차 이 민족에게 이로움을 주는 인물들을 익힐 큰솥을 만드는 데 있었다."

노인은 난나의 눈을 쏘아보면서 말을 이었다.

"너도 시시한 바람둥이 선장이 아니라 진짜 선장이 되겠다는 각오가 있어야 한다. 알겠느냐?"

"넷!"

동백꽃 향기는 바람에 날리고

큰솥학교는 밤에 불을 밝히고 공부하는 비정규 야간 중학교이다. 1, 2, 3학년 전체 학생 수는 51명, 학년별로는 3학년이 9명, 2학년이 17명, 1학년이 25명이지만, 결석하는 아이들이 꽤나 되어 학교에는 해질 무렵부터 40명 안팎의 아이들만이 들락거린다.

교실도 두 칸뿐으로 2학년과 3학년은 한 교실에서 수업을 받는다. 교직원도 교장 선생님과 서무 일을 보는 박 선생님이 상근일 뿐, 나머지 선생님들은 휴학 중이거나 중퇴한 대학생들이다. 난나와 친한 향교 대학생도 작년에 여기에서 국사와 세계사를 가르쳤다고 한다.

배우러 다니는 학생들은 난나처럼 밑이 터지게 가난한 집안의 아이들이다. 난나네 1학년에만 해도 극장 앞에서 구두를 닦는 병구, 대서소에 다니는 영준이, 이발소에서 머리 감겨 주는 일을 하는 철수, 미장원에서 일하는 향숙이 누나며 미싱 시다인 순금이 등 모두가 낮에 일자리를 갖고 있는 아이들이다.

그것도 난나처럼 제 발로 찾아온 아이들보다는 대학생들이 찾아다니며 '배워야 한다'고 빵 사줘 가며 설득 끝에 데리고 온 아이들이 더 많기 때문에 수업 시간의 분위기는 지극히 산만하다. 졸다가 코 고는 소리를 내는가 하면, 장난이 결국 주먹다짐으로 발전하는 일도 있다.

그러나 아무리 늦은 시간이라도 조는 사람이 하나도 없는 수업이 있었다. 그것은 교장 선생님이 직접 가르치는 한문 시간과 여대생인 임 선생님이 가르치는 영어 시간이었다.

교장 선생님은 언제나 시간 전에 들어왔다. 그러고는 교탁 앞에서 묵상에 잠겨 꼿꼿이 서 있다가 시작종이 울리고 나면 기도하듯 눈을 지그시 감고서 선서를 했다.

"나는 사랑하는 우리 학생들에게 내 속에 있는 것을 아낌없이 가르치다가 수업 시간 중에 쓰러져도 여한이 없다."

그러면 아이들은 일제히 오른손을 올리고서 "선서" 하고 약간 뜸을 들인 뒤에 큰 소리로 제창했다. "우리들은 선생님의 말씀을 한마디도 빠뜨리지 않고 배움의 길에 일로매진하겠습니다!"

허름한 회색 바지에 잠바의 지퍼를 끝까지 올린 교장 선생님은 약간 야위기는 했으나 검은 머리카락이 하나도 없는 흰머리 때문에 더욱 인자해 보였다.

그러나 교장 선생님의 음성은 벼랑을 치는 파도 소리처럼 교실을 울렸다. 교장 선생님의 어느 안쪽에 그런 힘이 있을까. 아이들이 항시 다시 쳐다보게 만드는 쩌렁쩌렁한 목소리였다.

특히 입학식을 하던 날의 일을 난나는 잊을 수가 없었다. 3월이라고는 하지만 아직 가시지 않은 겨울 한기 때문에 아이들은 웅크리고들 있었다. 그런데 갑자기 교장 선생님의 벽력같은 훈화가 시작되었다.

"제군들은 가슴을 펴라. 그 웅크린 가슴에 어찌 태평양이 안기겠느냐. 멀지 않은 장래에 제군들은 태평양을 안고 육대주를 뛰며 뒹굴며 살아가야 할 소년들이다. 그러려면 우선 태평양을 뜨겁게 할 수 있을 만큼 제군들의 피가 뜨거워야 한다. 뜨겁지 않은 피로 배운 지혜가 어찌 살아 움직이겠는가. 뜨겁지 않은 피로 맺은 우정이 무슨 도움이 되며, 뜨겁지 않은 피로 싸울 때 어찌 이기기를 바라겠는가."

교장 선생님은 몸소 앞장서서 학생들과 함께 구보를 했다. 2킬로미터 남짓되는 제재소 앞까지를 갔다 오는 코스였다. 교장 선생님은 달릴 때 "큰솥!" "큰솥!" 하고 구령을 붙이게 했는데, 이때 뒤따르는 동네 개구쟁이들이 "작은 솥!" "작은 솥!" 해서 지나가는 사람들을 웃음 짓게 만들었다.

이런 교장 선생님인지라 교장 선생님 시간에는 장난이 심한 구두닦이 병구조차도 꼼짝달싹하지 않았다. 교장 선생님은 서울의 유명한 고등학교에서 교장 정년 퇴임을 하고서 내려왔다고 한다. 교장 선생님이 늘 강조하는 단어는 '소금'이었다.

"소금은 자신도 썩지 않지만 남도 썩지 않도록 갈무리하는 구실을 한다. 너희도 우리 사회의 소금이 되어야 한다."

반면에 영어 선생님인 여대생은 영화 포스터에 나오는 여배우처럼 아름다웠다. 그래서 나이 먹은 남학생들은 영어 선생님이 곁을 지나갈 때는 숨을 깊이 들이마시곤 했다. 목소리도 너무 아름다워서 선생님이 영어 책을 읽을 때는 남학생들은 영어 책보다는 그 구르는 혀가 들어 있는 입술을 쳐다볼 작정만 했다.

한번은 선생님이 "아무 말이나 영어로 해볼 사람은?" 하고 물었다.

그러자 병구가 손을 번쩍 든 뒤에 일어났다. 아마 병구는 공중변소의 벽에 있는 낙서를 생각해 낸 모양이었다.

"아이 엠 조지, 유 아 보이."

그러나 선생님은 눈썹 하나 까딱하지 않고 부드럽게 정정해 주었다.

"아니야, 유 아 어 티처라고 해야지."

그런데 이 영어 선생님한테 난나가 정통으로 덜미를 잡혔다. 그것은 철수의 손거울로 해서 일어난 일이었다.

이발소에서 머리 감겨 주는 일을 하는 철수는 호주머니 속에 손거울을 넣고 다녔다. 이 손거울로 철수는 언젠가 순금이의 하의를 훔쳐보았다고 했다.

난나는 철수가 가르쳐 준 대로 손거울을 책상 밑에 내려놓고는 스커트를 입은 영어 선생님이 다가오기를 기다렸다.

임 선생님은 여느 때나 다름없이 영어 책을 소리 높여 읽으면서 한 걸음 한 걸음 가까이 다가왔다.

난나 곁에 멈춰 섰다 싶은 순간이었다. 책상 밑으로 고개를 처박고 있는 난나를 향해서 선생님이 물었다.

"왜? 볼펜이 떨어졌니?"

두리번거리던 선생님이 순간 뱀을 본 듯 어깨를 떨었다. 선생님은 금방이라도 울음을 터뜨릴 듯이 그 아름다운 얼굴이 일그러졌다. 철수가 슬그머니 거울을 집어 갔다. 힘이 다리에서 다 빠져나갔는지 선생님은 책상 모서리를 두 손으로 짚고서 한참 동안 그대로 서 있었다.

난나가 잘못을 빌려고 일어났으나, 선생님은 한마디 말도 없이 교실을 나갔다. 난나는 선생님 뒤를 따라가면서 말했다.

"선생님, 선생님은 왜 안 때리세요? 제가 잘못했으니까 때리세요, 네?"
그리고 이런 말도 꼭 덧붙이고 싶었다.

— 전 장래 희망이 외항선이나 고래잡이배의 선장이 되는 거예요. 그 꿈을 이루기 위해서 전 영어 공부를 열심히 하고 있어요. 그래서 선생님에게 더욱 관심이 많아요. 이건 진실이고 제 진심인걸요.

그러나 선생님은 뒤도 돌아보지 않았다. 교무실로 쓰는 작은 간이 건물 앞에서 잠시 밤하늘을 올려다보더니 이내 교무실 안으로 사라졌다.

난나도 교무실 앞에서 잠시 밤하늘을 우러러보았다. 소나무 사이로 보이는 작은 별 하나가 외로움을 타는 듯 떨고 있었다. 난나는 선생님도 저 별을 보았으리라고 생각했다. 난나는 조용히 교무실 문을 열고 들어갔다.

임 선생님으로부터 이미 앞뒤 얘기를 들었던지 교장 선생님이 난나를 불렀다.

"옛 어른들께선 스승의 그림자를 밟는 것도 죄가 된다고 했다. 그런데 넌 선생님을 불경하게 대했으니 벌을 받아야 한다. 우리 학교의 벌칙을 아느냐?"

"……."

"이놈아, 큰 소리로 저 앞의 태평양이 쩌렁, 울리도록 대답해 보아라. 아느냐? 모르느냐?"

"모릅니닷!"
"그러면 내가 설명해 주겠다. 너 우리 학교에서 사육하고 있는 돼지들이 사는 우리를 알지?"
"네, 알고 있습니닷!"
"그 돼지우리의 청소 당번을 일주일 동안 하는 거다. 그것은 3학년 형들이 하는 일이지만, 너도 그 일을 거들어라. 리어카를 끌고 밤중에 부두의 식당들에 다니면서 음식 찌꺼기를 얻어 오는 일이다."

그런데 그 벌을 사흘째 치르는 날은 토요일이었다. 그 토요일 오후에 난나는 부두의 맨 끝 집인 충무 식당에서 음식 찌꺼기 통을 들고 나오다 말고 너무도 낯익은 얼굴을 만났다. 쟁반에 물 컵을 얹어서 들고 나오는 아이는 영희가 틀림없었다.

영희가 먼저 입을 열었다.
"갯밭에 살던 난나지?"
"맞아, 넌 영희지?"
이때 주방 안에서 영희를 급하게 찾는 소리가 들려왔다. "네, 가요" 하고 영희가 대답했다.

난나는 재빠르게 영희에게 오동도 입구로 나오라고 말했다.
"내일 오후 3시에 만나, 꼭이야."

그러나 영희는 3시가 훨씬 지나서야 아기를 업은 채 나타났다.
"누구네 아기야?"
"우리 고모네 집."

"그럼 충무 식당이 너희 고모네 집이니?"

영희는 고개를 끄덕였다.

"너희 아버지는 어떻게 되었어?"

영희는 아무 말 없이 잠자코 걷기만 했다. 난나도 따라서 방파제 길을 걸었다. 난나는 영희 아버지가 감옥에 갔다는 소문을 얼핏 들은 기억이 났다.

"정말로 감옥에 갔어?"

영희는 다시 고개를 끄덕였다. 영희는 예전처럼 고갯짓만으로 많은 것을 얘기했다. 아버지가 감옥에 간 것은 바다 유물 때문이라고 했고 영희가 고모네 집으로 오게 된 것도 그 때문이라고 했다. 고모네 집 일을 거들면서 중학교를 다니고 있다는 것도.

"동묵이 아저씨는 잘 있어?"

"솔섬으로 가셨어."

"언제?"

"지난 정월에."

난나와 영희는 큰 동백나무가 바다를 향해서 꽃그늘을 이루고 있는 바위에 걸터앉았다. 동백꽃이 바닷물에 비친 제 모습을 가만히 내려다보다가는 소리 없이 바다 위로 송이째 빠져 들곤 했다.

영희의 등에 업힌 아기가 칭얼댔다. 난나는 물 위에 떠 있는 동백꽃 한 송이를 건져서 아기의 손에 들려 주었다.

"너는 원두하고 친하다며?"

"누가 그래?"

"찐 고구마도 학교에 갖고 가서 함께 먹고 그랬다며?"

영희는 고개를 저었다.

"본 사람이 있는데? 환경 정리한다고 남아서 선생님이랑 원두랑 함께 막 웃고 그러더라는데?"

"그땐 선생님이 우스갯소리를 해서 그랬을 거야, 아마."

"거짓말."

"거짓말이 아니야. 나는 원두네 식군 꼴도 보기 싫어. 우리 엄마가 죽은 것도 원두 아버지 때문이야."

난나는 깜짝 놀랐다.

"엄마가 죽었어?"

그러나 영희는 대답 대신 울음을 터뜨렸다. 영문도 모른 채 등에 업힌 아기도 따라서 울었다.

난나는 치마로 얼굴을 가리고 우는 영희한테로 가까이 다가갔다. 영희가 업은 아기의 등을 토닥거려 주면서 말했다.

"니는 그래도 좋겠다. 고모네가 중학교도 보내 주니까."

"너그도 이모할머니네가 잘 산다며?"

난나는 고개를 저었다.

"우리 이모할머니는 나를 미워해. 문둥이보다도 더 보기 싫어해."

"정말?"

"그래, 나는 자라서 반드시 복수할 테야."

"그럼 중학교에도 안 다녀?"

이번에는 난나가 고개를 끄덕였다.

"왜? 중학교 안 다닌다니까 시시해?"

영희가 고개를 크게 저었다.
"일반 중학교는 아니지만 공민학교에 다니고 있어."
"그 학교 나오면 어떻게 되는데?"
"검정고시에만 합격하면 고등학교에 진학할 수 있대. 두고 봐. 난 반드시 고등학교도 다니고 대학교도 다녀서 선장이 되고 말 테니까. 그것도 고래잡이배의 선장이."
난나는 바다에다 조약돌을 수면과 평행해서 달리도록 정신을 집중해서 던지고는 조약돌이 일으키는 물보라를 바라보고 있었다. 그리고 때때로 자신의 목구멍 속에 걸리던 영희의 왼손 검지를 눈여겨보았다. 피가 배었던 발그레한 그 손가락은 이제 거칠고 거무스레해진 것 같았다.

일주일간의 돼지우리 당번이 끝나는 날 교장 선생님은 난나를 불러 간단한 말씀을 한 뒤에 철필로 또박또박 긁은 등사지 몇 장을 묶은 것을 난나에게 주면서 읽어 보라고 했다.
그러나 밤늦게 집에 돌아온 난나는 대수롭게 생각하지 않고 등사지 묶음을 읽지도 않은 채 반닫이 위에 있는 책들 틈에 끼워 넣어 두었다.

폭풍이 지나갈 무렵

　난나는 배달하고 있는 신문 지면이 나날이 수선스러워져 가고 있다는 것을 짐작으로나마 알 수 있었다. 검은 막대의 제목이 세로로 쭉 내려간 1면은 온통 먹구름장처럼 보였다. 그러나 막상 천둥 번개가 요란하고 장대비가 퍼부어야 할 사회면은 조용하기만 했다. 1단 기사로 각 대학의 대학생들의 데모 상황을 단신으로 알려 줄 뿐이었다.
　신문을 끼고 배달을 나서는 난나는 전에 없이 피로를 느끼곤 했다. 자신이 먹구름장을 집집마다 나누어 주고 다니는 것 같아서 마음도 무거웠다.
　마침 가을 절기의 '더덕 먹는 모임'을 가지기로 한 날은 신문이 나오지 않는 일요일이었다. 어쩌면 향교 대학생이 서울에서 왔을지도 모른다는 기대감에 부풀어 약속 장소인 자산 공원을 향해서 올라가는 난나의 발걸음은 토끼처럼 가벼웠다.
　수의사 아저씨는 물새를 두 마리나 치료해서 가지고 나왔다. 공단이 있는 바닷가에서 주워 와서 돌봐 준 것이라고 했다.
 우체부 아저씨는 배달을 다니며 모아 두었던 꽃씨를 가지고 와서 나누어 주었다. 코스모스, 금송화, 샐비어, 맨드라미, 과꽃 등의 씨앗을.
 그러나 이날 누구보다도 환영을 받은 것은 난나였다. 난나는 지난해에 동묵이 아저씨가 가져왔던 여치 한 쌍을 잘 키웠었다. 풀을 뜯어다 주고 이슬을 맞히고, 그러는 동안에 여치는 동면으로 들어가면서 알을 낳았는데 알은 모두 60개가 넘었다. 이것이 올봄에 53마리의 새끼 여치로 부화된 것이다.
 여름 동안 잘 키운 이 여치들을 모두 자산 공원의 풀밭 속으로 풀어 주자 꿀벌 할아버지와 우체부 아저씨 그리고 수의사 아저씨가 박수를 치면서 한마디씩 했다.
 "우리 난나가 우리 모임에서는 최고상감이다."
 "정말입니다. 누가 저런 일을 생각이나 했겠습니까? 이제부터 여기에 놀러 나온 사람들은 여치 울음소리에 마음의 그을음이 가실 것입니다."
 "더구나 한밤에 달이라도 떠보라지요. 찌르르찌르르 우는 저 여치들 울음소리에 시 한 수 안 나오고 배기겠습니까?"
 그러나 난나가 기다리는 대학생은 나오지 않았다. 대신 못 오게 된 사연을 수의사 아저씨한테로 편지에 담아 보냈는데 그 편지의 끝 부분에 이런 내용이 있어서 모인 사람들의 마음을 숙연하게 했다.
 ─ 저는 요즈음 들어서 무엇이 잘 배우는 것인가에 대해서 번뇌하고 있습니다. 과연 배움이란 것이 무엇입니까. 진정한 배움이란 살아가는 우리의 앞길을 밝히는 것이고 그렇게 되기를 바라는 것이 아닐까요.

그러나 우리의 현실은 어떻습니까? 잘 배움이 못 배움만도 못한 세상이 되지 않았습니까? 저는 우리의 학문과 현실 그리고 배움과 행함이 일치되지 않는 아픔을 안고 고향 하늘을 바라보고 있습니다…….

난나는 어른들을 향해서 물었다.

"잘 배움이 못 배움만도 못하다는 말은 무슨 뜻이지요?"

수의사 아저씨가 대답했다.

"그것은 이 세상이 바로 가지 않고 있다는 뜻이다."

그 말조차도 어려워서 고개를 갸우뚱하고 있는데, 꿀벌 할아버지가 난나를 독촉했다.

"어서 가서 더덕을 캐와야 하지 않느냐? 술이 고프구나."

그러나 이날의 난나한테는 더덕도 잘 보이지 않았다. 더덕 대신에 대학생 아저씨의 알아들을 수 없는 말들이 풀뿌리마다에서 허옇게 내비치고 있는 것 같았다. '잘 배움과 못 배움', '학문과 현실', '배움과 행함'이.

난나가 간신히 더덕 두 뿌리를 캐가지고 왔을 때에는 어른들은 벌써 술자리를 벌이고 있었다.

"박 군이 데모를 하는 것 같지요?"

"편지 내용으로 봐선 그렇습니다. 순정한 성정에 꼭 무슨 일을 저지를 것 같군요."

난나는 으스스 추워짐을 느꼈다. 어두운 기사가 가득 실린 신문을 겨드랑이에 낀 것처럼 오른편 어깨가 내려왔다. 물을 마셨으나 갈증은 계속되었다.

해 질 무렵이 되어서야 어른들은 자리에서 일어났다. 술이 취한 꿀벌 할아버지는 이날 역시도 소원을 되뇌었다.
"제주도에서 유채 꽃 꿀을 뜨고, 충청도에서 아카시아 꽃 꿀을 뜨고, 강원도에서 밤꽃 꿀을 뜨고, 개마고원에서 메밀꽃 꿀을 뜬 다음에 백두산에서 첫눈을 맞는 것이 나의 하나 남은 소원이지요."
난나는 집에 닿자마자 반닫이 속에 두었던 돌멩이를 꺼냈다. 돌멩이로 뜨거운 이마와 뺨을 비비면서 아랫목에 누웠다.
난나의 머릿속에 문득 어제 학교 수업 시간이 떠올랐다. 국어 시간이었는데 화가라고 자기소개를 한 사람이 들어왔다. 서울에서 여행 온 분인데 교장 선생님의 친구가 된다고 했다.
그 나이든 화가는 도수 높은 안경 너머로 아이들을 내려다보면서 천천히 말했다.
"……나의 닭 그림을 본 어떤 분이 이렇게 말했습니다. 저것을 뭐가 잘된 그림이라고 벽에 붙여 둡니까. 나 역시 살아 숨쉬고 똥 싸는 닭이야말로 아름답다고 생각합니다. 여러분도 같은 생각이겠지요? 그분은 옳은 말씀을 했습니다. 살아서 나는 참새 한 마리, 아침에 피었다가 저녁에 지는 풀꽃 한 송이는 역시 아름답습니다. 그러나……"
화가는 잠시 말을 끊고 뒷산의 뻐꾸기 울음소리에 다소곳이 귀를 기울였다.
화가가 다시 입을 열었다.
"화가란 닭을 그리되 마음속의 닭을 그리는 사람입니다. 하찮은 풀꽃이라도 거기에서 우주의 숨소리를 느끼는 사람이며 작은 돌멩이 하나와도 얘기를 나누는 사람입니다. 여러분도 돌이나 풀하고 얘기해 본 적이 있지요?"

그 화가의 말을 되뇌면서 난나는 돌멩이에게 물었다.

"대학생 아저씨는 누구를 위해 나섰지?"

"우리를 위해서지."

"우리가 누군데?"

"돌멩이이고, 사람이고, 정의이지."

난나는 눈을 떴다. 이마 위에 놓이는 찬 수건을 보았다. 머리맡에 앉아 계시는 할머니의 얼굴도, 외꽃같이 노오란 옥이의 얼굴도 비쳤다.

"악아, 이 약 먹고 자거라."

난나는 할머니가 주는 약을 받아먹었다. 그러고는 다시 돌멩이 속으로 하염없이 빠져 들어갔다.

할머니가 콩밭을 매고 있었다. 뙤약볕이 사정없이 내리쬐는데 할머니는 하얀 명베 수건 한 장을 머리에 두르고 콩밭 이랑을 헤쳐 가고 있었다.

난나가 밭두렁에서 여치를 잡으러 다니다 말고 할머니를 찾아보면 누런 콩밭 가운데에 할머니의 흰 명베 머릿수건이 한 점 섬처럼 떠 있곤 했다.

땅에서도 뜨거운 열이 인정 없이 치솟았다. 할머니의 마른 장작 같은 목덜미에도 땀이 흐르고, 난나의 여린 팔뚝에도 땀이 흐른다.

그러나 바람 한 점 없어서 미루나무 맨 끝의 이파리도 까딱하지 않는다. 그것은 모든 것이 정지되어 있는 답답한 돌멩이 속이었다.

"할머니, 무지 더워요."

"조금만 참아라. 이제 곧 저쪽 천마산 봉우리를 타고 시원한 바람이 내려올 것이다."

"할머니, 목말라요."

"조금만 참아라. 이 이랑 김을 마저 매놓고 저 아래 깔대샘에 가서 시원한 물을 떠주마."

"할머니, 지금 가면 안 돼요?"

"안 된다. 이 콩들처럼 참을 줄도 알아야지."

"콩들도 참는가요, 할머니?"

"그럼, 가뭄에는 콩들이 가장 잘 참는다. 마른 흙 속에 씨를 던져 놓아도 눈을 뜨거든."

"할머니, 그러나 콩나물시루에는 물이 마를 새가 없어야 하지 않아요?"

"그러니까 그것은 수확하는 기쁨이 없지. 그렇게 먹고 싶은 것을 흠뻑흠뻑 먹고 크는 것은 콩나물밖에 되지 않아. 이렇게 파란 콩 나무로 자라서 백배 천배 수확을 거두려면 저 혼자서 살아가야만 해."

"나는 지금 더는 못 참겠는걸요."

"조금만 더 참도록 해. 나는 참고 고생한 것이 내 명을 이어 왔다고 믿는다."

"무슨 말이어요, 할머니?"

"관상쟁이가 그러는데 내 명은 아주 짧단다. 그런데 이 모진 고생의 끈이 근근이 나의 평생을 이어 주고 있다고 했어."

"어떤 사람들은 고생이 지긋지긋해서 자살을 한다던데요."

"몰라서 그렇지. 옛말에 명감을 따먹고 살아도 이 세상살이가 좋다고 했어. 고통 없는 복이 어디 진짜 복이다냐. 목말랐을 때 먹어야만 물맛을 아는 거여."

난나는 입술가에 사탕보다도 단 것이 닿는 것을 느꼈다.

눈을 떴다. 옥이가 물 사발을 대어 주고 있었다. 난나는 사발가에 어려 있는 푸른 새벽빛을 보았다.

할머니는 장에 갔을 것이다. "죽은 사람은 죽고, 산 사람은 살아야 할 게 아니냐" 하며 몸뻬를 입었을 것이다.

난나는 돌멩이를 내려다보았다. 돌멩이도 땀에 흠뻑 젖어 있었다.

난나는 돌멩이 속 같은 어둠 속으로 다시 빠져 들었다.

아이들이 모였다. 원두가 병정놀이를 하자고 했다. 난나는 싫다고 했다. 그러나 다른 아이들도 모두 병정놀이를 하자고 했다.

나는 그들을 따를 수밖에 없었다. 혼자 따돌림을 받는 것보다는 하기 싫은 '적군' 역을 하면서 함께 노는 것이 나았다.

난나는 오늘도 여느 때와 다름없이 '적군'이 되어야 했다. 그러나 정작 난나가 되고 싶은 것은 '우리 편'이었다. 우리 편이 되어 우리를 위해서 훨훨 뛰어다니고 싶었다. 우리 편이라야 죽는 역도 멋이 있었다. 다른 아이들의 슬픔을 사며 쓰러지고 싶었다.

그러나 언제고 병정놀이를 할 때면 난나는 '적군'이 되어야 했다. 비굴하게 숨어 다녀야 했으며, 끝내는 붙잡혀서 비참하게 죽는 역을 해야 했다.

그것은 할아버지 때문이었다. 할아버지가 '우리 편'이 아니었다는 이유로 난나한테 돌아온 역이었다. 그리고 아버지 역시 여기에 한몫을 했다.

이번에도 난나는 보리 짚단 속에 숨어 있다가 아이들한테 들켰다. 새끼줄로 꽁꽁 묶여서 팽나무 밑으로 끌려갔다.

난나를 팽나무에 묶어 놓고 원두가 총을 겨누었다. 다른 아이들은 모두 손뼉을 쳤다. 영희만이 눈물을 글썽이고 있었다.

난나의 눈앞에 언젠가 정수네 집에서 본 텔레비전 한 장면이 떠올랐다. 그것은 6·25 전쟁 기획물을 감동 깊게 만들었으니 한번 보라는 방송사의 자체 광고였다.

화면에는 인민군 역을 한 사람들과 국군 역을 한 사람들이 한데 어울려서 산을 내려오고 있었다. 총부리는 모두 땅으로 향했으며 신발 끈을 푼 채였다. 피로한 사람들은 서로 부축하거나 어깨동무하면서 사이좋게 돌아오고 있었다. 그러나 그것은 극 바깥의 일이었다.

아, 지금의 어른들은 싸움에 열중하고 있다. 이 지저분한 놀이판을 그만 치우고 저렇게 돌아오는 모습이었으면 좋겠다고 난나는 생각했다.

총을 쏘았는데도 죽는 시늉을 하지 않는다고 원두가 난나한테 쫓아와서 발길질을 했다.

"그럼 이번에 멋지게 죽어 줄 테니 내가 죽는 것으로 이 전쟁놀이는 그만 하는 거야."

"좋아."

"약속하지?"

"약속."

난나는 눈을 감았다.

저 멀리서 원두가 화약총을 겨누었다.

난나는 순간 어머니의 얼굴을 한 번 보았으면 했다. 아버지도. 이럴 때 어머니와 아버지가 함께 생각나는 것이 참 이상했다.

원두의 총에서 탕 하는 소리가 났다.

난나는 으악 하고 비명을 질렀다.

난나가 놀라서 잠을 깨었더니 한낮이었다. 방문 창호지에 유자 빛 같은 햇살이 노랗게 번져 있었다.

어디 갔는지 옥이도 보이지 않았다. 너무도 적적했다. 안집의 아기라도 울어 주었으면 했으나, 아기마저도 집에 없는 것 같았다.

난나는 어지러움증을 참고 일어났다. 방문을 열자 텅 빈 마당이 눈에 들어왔다. 사람의 그림자라도 비쳤으면 했다. 그러나 참새 한 마리도 얼씬거리지 않았다.

그때였다. 바람결에 밀리서 묻어오는 소리가 있었다.

"열무나 오이 사려."

난나는 갑자기 가슴이 욱신 조여 옴을 느꼈다. 사람의 소리에 이처럼 까닭 없이 가슴이 아픈 것은 처음이었다.

난나는 방 앞 쪽마루 바닥에 한참 동안이나 엎드려 있었다.

초승달과 밤배

난나는 앓고 난 후부터 말수가 줄었다. 혼자서 우두커니 생각하는 일이 많아졌다. 특히 갯밭 탱자국민학교 시절을 생각하면 그것도 5월이면 학교 탱자나무 울타리에 촘촘히 피던 탱자 꽃을 생각하면 마음이 아려 왔다.

아이들은 팔랑개비 대신에 그 하얀 탱자 꽃을 따서 탱자 가시에 꿰어 들고 팔랑개비인 양 달리곤 했다.

난나는 그 틈에 끼여 있는 자신을 보았다.

시작종이 울리면 교실의 유리창 틈에 탱자 꽃 팔랑개비를 꽂아 두고 공부를 했다.

바다 쪽에서 불어오는 바람에 쉬엄쉬엄 돌고 있는 것 같은 착각을 불러일으키던 탱자 꽃 팔랑개비, 교실에 은은히 번지던 탱자 꽃향기…….

그 아련한 향기처럼 그리운 얼굴들이 떠올랐다. 동묵이 아저씨, 영구, 멍멍이, 영희.

그리고 토란 잎사귀 위에서 구르던 아침 이슬, 정오를 알리던 오포 소리, 해 질 무렵이면 뻘을 정갱이에 묻히고 돌아오던 마을 사람들.

난나는 그동안 그런 것들을 잊고 지내 왔다. 이 작은 항구 도시는 소년이 할 만한 일거리가 없었다. 뚜렷이 하는 일도 없이 빈둥거리다가 난나는 오후가 되면 신문을 돌렸고 밤에는 큰솔학교에 나갔을 뿐이다.

난나는 지난날을 되돌아보게 한 이번 아픔이 천만 고마웠다. 앞으로는 어떤 일이 있더라도 갯밭을 잊지 말아야겠다고 마음속으로 다짐을 했다. 그리고 정시에 출근할 수 있는 붙박이 일자리를 찾아야겠다고 결심했다.

난나는 신문 배달을 그만두려고 지국장을 만났다.

"왜 갑자기 안 하겠다는 거야?"

"할머니께서 당분간 쉬라고 했어요."

난나는 1면에 '3선 개헌 국회 통과'라는 주먹만 한 활자가 검정 막대 속에 희게 박힌 신문을 마지막으로 돌렸다.

신문을 받아 드는 어른들의 얼굴은 대체로 굳어져 갔다. 어떤 사람은 옆에 있는 사람을 붙들고 얼굴을 붉히며 언성을 높였다. '장기 집권', '언론 통제', '독재', '민주주의', '경제 발전', '민족중흥' 등의 단어들이 뒤섞이는 언쟁이었다. 그리고 그들의 이야기 속에는 간간이 낮은 목소리로 '분신자살 미수'니, '박정구'가 아니라 '박정부'라느니 그러나 나이가 같고 직업이 무직이니 아니라고는 단정할 수 없다느니 하는 말들이 섞여 있었다. 대학생이라고 하니 아닐 것이라는 목소리에는 힘이 들어 있었다. 또한 중앙지에 보도되었으니 틀림없을 것이라는 말이

덧붙여지기도 했다. 박정구라면 서울에 간 향교 대학생의 이름이었다.
　이날 난나가 신문 배달을 마치고 집에 왔을 때 뜻밖에도 삼촌이 와 있었다. 광대뼈가 더 불거진 삼촌은 이번에는 의수조차도 없었다. 빈 팔 소매를 허리 끝에 동여맨 채로 왼손에 든 소주잔이 심하게 흔들리고 있었다.
　"삼촌, 다방 아줌마는 어떻게 됐어?"
　"그년도 도망갔다."
　"그럼 찾을 사람이 하나 더 생겼네."
　삼촌은 대답 대신에 소주를 입 안으로 털어 넣었다.
　"삼촌, 그동안에 어디서 살았어?"
　"서울에도 살았고, 광주에도 살았다."
　"지금은 어디서 왔어?"
　"서울에서 왔다."
　"서울에는 데모 땜에 난리가 났다던데."
　"난리는 무슨 난리. 오야 마음대로지."
　"삼촌은 뱉도 없어."
　삼촌의 팔 없는 오른편 어깨가 갑자기 심하게 움칠거렸다. 쇠 팔이 붙어 있었더라면 난나의 뺨이 찍혔을 것이다.
　난나는 급히 책가방을 챙겨 들고 학교로 갔다.
　교장 선생님이 들어와서 수업을 했다

　　種瓜得瓜요 種豆得豆니

天網이 恢恢하여 疎而不漏이니라

　"종과득과요 종두득두니 천망이 회회하여 소이불루이니라, 이것은 《명심보감》의 〈천명〉 편에 나오는 말씀이다."
　교장 선생님은 기침을 쿨럭쿨럭했다. 그러고는 주먹을 입가에 대고 한참을 쉬었다.
　병구가 난나의 옆구리를 볼펜 끝으로 찔렀다.
　"교장 선생님이 이상하다."
　"왜?"
　"저 봐, 눈주름이 씰룩거린다."
　교장 선생님의 목소리가 다시 높아졌다.
　"종은 심을 '종', 과는 오이 '과', 득은 얻을 '득', 두는 팥 '두' 또는 콩 '두'라고도 한다. 그러니 첫 문장은 오이씨를 심으면 오이를 얻고, 콩을 심으면 콩을 얻는다는 말이다."
　교장 선생님은 잠시 쉬었다. 돼지들한테 밥을 주지 않았는지 돼지들의 꿀꿀거리는 소리가 교실에까지 들렸다.
　"그 아래는 하늘 '천'에 그물 '망', 넓을 '회', 성길 '소', 샐 '루', 그러니 천망이 회회하여 소이불루이니라 하는 말은 하늘의 그물은 넓고도 넓어 아무리 성길지라도 새지 않는다는 뜻이다."
　교장 선생님은 다시 잠시 쉬었다가 말을 이었다.
　"이 글을 다시 한 번 읽고 해석해 보겠다. 종과득과요 종두득두니, 오이씨를 심으면 오이를 얻고 콩을 심으면 콩을 얻을 것이요, 천망이 회회하여 소이불루이니라. 하늘의 그물은 넓고도 넓어 아무리 성길지라도 새지 않는다. 이 말을 꼭 마음 한가운데 새겨 두고 지키기 바란다."

교장 선생님의 목소리가 가라앉기 시작했다.

"너희들은 어려서 잘 모르겠지만, 요 며칠 우리나라에는 크나큰 일이 있었다. 그것은 개인에게도 크나큰 영향을, 목숨을 걸 만큼 큰 영향을 주기도 하는 일이다."

교장 선생님은 안경을 벗었다. 그리고 손수건을 꺼내서 안경알을 문지르는가 했더니 이내 눈 밑을 훔쳤다.

"돌아들 가거라."

그러나 아이들은 하나도 움직이지 않았다. 움직이지 않는 아이들을 지긋이 바라보던 교장 선생님이 말했다.

"목숨은 하나밖에 없는 것이다. 사내대장부는 오늘 일보다 내일 더 큰 일이 자신을 기다린다는 것을 명심하고 마땅히 자중자애해야 할 것이다."

그러고는 정면을 응시하며 먼저 교실을 나갔다.

아이들도 하나 둘 교실을 나갔다. 하늘의 별이 더욱 뚜렷한 것은 한밤이기 때문일 것이다. 아이들도 교장 선생님의 기분에 감염되었는지 말없이 뿔뿔이 흩어졌다. 하늘에 별이 있다는 진실은 한낮이 아니라 한밤에 의해서만이 증명될 것이다.

난나는 돼지우리로 갔다. 돼지들한테 먹을거리를 준 다음에 뒷길로 해서 학교를 내려왔다. 제재소 옆을 지나는데 톱날에 원목 잘리는 소리가 밤하늘을 울렸다.

난나는 귀를 손바닥으로 막고 빠르게 걸었다. 양조장 정문께에서였다. 갑자기 자전거가 나타나서 난나 앞에서 급히 섰다.

자전거에서 내리는 사람은 우체부 아저씨였다.

"아저씨, 밤에도 배달할 편지가 있어요?"

"아니다, 지금은 전보 배달을 가는 길이다."

"전보는 좋은 소식보다도 나쁜 소식이 많다면서요?"

"그렇지, 오늘은 그중에서도 가장 괴로운 전보다."

"무슨 전본데요? 아저씨가 아시는 분에 관한 것이어요?"

"그렇다. 너도 아는 사람이다."

"누군데요, 아저씨?"

"놀라면 안 돼. 내가 숨긴다고 해서 덮을 수 있는 일이 아니라서 알려 주는 거야."

"네. 아저씨, 난 안 놀라요. 전보를 보여 줘요. 정말 안 놀란다니까요."

"약속하지?"

"약속해요."

우체부 아저씨가 큰 결심을 한 듯이 입을 꼭 다물고서 가로등 아래에서 누런 전보용지를 펴보였다.

— 박정구학생중태서울대학병원입원.

난나는 순간 가로등 불빛이 흔들리는 것을 느꼈다. 전파상의 스피커를 타고 흐르던 노랫소리도, 사람들의 발걸음도 멈춘 상태에서 돌멩이 속으로 한없이 몸이 가라앉는 것 같았다. 화석은 이런 순간이 정지되어 굳어진 것일까.

거리 풍경이 다시 움직이기 시작했다. 그곳은 동사무소 앞이었다. 우체부 아저씨가 난나를 꼭 껴안은 채 자전거 앞에 싣고 가고 있었다.

"아저씨, 여수에서 박정구란 이름은 향교 대학생 한 사람뿐이어요?"

"다른 사람도 있겠지. 허나 이 주소는 그 학생네 집이야."

아저씨는 열심히 페달만을 밟았고, 난나는 어둠을 뚫을 듯이 앞만 바라보았다. 난나는 집으로 가는 골목 초입에서 내렸다.

"아저씨, 안녕히 가셔요."

어둠 속에서 다시 페달을 밟으면서 우체부 아저씨가 말했다.

"난나야, 우리도 곧 가게 된다. 이 세상은 우리가 잠깐 머물다 가는 별일 뿐이야."

난나는 고개를 끄덕였다. 교장 선생님이 눈 밑을 훔친 것은 아마 향교 대학생의 소문을 이미 중앙지에서 보았기 때문일 것이다.

— 박정구, 박정부.

집으로 가는 골목이 시작되는 큰길 옆의 불빛이 환한 가게 진열장 앞에 옥이가 서 있었다.

난나는 가만히 옥이가 들여다보고 있는 불빛 속의 진열장을 옥이만 하게 키를 낮추어서 보았다.

진열장의 아래 칸 귀퉁이에는 점토로 빚은 천사와 성모님과 아기 예수님의 상이 있었다.

"옥이야, 무엇이 갖고 싶어?"

"아이, 깜짝이야. 오빠, 언제 왔어?"

"무엇이 갖고 싶냐니깐. 사줄게 말해 봐."

옥이는 진열장 구석 편에 있는 십자고상을 가리켰다.

난나는 호주머니에서 마지막으로 받은 월급봉투를 꺼냈다. 그리고는 유리문을 밀고 들어가서 가게 아가씨에게 값을 묻고 돈을 건네고 십자고상을 받고 유리문을 나와서 그것을 옥이한테 주었다.

옥이는 숨도 크게 쉬지 못하고 좋아했다.

난나는 옥이 앞에 등을 돌려 대었다.

"옥이야, 업혀."

"오빤 내가 밉지 않아?"

난나는 고개를 저었다. 옥이가 업히자 일어나서 천천히 걸었다.

"오빠, 이 길은 우리 집으로 가는 길이 아닌데."

"네가 좋아하는 데로 가는 거야."

"성당으로?"

"그래, 성당으로."

"오빠도 다닐 거야, 성당에?"

"다닐 거야, 나도."

옥이가 업힌 채로 등 뒤에서 풀쩍 뛰었다.

"옥이야, 하늘나라에는 내가 좋아하는 모두가 있다고 했지?"

"모두 있대, 오빠."

"갯밭도 있겠지. 동네 머슴도, 향교 대학생 아저씨도 있겠지?"

"오빠, 오빠가 좋아하는 대학생 아저씨는 요즘 어디 갔지?"

난나는 아무 대답도 하지 않았다. 눈을 감고 몇 걸음을 내딛자 옥이가 소리쳤다.

"오빠, 그건 전봇대야."
"그러니까 네가 귀를 잡아서 방향을 알려 줘."
"장님 놀이하게? 그럼 오빠, 내가 귀를 잡아당기는 대로 가야 해."
난나는 고개를 끄덕였다. 하늘길을 가는 양 조용조용히 물었다.
"어디만큼 왔냐?"
"당당 멀었다."
"무엇이 보이냐?"
"초승달이 보인다."
"어디만큼 왔냐."
"당당 멀었다."
"무엇이 보이냐?"
"밤배가 보인다."

(2권에 계속)

정채봉은 1946년 순천에서 태어났다. 수평선 위를 나는 새, 바다, 학교, 나무, 꽃 등 작품에 자주 등장하는 배경이 바로 그의 고향이다. 동국대학교 국어국문학과를 졸업했으며 1973년 동아일보 신춘문예 동화 부문에 〈꽃다발〉로 당선의 영예를 안고 등단했다. 그 후 대한민국문학상(1983), 새싹문화상(1986), 한국 불교 아동문학상(1989), 동국문학상(1991), 세종아동문학상(1992), 소천 아동문학상(2000)을 수상했다. 깊은 울림이 있는 문체로 어른들의 심금을 울리는 '성인 동화'라는 새로운 문학 용어를 만들어 냈으며 한국 동화 작가로서는 처음으로 동화집 《물에서 나온 새》가 독일에서, 《오세암》은 프랑스에서 번역 출간되었다. 마해송, 이원수로 이어지는 아동 문학의 전통을 잇는 인물로 평가받으며 모교인 동국대, 문학아카데미, 조선일보 신춘문예 심사 등을 통해 숱한 후학을 길러 온 교육자이기도 했다. 동화 작가, 방송 프로그램 진행자, 동국대 국문과 겸임 교수로 열정적인 활동을 하던 1998년 말에 간암이 발병했다. 죽음의 길에 섰던 그는 투병 중에도 손에서 글을 놓지 않았으며 그가 겪은 고통, 삶에 대한 의지, 자기 성찰을 담은 에세이집 《눈을 감고 보는 길》을 펴냈고, 환경 문제를 다룬 동화집 《푸른 수평선은 왜 멀어지는가》, 첫 시집 《너는 생각하는 것이 나의 일생이었지》를 펴내며 마지막 문학혼을 불살랐다. 평생 소년의 마음을 잃지 않고 맑게 살았던 정채봉은 사람과 사물을 응시하는 따뜻한 시선과 생명을 대하는 겸손함을 글로 남긴 채 2001년 1월, 동화처럼 눈 내리는 날 짧은 생을 마감했다.

초승달과 밤배 1

1판 1쇄 발행 2006년 5월 20일
2판 7쇄 발행 2020년 3월 10일

지은이 정채봉
펴낸이 김성구

단행본부 류현수 고혁 홍희정 현미나
디자인 이영민
제 작 신태섭
마케팅 최윤호 나길훈 김민지
관 리 노신영

펴낸곳 ㈜샘터사
등 록 2001년 10월 15일 제1-2923호
주 소 서울시 종로구 창경궁로35길 26 2층 (03076)
전 화 02-763-8965(단행본부) 02-763-8966(마케팅부)
팩 스 02-3672-1873 이메일 book@isamtoh.com 홈페이지 www.isamtoh.com

ⓒ 김순희, 2006, Printed in Korea.

이 책은 저작권법에 따라 보호를 받는 저작물이므로 무단 전재와 복제를 금지하며,
이 책의 내용의 전부 또는 일부를 이용하려면 반드시 저작권자와 ㈜샘터사의 서면 동의를 받아야 합니다.

ISBN 978-89-464-1548-5 04810
ISBN 978-89-464-1547-8 (세트)

이 도서의 국립중앙도서관 출판시도서목록(CIP)은 서지정보유통지원시스템 홈페이지(http://seoji.nl.go.kr)와
국가자료공동목록시스템(http://www.nl.go.kr/kolisnet)에서 이용하실 수 있습니다.
(CIP제어번호:CIP2006000944)

값은 뒤표지에 있습니다.
잘못 만들어진 책은 구입처에서 교환해 드립니다.